La Théorie du Mal

Margot Estner

La Théorie du Mal

Thriller

LES LAURÉATS

ÉDITIONS PRISMA

13, rue Henri-Barbusse
92624 Gennevilliers Cedex
www.editions-prisma.com

ISBN : 978-2-8104-42492

À Victoire, hôte inattendue de mes nuits blanches…

« La psyché humaine est fascinante. De toutes les médecines, il n'en est aucune de plus exigeante que la psychiatrie. Science mouvante, insaisissable, elle force à l'humilité. Chaque nouvelle histoire, chaque cas, chaque douleur oblige au renoncement de ses certitudes. Accepter de plonger dans l'âme de l'autre, c'est prendre le risque d'y laisser une part de soi. Et l'étude du traumatisme, en cela, est un véritable défi. Mais quel challenge… Quelle jubilation pour l'esprit ! »

Professeur Marius Clavin — Discours d'ouverture, Congrès international de psychotraumatologie, Genève, octobre 1982.

0

Le silence après les cris, un silence de mort. Dans la pénombre, chacun retient son souffle. Ils étaient trois, il en reste deux : l'homme et la Bête. Le même scénario qui se répète, inlassablement. La femme, elle, gît sur le sol, cernée d'un océan brillant et écarlate. Une discrète écume s'écoule de la commissure de ses lèvres, sous ses yeux injectés de sang. Elle s'est défendue de toutes ses forces, jusqu'à son dernier souffle, avec l'énergie du désespoir. Tous avaient aisément deviné l'issue du match. Fatale, prévisible. La chorale funèbre des hurlements résonne encore dans leurs têtes. Les siens, agonisants et désespérés, tandis que les coups s'abattaient sur chaque centimètre carré de sa peau nue. Les leurs, haletants, bestiaux et avides. L'homme au regard sombre assistant au massacre derrière le hublot.

La femme a pourtant supplié l'homme, l'a imploré de la laisser vivre alors qu'il quittait la pièce pour la laisser seule avec la Bête. Lorsqu'il a franchi le seuil en fermant la porte derrière lui, la malheureuse s'est jetée en avant, frappant de ses poings enchaînés la porte métallique. Le bruit de clef dans la serrure avait fini de sceller son destin. « Pourvu que ce soit court… » avait-elle pensé en se retournant pour faire face à la Chose. Elle avait compris, à l'instant où leurs regards s'étaient croisés, que son souhait était vain. La Bête avait voulu faire durer le plaisir, se nourrir de sa proie avant de porter le coup fatal.

Avant, l'homme détournait le regard. C'était trop pour lui. Trop d'hémoglobine, de geignements et de supplications. Il en avait le tournis. Les années passant avaient adouci le spectacle. Il avait fini par y voir le beau, l'œuvre d'art éphémère. Immense toile que le peintre tapissait sous ses yeux de grandes traînées rouges, déchirant les chairs, brisant les os.

Désormais, il se délecte. Anticipant les attaques de son acolyte comme on défendrait son poulain sur un ring de boxe. L'homme crève d'envie de participer au match, d'égal à égal avec son double. Ensemble, ils formeraient une formidable équipe. Pourtant, cette fois encore, il avait passivement attendu que l'autre finisse le travail, un relent amer refluant au fond de sa gorge.

À présent, le Monstre halète, essoufflé, épuisé, vidé par l'effort colossal et la retombée d'adrénaline. Il est en pleine descente, toxicomane shooté aux globules rouges. Cette nuit encore, la fureur de la Bête s'était déchaînée. Une folie furieuse qui n'avait laissé aucune chance à sa pauvre victime. Une rage que seul le goût du sang avait le pouvoir d'apaiser. L'odeur ferreuse imprègne l'air, le sol, chaque pore de son corps nu. Le rouge macule ses dents et étire ses lèvres en un sourire sans joie. D'un revers de la main, la Bête repousse la mèche poisseuse collée devant ses yeux. Ses épaules se soulèvent au rythme de sa respiration saccadée. Elle cherche l'homme du regard.

Derrière le hublot, il attend, patient et immobile, fidèle au poste. Une image trompeuse, plus qu'aucune autre. Personne n'aurait pu soupçonner le déferlement de rage contenu derrière les traits marmoréens. Car, à l'intérieur, il est volcan en ébullition, torrent de lave et de destruction. Eût-il été doté d'un masque blanc qu'il n'aurait pas mieux fait illusion. Rien ne doit jamais transparaître. La Bête est l'Alpha de la meute. L'homme lui obéit, impassible, attendant sa validation. C'est ainsi.

Depuis plusieurs semaines, l'équilibre précaire du duo ne tient qu'à un fil. Un fil léger et délicat, tendu à l'extrême. La moindre modification dans leur dynamique briserait le lien fragile dans une explosion de violence. L'homme n'est pas prêt à ça, pas encore.

Les secondes s'égrènent dans son esprit. Sous le plafond, les craquements de la plomberie résonnent en une mélodie lugubre.

Enfin. À travers le petit cercle vitré, elle lui adresse un hochement de tête. Un frémissement imperceptible. Le signal. La Bête a pris son temps. Elle le torture sciemment, l'homme le sait. Retenant son souffle, il tourne délicatement la clef dans la serrure. Tout sauf rompre le charme de l'instant. Le calme après la tempête. Celui qui suspend le temps, tandis que l'orage s'éloigne, laissant derrière lui un paysage de désolation. Le bruit métallique fait vibrer le silence, comme un gong dans leur temple de désespoir. L'odeur âcre, familière, de sang, de sueur et d'urine, le saisit à la gorge. Il avait observé la scène derrière la petite vitre, n'en avait eu qu'un aperçu. Comme si vous aviez essayé de profiter d'un grand film, l'œil collé contre un judas. Il pouvait enfin pleinement profiter de l'étendue de l'ouvrage. C'était sa récompense, pour sa fidélité et son amour inconditionnel. La Bête lui permettait de pénétrer dans le sanctuaire une fois encore.

L'homme inspire profondément, grave les détails de ce moment dans sa mémoire, à tout jamais. Une image de plus à intégrer à sa bibliothèque mentale, déjà bien remplie.

Il observe les deux corps nus, face à lui. Le premier gît sur le sol, désarticulé, amalgame grotesque de tissus lacérés. Un puzzle géant de viscères éparpillés sur le sol gris et froid. Le second, debout, reprend peu à peu son souffle. Le regard perçant, inquisiteur, dominant.

La Créature s'agenouille près du corps sans vie, plongeant sa main dans la mare tiède et collante. Puis lentement, elle se redresse. L'homme fixe les pieds nus qui avancent vers lui, laissant de nouvelles traces écarlates sur le béton clair. Il ne la dévisage pas, pas dans ces moments-là. Bien qu'elle ait étanché sa soif, elle est trop imprévisible pour qu'il prenne le risque de déclencher à nouveau sa fureur. Une étincelle pourrait rallumer la mèche. La Bête n'est plus qu'à quelques centimètres. Il sent son souffle chaud effleurer son visage. Elle lève vers lui sa main ensanglantée. Il réprime un mouvement de recul, craignant qu'elle ne le frappe. Ce ne serait pas la première fois. Avec précaution, elle applique la paume dégoulinante sur le visage de l'homme, repoussant une limite encore jamais atteinte. L'instant est suspendu dans le temps. Le cadeau, aussi inattendu qu'inespéré. La voix rauque tranche le silence :

— Maintenant, débarrasse-nous de ça, siffle-t-elle avant de le contourner.

Derrière son masque écarlate, l'homme pourrait pleurer de bonheur. De sa rancœur, il ne reste rien. Son abnégation est totale.

Dans un claquement sonore, la porte du sous-sol se referme en haut de l'escalier. Enfin seul. Avec délectation, il passe sa langue sur ses lèvres, explosion d'endorphines dans son cerveau alerte. Elle a partagé avec lui un peu du nectar sacré dont elle s'abreuve égoïstement depuis des mois. Pourtant, il le sait, la manœuvre le dessert. La Bête essaie de lui faire baisser la garde. Il doit garder le cap. Sa survie en dépend.

Le bruit de pas au-dessus de sa tête le sort de sa torpeur, le rappelant à sa tâche. Elle s'annonce ardue. La nuit sera longue. Il quitte la pièce pour y revenir quelques instants plus tard, un grand sac de sport à la main. L'homme s'approche du cadavre et plonge dans ses yeux.

Un regard de glace, figé pour l'éternité.

1

Une légère brise de printemps caresse la nuque fine de Victoire. Elle ferme les yeux pour exposer ses paupières au soleil. Assise au sol sur le carrelage frais de la terrasse, elle savoure les premiers rayons de la saison. Les vapeurs du café qu'elle tient à la main embrument son esprit fatigué. L'espace d'un instant, elle est plante verte, figée dans un simulacre de photosynthèse.

Ancrée dans l'instant présent, tous ses sens sont en éveil. Le souffle agréable dans son cou, la chaleur douce sur son visage, le silence enveloppant… Puis, le vrombissement d'une mouche qui se rapproche et qu'elle chasse mentalement avec agacement. *Concentre-toi.* Sentir sa sève couler dans des veines, revêtir le masque qui lui sied si bien, essentiel à sa survie.

Ralentir sa respiration pour ne faire qu'un avec le rien, un tout avec le néant. Le bruit va et vient, insupportable. Il n'en faudra pas plus pour interrompre la courte méditation. *Putain.* La quiétude éphémère du moment est déjà loin. Et voilà que ça se remet à tourner en boucle dans sa tête. Ça rumine, ça lacère sa boîte crânienne comme un animal en colère. Victoire rouvre les yeux dans un soupir résigné. Elle étire son dos fatigué de sa séance de sport matinale en admirant la brume qui recouvre la nature alentour. Aucun paysage au monde ne saurait calmer les bruits qui dansent dans sa tête. Victoire se relève et pose la main sur la poignée de la porte vitrée, sans oublier au passage de jeter un regard noir à l'insecte perturbateur.

Direction la salle de bains. Après le footing quotidien, la douche chaude détend avec délice ses muscles sculptés. Ses doigts filent le long des traces qui lardent sa peau pâle. La mousse épaisse ne suffit pas à camoufler complètement les endroits où la peau s'est épaissie, souvenirs indélébiles de souffrances qui resteront gravées sur son corps à jamais. Dans l'atmosphère embuée de la pièce, ses contours se distinguent à peine sur le miroir voilé ; silhouette athlétique et ciselée dont le regard azur aux cils interminables fuit même son propre reflet. En un geste mécanique et maîtrisé, elle rassemble ses cheveux ébène en une queue-de-cheval sans artifices.

Dans la chambre de Victoire, les tenues s'amoncellent sur le lit, négligemment jetées les unes sur les autres. Aujourd'hui plus que d'habitude, l'apparence a son importance ; elle a rendez-vous. Un coup d'œil à l'horloge murale la rappelle sur-le-champ aux affaires du quotidien. Elle aurait dû partir il y a dix minutes déjà. Le café tiède disparaît dans l'évier tandis que Cerbère, vaguement concerné par l'urgence de la situation, observe du coin de l'œil sa maîtresse sauter dans des talons hauts et attraper son sac.

— À ce soir, Cerb ! Si tu pisses encore dans mes chaussures, ça va chier !

Une caresse furtive sur la tête et un miaulement peu convaincant plus tard, la porte claque dans le dos de Victoire.

* * *

Hello Darkness, my old friend… Les voix polyphoniques, presque murmurées, de Simon and Garfunkel, emplissent l'habitacle de la petite Polo de leur chaleur profonde et enveloppante. Un filet d'air frais pénètre par la fenêtre entrouverte, chatouillant les narines de Victoire des parfums boisés de la forêt. Elle fredonne dans un anglais approximatif, tandis que défilent les murs de sapins de chaque côté de la route. L'horizon est inondé de vert. La fraîcheur de la nuit s'estompe à la faveur de la douceur matinale, déposant dans son sillon une brume délicate au ras du sol.

Victoire aime ces paysages, cet environnement sauvage et cette route qui le traverse comme une ligne de vie, essentielle dans ces étendues émeraude. Cette longue droite interminable a, sur Victoire, un effet presque hypnotisant et, miraculeusement, parvient cette fois encore à ralentir la course de ses cogitations incessantes. Elle n'est rien dans cette immensité et pourtant, elle s'y sent si bien.

Dans quelques secondes, elle croisera le sentier. Mais elle est en retard, elle ne s'y arrêtera pas. Au retour, peut-être. Certainement, d'ailleurs. L'envie est forte aujourd'hui. Il y a des jours comme ça. Mais ce qu'elle a à faire est bien trop important pour se laisser distraire. Au loin, l'accotement se dessine sur sa gauche. Elle chante plus fort pour amener son esprit ailleurs, loin de la petite souche.

And whispered in the sounds of silence… Une larme roule sur sa joue, tandis qu'elle observe le chemin s'éloigner dans le rétroviseur.

* * *

Huit heures dix, cinq minutes de retard. Victoire fronce le nez. Elle sait que son manque de rigueur pourrait finir par la perdre. Se fier à son instinct, c'est bien. Faire preuve de sérieux, c'est encore mieux.

Ce matin, elle a finalement opté pour la chemise blanche, classique mais efficace. Un coup d'œil rapide à la table collante devant elle lui fait immédiatement regretter son choix. Ses manches ne resteront pas immaculées bien longtemps.

Assise à sa place habituelle, derrière la vitrine du café, elle adresse un signe de la main à la serveuse.

— Comme d'habitude ? l'interpelle Laura, occupée à servir un client deux tables plus loin.

Victoire lui lance un pouce levé assorti d'un léger sourire. Elle observe la serveuse filer derrière le comptoir, affairée à préparer les commandes de consommateurs toujours plus pressés, toujours plus exigeants.

Victoire vient ici deux fois par semaine, un rituel immuable. L'endroit manque de charme, la décoration vieillissante semble figée dans les années 1990. Les banquettes de skaï noires adossées aux cloisons ne sont plus de première fraîcheur et les murs mériteraient une nouvelle couche de peinture. Malgré tout, le personnel y est agréable et le café plutôt bon. Mais surtout, l'emplacement stratégique du bar, en plein centre-ville, donne directement sur l'artère principale et les allées et venues des badauds. Victoire n'en demande pas plus.

Laura, passablement échevelée, disparaît au pas de course dans la réserve. Elle travaille seule ce matin, au four et au moulin. Elle virevolte parmi les cliquetis des tasses et les bruits sourds du percolateur, ses cheveux blonds dansant au rythme de son ballet incessant. Elle ne se départit jamais de son sourire, rayon de lumière dans cette tanière un peu sordide. Sa bonhommie sort les clients endormis de leur torpeur matinale. Laura a ce don d'égayer votre début de journée, en distillant sa bonne humeur autour d'elle.

Victoire, elle, n'oublie pas l'objectif premier de cette sortie. Un œil sur le journal ouvert sur la table, elle reste vigilante aux va-et-vient de la rue, derrière la vitre. Son pouls s'accélère, à mesure que les secondes s'égrènent sur la trotteuse de sa montre.

Soudain, le contour familier se dessine au bout de la rue. Elle est là, s'approchant de ce pas que Victoire connaît maintenant si bien. Elles vont bientôt se croiser. L'une faisant claquer ses talons sur le bitume, l'autre attablée derrière la vitre d'un café miteux, séparées uniquement par la mince cloison de verre. Victoire jette un œil à sa montre : 8 h 17. Pile à l'heure. Prévisible. Elle sera bientôt à sa hauteur. La tentation est immense. Pire, un besoin impérieux.

Victoire lève les yeux… *Tic, tac, tic, tac.* 8 h 18. La passante tourne son regard vers elle. Une fraction de seconde qui atomise Victoire, l'envoie au tapis avec la puissance d'un uppercut en pleine tempe. Un univers entier de doutes, de questions et de peurs se bouscule dans ces iris bleus. Victoire le sait. Mieux, elle le sent. Le temps reprend sa course et déjà, la silhouette disparaît dans la foule en mouvement, happée par le quotidien. Victoire pourrait hurler, déçue d'avoir failli encore. C'est la deuxième fois que leurs regards se croisent. Cela ne doit plus arriver, pas dans ces conditions. L'enjeu est de taille. Victoire, à regret, détourne le regard de la foule au-dehors.

Le regard malicieux et un sourire en coin, Laura dépose l'expresso à côté du journal.

— Les nouvelles sont bonnes ? lui lance-t-elle.

Laura a les joues rosies à force de voltiger entre les chaises. Son sourire s'efface devant l'expression de sa cliente. Elle semble avoir perçu le trouble de Victoire et sa mine affable fait maintenant place à une moue légèrement inquiète.

— Tout va bien ?

Ressaisis-toi, merde !

— Oh oui, ça va. Vous avez lu l'article à propos de l'incendie de la rue du Lièvre ? Quelle horreur… Pour tout avouer, ça m'a un peu retourné l'estomac.

La voix de Victoire est teintée d'un trémolo à peine forcé. Elle détourne les yeux du visage bienveillant de Laura.

— Pauvres gens, souffle la serveuse en secouant la tête. Et dire qu'ils envisagent la piste criminelle. J'ai du mal à croire que quelqu'un puisse commettre une telle atrocité.

Elle pivote sur elle-même, apostrophée par un autre client en mal de caféine.

— Faites-moi signe si vous avez besoin d'autre chose, lance-t-elle par-dessus son épaule en se détournant d'un air affairé.

Victoire suit des yeux la serveuse qui, déjà, retourne vers le bar, les mèches folles de ses cheveux encadrant son visage affable. Partagée entre amusement et compassion, Victoire plonge son regard dans le fond de sa tasse.

Si tu savais, ma cocotte. Si tu savais…

2

Les ombres du saule pleureur dansent sur les murs de la grande pièce. Le vent balaie doucement ses branches, projetant les arabesques fantomatiques à l'intérieur de la maison. Elle est si froide que la bise semble s'y être engouffrée, emplissant les longs couloirs d'un courant d'air glacial, s'insinuant dans les fissures et gelant jusqu'à l'os. La belle bâtisse d'autrefois a tout perdu de sa superbe. De minces lézardes serpentent contre les murs, zigzaguent sur les plafonds, marquant sans équivoque la décrépitude des lieux. Seul un souffle saccadé vient troubler le silence monacal.

Assis derrière son bureau, Marius se tient la tête entre les mains. Sa respiration s'accélère. Il halète, se sent prêt à céder à la panique. Tout ça n'a aucun sens. Il aurait dû intervenir il y a des mois déjà. Comment a-t-il pu laisser les événements dégénérer à ce point ? *J'ai créé un putain de monstre.* Jamais ils n'auraient dû en arriver là. Jamais il n'aurait dû le tolérer, l'envisager même. Une vie vouée à ses recherches. Le constat d'échec était insupportable.

Il soupire et rejette sa tête en arrière. Les moulures en plâtre, au-dessus de lui, s'effritent dangereusement. L'homme est à l'image de sa demeure ; vestige d'une beauté rare, dont la négligence et les années ont eu raison. La crinière argentée, autrefois entretenue avec fierté, n'est maintenant plus que fadeur et crasse.

Marius tente de reprendre le contrôle de son corps. Il compte jusqu'à cinq en expirant, inspire lentement. Il aimerait raisonner à nouveau, faire preuve de cette intelligence qu'on lui a un jour enviée. On l'admirait pour sa vivacité d'esprit. C'était il y a longtemps.

Trouver un plan. De rage, il secoue la tête, comme pour forcer ses neurones à se reconnecter entre eux. Rien. Le vide sidéral. Ses méninges se sont autodétruites, minutieusement anéanties par la solitude, la boisson et le désespoir absolu. Le point de non-retour a été atteint il y a des lustres.

Et puis, l'évidence. Là, à sa portée. Sans oser baisser les yeux, il dirige sa main droite vers le tiroir de son bureau. Le cliquetis de la serrure fend le silence sépulcral. Il prend une inspiration et y plonge la main. Il soupire.

Le métal, froid, lourd, pèse dans sa paume. Le révolver de collection est une antiquité, héritage familial gardé précieusement dans le même tiroir depuis des années. « Comme dans les films… » s'est-il toujours dit. Un Smith & Wesson de 1874, que son ami Luc avait un jour étudié avec admiration. « Eh beh, c'est une belle bête que tu as là ! s'était-il exclamé en sifflant, tu devrais l'emmener chez un spécialiste ! »

Et c'est exactement ce que Marius avait fait, rentrant chez lui avec l'assurance que l'arme était non seulement authentique, mais aussi bien fonctionnelle. « Pour la chasse aux canards ! » avait plaisanté ledit expert en lui rendant le révolver.

Les coudes sur le bureau, Marius pose les yeux sur le métal brillant. Il tourne l'arme vers lui, ouvre la bouche et y introduit le canon. L'odeur ferreuse, le goût amer sur ses papilles, lui donnent la nausée.

Soudain, le bruit de la lourde porte d'entrée résonne dans le hall. Ça grince, puis claque avec force sur le chambranle. La main de Marius se met à trembler, faisant s'entrechoquer ses dents avec le métal du canon. La mélodie est aussi grotesque que funeste. Il sait qu'il ne lui reste qu'une poignée de secondes avant que son plan, ou plutôt sa tentative de salut ne soit mise en échec. *Fais-le !* Mais son index refuse d'obéir, comme gelé par l'air glacial de cette maison maudite. Même dans la mort, cette demeure aura été un fardeau. Quelle ironie, pense-t-il, que la prison qu'il a un jour créée soit devenue son propre tombeau. Il est emmuré vivant.

Dans un grincement, la porte du bureau s'ouvre.

Un homme se tient sur le seuil de la pièce. Un homme dont le beau visage anguleux observe la scène, sans une once de surprise dans le regard.

Marius ferme les yeux. Peut-il encore appuyer sur la gâchette, là, maintenant ? Il sent une main se poser sur sa tête, caresser lentement ses cheveux. On tire sur ses doigts. En silence, on lui retire l'arme des phalanges, une à une. Les yeux emplis de larmes, Marius plonge ses yeux dans ceux du jeune homme.

— Sebastian, pitié…

— Ne m'appelle pas comme ça.

La réponse est à peine murmurée et pourtant, elle fait à Marius l'effet d'une gifle. L'homme se tourne vers la grande fenêtre, dont les vitres sales peinent à laisser passer la lumière du jour. Quelques secondes s'écoulent. Il ne pourra pas reprendre les mots qu'il s'apprête à prononcer. Il ferme les yeux.

— Je vais m'en occuper.

La voix entrecoupée de sanglots, Marius lance un regard implorant à l'homme qui lui tourne le dos.

— Je n'en peux plus, je suis à bout, j'ai besoin que tout ça s'arrête. Je n'y survivrai pas une fois de plus.

Sebastian se retourne et, sans quitter Marius du regard, vient s'asseoir sur le bureau. Les yeux noirs de l'un figés dans le regard olive de l'autre. Prédateur et proie plongés dans une lutte silencieuse.

Avec délicatesse, Sebastian replace l'arme dans la main de Marius. Ses doigts ont la tiédeur d'un jour de printemps.

— Un jour prochain, la mort viendra à toi, susurre-t-il. Mais pas aujourd'hui, *Papa*, pas aujourd'hui.

3

Dans les toilettes du musée, Victoire frotte frénétiquement la trace de café sur le col de sa chemise, ignorant le regard indiscret et insistant de sa voisine de lavabo. Elle sort son portable de son sac : 9 h 30. Trop tard. Résignée, elle rejoint le hall d'entrée, toujours affublée de la tache marron.

La bâtisse du XIXe siècle, tout en moulures et hauts plafonds, est impressionnante. Après s'être présentée à une hôtesse, Victoire est dirigée vers un bureau dont une plaque « Direction » orne la porte entrouverte, laissant peu de place au doute.

— Entrez, prenez place, je vous en prie, l'invite Mme Guerini en venant la chercher à la porte.

Elle désigne une chaise, tandis qu'elle contourne le bureau d'un pas assuré.

Grande, jambes interminables et tailleur ajusté, rien n'inspire chez elle la moindre sympathie à Victoire. De ses talons hauts vernis à la pointe de son chignon laqué, son élégance ne semble avoir d'égale que sa rigidité.

— Alors, commence-t-elle en saisissant une pochette sur son bureau. Madame Victoire Dubreuil, c'est bien cela ?

En face d'elle, Victoire compte mentalement ses respirations.

Elle ne peut pas se laisser submerger, pas maintenant. La jeune femme a enchaîné trop de petits boulots ces derniers temps. Il faut qu'elle se stabilise. Ne serait-ce que pour sécuriser ses finances. Ses économies fondent comme neige au soleil. Elle ne peut se permettre d'aller quémander de l'argent à sa famille, l'option est inenvisageable.

Victoire acquiesce.

— Vous avez dû recevoir mon *curriculum vitæ* et ma lettre de motivation.

Elle était tombée sur l'annonce quelques jours plus tôt, lors de recherches aléatoires sur le Net.

Parmi les publications d'offres d'emploi dans le bâtiment ou dans le secteur de la petite enfance de sa région, soudain, une révélation. Le musée des Beaux-Arts de sa ville recherchait un agent d'accueil pour un contrat à durée indéterminée, sans diplôme requis : « Recherchons une personne capable d'accueillir le public tout en veillant au respect des règles de sécurité de l'établissement. » Le poste était à pourvoir immédiatement. Une aubaine.

Il lui fallait absolument ce job. Hors de question de passer une semaine de plus à aller trimballer les caniches des mamies du coin. D'autant plus que les odeurs de chiens mouillés qu'elle ramène à la maison déclenchent systématiquement chez Cerbère des crises de nerfs interminables. Victoire en avait plus qu'assez de passer ses soirées à quatre pattes à lessiver son tapis imbibé de l'urine du fauve. Con de chat.

Mme Guerini balaie du regard les documents étalés devant elle avant de poser ses paupières lourdes, impeccablement maquillées, sur Victoire.

— Avant d'évoquer avec vous la fiche de poste, j'aimerais que vous m'expliquiez en quoi votre collaboration serait un atout pour le musée.

Victoire s'était pourtant préparée. Elle sait s'exprimer avec aisance, mais les figures d'autorité ont toujours eu le don de lui faire perdre ses moyens. Et cette Mme Guerini transpire la suffisance et le dédain par tous les pores de sa peau botoxée.

Impossible néanmoins pour elle de laisser filer sa chance aujourd'hui.

— J'imagine que mon sens de l'observation, ma capacité d'adaptation et ma discrétion…

Victoire déglutit avec difficulté. Son ton est hasardeux. Elle ne convaincra personne comme ça.

La directrice fixe sur elle son regard de faucon et hausse un sourcil. Mme Guerini jette un œil impatient à la montre dorée autour de son poignet.

— Bon, je ne vais pas passer par quatre chemins, madame Dubreuil. J'ai un besoin urgent de recruter quelqu'un à ce poste. Je sais que vous n'avez pas d'expérience dans le milieu, mais le musée doit embaucher. L'une des œuvres de notre collection a subi des dommages il y a deux jours, faute de surveillance. La situation ne doit pas se reproduire.

S'ensuit alors un exposé interminable de l'historique du bâtiment, ses collections et ses pièces maîtresses, fiertés de la directrice.

Victoire, dont les oreilles bourdonnent furieusement, tente de garder le fil du laïus, au cas où poindrait une question piège avant la fin de l'entrevue.

Enfin, le monologue prend fin, aussi subitement qu'il avait débuté.

— Vous recevrez la proposition salariale ainsi que l'ensemble des pièces à fournir par retour de mail dans la journée. Cela vous convient-il ?

— Je vous ferai parvenir ma réponse au plus vite.

* * *

Victoire descend les marches du parvis en se refaisant le film avec optimisme. Ses pas sont légers. Cela avait été facile, finalement. Son côté ingénu et impressionnable avait dû booster l'ego déjà bien gonflé de la directrice aux pattes de sauterelle.

Victoire se moque de devoir changer de masque régulièrement, tant que cela sert son dessein. Elle devra enfiler un tailleur moche tous les matins, mais au moins elle a trouvé un emploi qui lui permettra de réfléchir tranquillement à la suite, en assurant son loyer tous les mois.

Au-dessus d'elle, un ciel sans nuages éclaire la petite place de sa clarté printanière. C'est une belle journée.

* * *

Tapi dans l'ombre, l'homme attend. Comme à son habitude, il a pris soin de ne laisser aucune trace et, méticuleusement, s'est fondu dans le paysage. Il est caméléon et vipère à la fois. Reptile hybride, silencieux et redoutable. Il lui semble qu'il pourrait patienter là des heures, des jours s'il le fallait.

La fébrilité des premières fois est bien loin à présent, remplacée depuis longtemps par une exaltation animale plus maîtrisée. Les frémissements dans son bas-ventre ne le trompent plus. La tension est intense.

Mais aujourd'hui il le sait, la chasse sera radicalement différente, la proie aussi. Il la connaît par cœur. Son odeur, délicat parfum de rose, qu'il reconnaîtrait entre mille. Son grain de beauté au coin de l'œil, tant de fois observé à la dérobée avec convoitise. Ses formes féminines, la cambrure de son dos…

L'homme secoue la tête et ferme les yeux quelques secondes. Son esprit s'échauffe. Rien ne doit le distraire de son objectif.

Il se fait serpent à nouveau, ralentissant le rythme de son cœur qui bat la chamade. Un sang froid coule dans ses veines. Il l'entend battre à ses tempes. Les tambours guerriers résonnent sous son crâne. L'excitation, probablement. L'attente ne sera plus longue, désormais.

Ses sens sont à l'affût, sa concentration totale. L'homme frotte machinalement du bout de ses doigts les fines lignes blanches sur son avant-bras, comme un sportif embrasserait un gri-gri avant de s'élancer.

Il s'accroupit plus bas derrière le feuillage, l'arme au poing, et il attend.

4

Victoire referme la porte de la voiture derrière elle et prend quelques instants pour s'imprégner des lieux. Elle est cernée par les bruits de la vieille forêt, concerto de craquements, grattements et bruissements d'insectes affairés à leurs tâches. En se concentrant, elle pourrait presque sentir la terre respirer sous ses pieds. De longues et profondes inspirations, régulières et apaisantes.

En cet instant de grâce, tout n'est qu'harmonie. *Si seulement tout pouvait s'arrêter maintenant.* Elle avait parfois ce fantasme : disparaître en un claquement de doigts, sans souffrances ni tergiversations inutiles. Laisser derrière elle ses démons et tourments et s'évaporer, simplement.

Le sifflement mélodieux et flûté d'une grive toute proche la tire de sa rêverie. Victoire se met en marche, abandonnant sa voiture sur le sentier boueux.

* * *

Elle avait enfilé ses vieilles chaussures de randonnée pour parcourir les vingt minutes qui la séparaient de sa destination. Le sol est encore détrempé des averses des derniers jours, obligeant Victoire à sillonner entre les grosses flaques.

Régulièrement, elle s'arrête et tend l'oreille. Elle doit veiller à être seule, à ne pas être surprise par un promeneur indésirable. Une chasse est en cours. Elle a repéré les gros pick-up sur le bas-côté de la route principale, quelques centaines de mètres plus loin. Elle entend parfois un aboiement, lointain, qui lui confirme que les chasseurs en gilets orange ne viendront pas la déranger aujourd'hui. Vu la saison, ils sont probablement à la recherche des sangliers qui pullulent dans ces bois. Victoire en a un jour fait l'expérience.

L'année dernière, alors qu'elle se trouvait sur ce même chemin, une bête énorme s'était dressée devant elle. Trapue, massive et musculeuse. Elle l'avait fixée de ses petits yeux noirs pendant un instant. Il avait semblé à Victoire que la Terre s'était arrêtée de tourner. Le temps s'était étiré en ce qui lui avait semblé une éternité. Elles s'étaient observées, quelques secondes. La jeune femme avait réussi à s'apaiser et sa terreur avait peu à peu laissé place à un besoin irrépressible de toucher l'animal. Elle aurait voulu passer sa main dans son crin gris et effleurer ses défenses du bout des doigts. Elle était persuadée que si elle avait pu passer sa paume sur le flanc de l'animal, elle aurait senti sa puissance faire vibrer la terre. Avec précaution, elle avait fait un pas en avant, puis un deuxième, se faisant aussi légère qu'une plume pour faire taire le gémissement des brindilles sous ses semelles. Le sanglier avait secoué la tête avant de reculer et de disparaître entre les arbres d'un pas hésitant, abandonnant une Victoire seule et déçue sur le sentier.

* * *

Après avoir crapahuté quelques minutes hors du chemin, contournant les troncs et enjambant les branchages, Victoire atteint enfin sa destination.

La petite souche couverte de mousse et sa voisine la roche triangulaire sont là, fidèles au poste. Repères immortels et immuables. Elles sont la mémoire de Victoire, les éléments concrets qui la raccrochent à un passé pas si lointain.

Ici, les arbres sont plus nombreux, les feuillages plus denses. Une forêt dans la forêt. Elle est dans son temple de nature, le seul endroit sur terre qui lui permet de se sentir connectée : les racines, le sol, son corps, les branches puis le ciel.

Elle prend un instant pour clore ses paupières et adresser une prière silencieuse à l'univers. Ses yeux brûlent, sa vision s'opacifie. Du revers de la main, elle se débarrasse des larmes qui affluent au coin de ses yeux.

Le cérémonial est toujours le même et, déjà, Victoire ouvre son sac pour en sortir la petite pelle de jardinage.

Mais aujourd'hui, quelque chose l'arrête dans son élan. Un pressentiment. Une vague impression que quelque chose ne tourne pas rond. Pourtant, chaque branche, chaque pierre est à sa place. Même la mélodie du souffle léger dans les feuillages lui est familière.

Victoire tend l'oreille. Et là, au milieu du silence, une respiration qui n'est pas la sienne. Rauque, fiévreuse, bestiale. Une fraction de seconde, son cœur cesse de battre. Un bruit sec dans son dos lui arrache un cri d'effroi. Victoire se redresse et fait volte-face.

L'homme se tient face à elle, un révolver à la main.

* * *

Il a tant attendu ce moment, sa première chasse seul, son premier trophée.

Victoire se tient debout devant lui, les bras ballants, les lèvres entrouvertes, dans une expression de surprise mêlée de terreur. Il en est presque désarçonné. Il a tellement imaginé ce moment, l'a tant de fois rêvé. Et pourtant, jamais elle n'avait affiché cet air choqué dans ses songes. C'est presque trop facile.

Son bras, maintenant tendu devant lui, pointe le canon

de l'arme directement vers le visage de la jeune femme. Sa main ne tremble pas.

* * *

Les bruits de la forêt résonnent différemment aux oreilles de Victoire, tandis que le silence s'installe entre elle et son agresseur. Au loin, les aboiements des chiens sonnent comme une unique et inaccessible bouée de sauvetage.

Elle s'en veut. Elle a péché par excès de confiance. Elle pensait pourtant être la seule à connaître cet endroit, son refuge. Ses visites hebdomadaires ne sont manifestement pas passées inaperçues. Qu'il aura été simple pour le prédateur de l'attendre ici. Peut-être cela fait-il des semaines qu'il la traque, l'observe à son insu.

Le cerveau de Victoire surchauffe. Son instinct de survie a pris le pas sur la sidération initiale. Le regard de son agresseur, noir, profond, la scrute, à l'affût du moindre de ses mouvements.

Les secondes lui sont comptées, elle le sait.

* * *

— Avance !

Il ne reconnaît pas sa propre voix, l'émotion certainement. D'un geste, il fait signe à la jeune femme.

La camionnette est garée sur un chemin, une centaine de mètres plus loin. Il a bien réfléchi au moyen de l'y emmener, mais il sera définitivement plus simple de la faire marcher plutôt que de la traîner sur ce sol boueux et jonché de branches. Elle a beau être mince, le terrain ne joue pas en sa faveur.

Victoire se montre hésitante un instant, puis, sans lui tourner le dos, se met en mouvement. L'homme sent la tension monter d'un cran. Il est si près du but, si proche de son festin. La fébrilité le gagne peu à peu devant l'ampleur de l'enjeu. Une légère secousse agite sa main, faisant vibrer la crosse entre ses doigts.

— Avance ! répète-t-il.

* * *

Victoire a senti la faille, infime espoir d'une porte de sortie. Peut-être devrait-elle l'implorer, sangloter. Mais c'est peine perdue, elle le sait d'avance. Elle n'a même pas la carte de la famille aimante à jouer. Personne ne sait qu'elle est ici, personne ne l'attend dans sa petite maison. Aucun mari inquiet ne se lancera à sa recherche. Elle ne va quand même pas lui parler de Cerbère. Avec un pincement au cœur, elle se dit qu'elle donnerait cher pour nettoyer une nouvelle flaque d'urine ce soir en rentrant à la maison.

Il lui faut un effet de surprise, désarçonner l'homme. *Trouve un moyen, putain.* Et si elle se montrait coopérante, entreprenante même ?

Avec précaution, elle s'arrête et se retourne vers lui. Le visage de l'homme, déformé par la rage, est méconnaissable.

Pour la première fois, elle a peur de lui. Le regard qu'elle lui lance est implorant.

— Tu…

— Ta gueule !

Ce n'est pas un cri, c'est un rugissement. Profond, guttural. Son expression n'a plus rien d'humain. C'est un animal. Le regard de haine que l'homme porte sur elle réduit à néant, en une fraction de seconde, toute perspective de survie.

À chacun de ses pas la rapprochant de l'échafaud, Victoire sent la panique la gagner un peu plus. Elle scrute entre les arbres à la recherche d'un mouvement, d'un signe de vie. En vain.

Une tache blanche, massive, se dessine entre les arbres : un véhicule. Elle pourrait courir, hurler pour essayer d'alerter le propriétaire. Un pavé tombe au creux de son estomac lorsqu'elle comprend qu'il la mène droit vers le fourgon. *Une camionnette, putain !*

En un instant, Victoire a pris sa décision. Elle ne mourra pas comme ça. Elle ne servira pas de jouet à ce détraqué sadique. Elle ne le laissera pas l'emmener. Elle préfère crever là, dans son bois. Qu'il l'abatte, qu'on n'en parle plus ! Il y en a quelques-uns qui l'attendent là-haut et elle est prête à rendre des comptes.

Victoire prend une profonde inspiration. Ostensiblement, elle s'arrête et plonge la main dans son sac pour en sortir la petite pelle.

La réponse survient instantanément, dans une détonation à lui faire exploser les tympans.

5

Il voit encore son corps chuter au ralenti, comme au cinéma. Son doigt qui appuie sur la détente et le coup qui part. *Pan*.

Elle a basculé en arrière comme une poupée de chiffon, désarticulée, molle. L'instant suivant, un craquement atroce accompagnait la chute de la jeune femme. Le bruit de son crâne heurtant la roche résonne encore dans la tête de l'homme. Il n'oubliera jamais ce son ; l'os de sa belle qui se brise sous le choc.

L'écho du coup de feu a déclenché les hurlements des chiens. Il voudrait hurler sa rage avec eux, sa rage et son désespoir. Elle tentait de sortir quelque chose de son sac et il a paniqué. Il a tiré sans viser, par instinct. Son sang-froid s'était volatilisé. La balle avait effleuré le crâne de sa proie, mettant brutalement un terme à leur marche funèbre.

* * *

L'homme n'a pas bougé. Il tente de remettre ses idées dans le bon ordre, perdu dans une tempête d'émotions contradictoires. Le souffle court, il observe le corps inerte étendu sur le sol.

Il s'était pourtant si bien préparé. Victoire aurait dû être son chef-d'œuvre. Il avait tant de projets pour elle. Ils auraient dû passer du temps ensemble, peut-être même aurait-elle fini par l'aimer. Il l'aurait obligée, de toute façon.

De sa muse, il ne reste maintenant qu'un tas de chair inanimé, gisant sur le sol humide de la forêt. Un flot rubis continu s'échappe d'un trou sur le côté de son crâne, habillant les feuilles et la terre alentour d'un manteau sanglant.

* * *

Les aboiements des chiens sont plus audibles maintenant. Leur vacarme n'a pas diminué d'intensité depuis que le coup de feu a réveillé la vieille forêt.

Pire, l'homme a le sentiment qu'il se rapproche. Il ne manquerait plus qu'une bande de chasseurs lui tombe dessus. Il ne serait pas de taille.

L'homme n'a qu'une certitude ; il doit emmener le corps. Peut-être pourra-t-il quand même s'amuser un peu avec elle avant de s'en débarrasser pour de bon. Il aurait voulu qu'elle ait les yeux ouverts pour pouvoir fixer ses iris bleus pendant qu'il s'occuperait d'elle.

Un regain d'énergie l'envahit, tandis que son imagination galope à vive allure. Le film prend racine dans son esprit. Le scénario fait naître un sourire étrange sur son visage crispé de douleur. Oui, il doit l'emmener.

La saisissant par la taille, il entreprend de jeter le poids mort sur son épaule pour parcourir les quelques dizaines de mètres restant jusqu'au véhicule.

La tâche s'avère vite bien plus ardue qu'escomptée ; elle n'est pas épaisse, mais il n'a pas le physique d'Hercule. La terre mouillée manque de le faire chuter à chaque pas, déséquilibré par le poids de la jeune femme.

* * *

Cette fois, le doute n'est plus permis, la meute a gagné du terrain. Les hurlements ont repris de plus belle, bien plus proches que tout à l'heure.

Il doit faire vite, la jeter dans la camionnette et les mettre tous les deux à l'abri. Personne ne doit les voir ici. Quelques mètres seulement les séparent du chemin.

Les chiens sont à leurs trousses, attirés par le coup de feu et l'odeur du sang frais. Ils seront là d'un instant à l'autre, probablement suivis de près par leurs maîtres, lourdement armés eux aussi.

Plus que quelques mètres... Les effluves de mousse envahissent ses poumons dilatés par l'effort. Hors d'haleine, l'homme s'arrête net devant le fossé qui le sépare du sentier, prêt à prendre un dernier élan pour les délivrer tous les deux de ces bois. Le saut à effectuer est immense.

La réalité brute lui coupe le souffle. Impossible de le franchir avec sa charge, trop tard pour chercher un passage plus praticable. Des larmes de colère et de frustration envahissent ses yeux. Il comprend qu'il va devoir abandonner son trophée ici. Après tout ce qu'il a imaginé, tout ce qu'il a traversé, il doit se résoudre à laisser le corps ensanglanté dans la vieille forêt. L'idée lui est intolérable. Mais il n'a pas le choix, il ne plongera pas pour elle. Pas après ce que lui ont coûté ces dernières années.

Avec délicatesse, il repose son fardeau sur le sol et s'autorise à la regarder une seconde de plus. Le temps presse. Pourtant, malgré l'urgence, il ressent les picotements caractéristiques qui envahissent son estomac. Cette excitation brutale et familière qui l'anime depuis tant d'années s'insinue une fois de plus dans ses veines, accélère son souffle et brouille ses pensées. L'obsession le hante depuis tellement longtemps. Il n'est plus question d'envie, c'est un besoin vital.

L'homme se laisse tomber à genoux à côté du corps immobile. Relevant la manche du blouson de la jeune femme, il porte le bras inanimé près de son visage, s'octroyant une seconde seulement pour s'enivrer de son odeur.

Alors, avec délectation, il enfonce ses dents profondément dans sa chair, encore et encore, tatouant la peau nacrée de dizaines de petits points étincelants.

* * *

Débarrassé de sa charge, il n'aura fallu que quelques secondes supplémentaires à l'homme pour se jeter dans l'habitacle et démarrer précipitamment sa camionnette. *In extremis*, il aperçoit, juste avant de disparaître dans un virage, les gilets orange s'agiter près du fossé.

Dans le rétroviseur, son reflet lui provoque un sursaut. Sur son teint maladif, le sang de Victoire dessine une bouche de clown grotesque.

Une écume fétide refluant de sa gorge lui arrache un spasme. L'homme enfonce son pied sur le frein. Juste à temps pour déverser un flot de bile acide sur ses genoux.

* * *

Du tréfonds des limbes, deux douleurs cuisantes assaillent Victoire. Tranchantes, lancinantes. Tête et bras.

Dans son délire éthéré, elle perçoit un souffle chaud et saccadé près de son visage, des aboiements rauques et, enfin, des pas précipités, accompagnés aussitôt d'une exclamation.

— Putain, mais c'est quoi ce délire ?

6

— Et du coup, quand est-ce que je pourrai le récupérer ?

— Monsieur, nous devons procéder à un certain nombre de vérifications, il vous sera restitué dès que possible.

Les mains du jeune gendarme tremblent légèrement. Il peine à dissimuler sa nervosité, tandis qu'il réquisitionne les armes des quatre chasseurs. Tant bien que mal, il tente de garder la contenance que lui impose son statut, malgré les ratés incontrôlables de sa voix.

Jusqu'à présent, on l'avait plutôt sollicité pour des querelles de voisinage et des accidents de la circulation. La routine du milieu rural, quoi. C'est la première fois qu'on lui demande d'intervenir sur une opération d'une telle ampleur. Il ignore si la jeune femme que l'on a retrouvée ici est encore en vie. Il ne sait pas non plus s'il s'agit d'un malheureux accident de chasse ou d'une affaire plus sordide. Ce n'est pas son rôle d'échafauder des théories. Il doit se préoccuper des faits, rien de plus.

Pendant que ses collègues s'affairent à sécuriser la zone, on lui a confié la tâche sensible de recueillir les premiers témoignages et de confisquer les fusils. Lourde responsabilité. D'autant plus que ses interlocuteurs ne semblent, d'un premier abord, pas des plus coopérants.

Autour de lui, les quatre hommes le bombardent de questions, pressants, curieux et un brin méfiants.

— Elle est morte ? crache l'un d'eux en suivant du regard l'ambulance qui rejoint la route départementale, sirènes hurlantes.

— Monsieur, je ne peux pas vous communiquer cette information.

Le ton se veut ferme, mais le jeune homme sait qu'il ne dupe personne. La plupart des chasseurs ont le double de son âge et la crédibilité qu'ils lui accordent semble proche de zéro. D'ailleurs, on l'écoute à peine.

— T'es con, ils ne seraient pas partis si vite si elle était morte, rétorque l'un des hommes, ignorant ostensiblement l'intervention du gendarme. En plus, ils l'auraient mise dans un sac, ajoute-t-il avec l'aplomb de celui qui passe ses samedis soir devant des séries policières.

La jeune recrue tente d'ignorer les remarques qui fusent de toutes parts.

— Nous aurons besoin de vous revoir pour prendre vos dépositions, vous recevrez une convocation pour une audition très rapidement…

— Mais on n'a rien fait ! Elle était déjà comme ça quand on l'a trouvée !

Le gendarme secoue la tête d'un air las. L'homme qui vient de lui couper la parole oscille nerveusement d'un pied sur l'autre, tel le balancier d'une gigantesque pendule. Il en aurait presque le tournis.

— Personne ne vous accuse de rien, à ce stade des investigations. C'est juste la procédure.

— Et que ce soit bien clair, les chiens ne l'ont pas touchée ! s'emporte un petit trapu en désignant du menton trois chiens tenus en laisse. N'allez pas raconter que ce sont eux qui lui ont bouffé le bras ! Je ne sais pas ce qui s'est passé avec cette fille, mais c'était vraiment moche !

Le gendarme relève la tête du carnet, dont il a commencé à noircir les pages. *Bouffé le bras ?*

— Vous pouvez me décrire la blessure ?

Les quatre hommes se regardent en silence, manifestement hésitants.

— C'était bizarre. Elle avait la veste relevée, ça pissait le sang.

— On ne savait pas trop quoi faire. Du coup, j'ai comprimé la plaie avec mon pull.

Le plus jeune pointe du doigt le vêtement ensanglanté étendu sur le sol, quelques mètres plus loin.

— Je me suis dit que c'était la meilleure chose à faire, en attendant l'ambulance. Et puis, à un moment, on a voulu vérifier si ça saignait encore.

Le jeune homme s'interrompt. Nouvel échange de regards muets.

— Vous avez remarqué quelque chose de particulier ? interroge le gendarme.

Le jeune se frotte la nuque d'un air gêné.

— Ça ressemblait à des morsures. Des morsures humaines.

* * *

Derrière le volant de la voiture banalisée, Alexandre tente de garder son calme. Il pianote du bout des doigts sur le volant, son regard alternant entre la route et sa collègue, assise à sa droite. Il est surexcité, quasiment fiévreux.

— On va l'avoir, je te jure que cette fois, c'est pour nous !

Sa partenaire soupire. Il est comme un chiot à qui on aurait donné un nouveau jouet ; intenable. Des mois qu'elle se les coltine, lui et son optimisme à toute épreuve.

— Détends-toi, si ça se trouve les chasseurs ont picolé et on n'aura rien à se mettre sous la dent. Et concentre-toi sur ta conduite, par pitié. Tu n'es pas pilote de rallye. Je n'ai pas l'intention de mourir dans une sortie de route, ni de gerber au prochain rond-point.

Alexandre sourit en coin, l'inspecteur connaît trop bien sa partenaire et son austérité feinte. Au fond, elle aussi doit trépigner d'en savoir plus.

Leur chef les avait appelés une heure plus tôt pour leur demander de se rendre au centre hospitalier de Dole. Le corps d'une femme inconsciente y avait été transporté en état d'urgence absolue. *A priori*, une balle perdue pendant une chasse. Les chasseurs eux-mêmes avaient prévenu les secours. Les gendarmes avaient été les premiers à intervenir sur les lieux pour sécuriser la zone. L'un d'eux avait fait le rapprochement avec leur affaire et en avait informé sa hiérarchie.

Dans les locaux de la brigade criminelle, Alexandre avait fait irruption dans le bureau de Marianne, manquant de peu de la faire tomber de sa chaise. Elle avait levé les yeux au ciel et attrapé sa veste, affichant sa traditionnelle moue blasée. Personne au monde ne lui aurait fait avouer qu'il avait piqué sa curiosité. Après des semaines à éplucher des relevés téléphoniques sans intérêt et mené des entretiens stériles, elle espérait vraiment qu'un élément relancerait leur enquête. L'énergie folle qu'elle semblait dépenser pour ne laisser paraître aucune émotion constituait un véritable mystère aux yeux d'Alexandre.

— Refais-moi le topo, calmement cette fois. S'il te plaît.

Alexandre ne se fait pas prier. Il sourit à nouveau, trop heureux de la faire sortir de sa coquille pour la première fois depuis des lustres.

— On n'a pas encore l'identité de la victime. Jeune. Entre vingt et trente ans *a priori*. Elle est encore en vie. Un traumatisme crânien, la cause reste à déterminer. Mais les chasseurs ont décrit des mutilations au niveau d'un avant-bras qui pourraient correspondre au mode opératoire.

— Oui, sauf que, d'habitude, on les retrouve en pièces détachées… Sinon, oui, ça colle.

— J'ai une intuition, Marianne, c'est notre gars. Et souris un peu, ça te ferait du bien.

Marianne laisse son regard s'échapper par la fenêtre, fixant sans les voir les arbres qui défilent, le long de la route. Les intuitions de son collègue, elle les connaît trop bien : tantôt fulgurances de génie, tantôt précipitations fougueuses. La loterie en somme. Malheureusement pour elle, Marianne n'était pas du genre à piocher les bons numéros.

7

Les deux agents traversent le parking de l'hôpital au pas de course. L'endroit est bondé, malgré l'heure tardive.

Dans le véhicule banalisé, les bavardages d'Alexandre avaient fait place à un silence tendu, nécessaire à leur concentration réciproque. Par réflexe, leurs regards convergent vers le point de rencontre habituel, à gauche de la porte d'entrée des urgences. Devant eux, les gyrophares d'une ambulance projettent leur lumière bleue sur la haute façade de béton.

Assis sur un banc, une cigarette bien entamée à la main, le Dr Borel les attend, indifférent au ballet des brancards qui se déroule à quelques mètres de lui. Son regard rieur contraste étrangement avec ses rides profondes. Ses cernes immenses, gravés dans le marbre par trop de caféine, de clopes et un manque manifeste d'air frais, témoignent de son abnégation. Il arbore l'œil pétillant de celui qui retrouve de vieilles connaissances. Alexandre le soupçonne de ne pas fréquenter suffisamment les vivants pour manifester tant d'enthousiasme à chacune de leurs rencontres.

La poignée de main qu'il leur tend est ferme et accompagnée, comme à son habitude, d'un large sourire aux dents jaunies par la nicotine.

— Prêts à visiter une nouvelle aile de l'hôpital ? leur lance-t-il avec légèreté en écrasant son mégot encore fumant sous son pied.

Joignant le geste à la parole, le médecin légiste les entraîne à sa suite dans l'habituel dédale des couloirs, malheureusement trop familier aux deux policiers. Sur leur passage, les néons éclairent d'une lumière crue le visage des aides-soignantes déjà fatiguées de leur prise de poste de nuit. Cette fois, cependant, le Dr Borel ne les mène pas au sous-sol. Après quelques minutes de marche, le médecin termine sa course devant une double porte fermée, affublée d'une pancarte. *Réanimation chirurgicale B.*

— Elle a été transférée en service de réanimation il y a deux heures, après son intervention chirurgicale. Vous allez pouvoir la voir quelques minutes, les informe le médecin.

* * *

Derrière la vitre du box, les bips et les alarmes des machines leur parviennent étouffés. Alexandre et Marianne, affublés de masques, blouses et charlottes, observent la victime. Allongée, les yeux fermés, une sonde d'intubation dans la bouche, sa poitrine se soulève au rythme des bruits sourds du respirateur. Les câbles, innombrables et tentaculaires, s'élèvent de toutes parts, laissant à Alexandre la désagréable impression de regarder une proie piégée au centre d'une toile étrange. Son crâne, recouvert de bandages sous la lumière blafarde, parfait la vision fantomatique.

Le policier tente de chasser la boule désagréable qui est apparue dans le creux de son estomac depuis qu'ils ont franchi la porte du service. Alexandre se souvient de sa dernière visite ici, ultime rencontre avec son père. Les années avaient adouci le souvenir, mais en cet instant, la sensation de déjà-vu est cuisante. Les mêmes odeurs de produits désinfectants l'assaillent, réminiscence de leurs moments de recueillement familiaux sur le lit de mort de celui qu'ils avaient un jour tant aimé.

Le Dr Borel jette un regard autour d'eux, s'assurant qu'aucune oreille indiscrète ne traîne à portée de voix.

— La patiente a été sédatée, plongée dans un coma artificiel pour préserver ses fonctions vitales. Elle nécessite pour le moment une ventilation assistée et une surveillance permanente. Nous n'avons pas connaissance de son identité, mais tout porte à croire qu'elle a entre vingt-cinq et trente ans.

Marianne se tourne vers lui.

— Vous pourriez nous faire une description physique de la victime ?

La réponse est laconique.

— Comme les quatre autres. Type caucasien, cheveux noirs, yeux bleus, taille moyenne.

Alexandre, lui, n'a pas quitté des yeux la jeune femme étendue là. Il sourit.

* * *

Le Dr Borel les fait pénétrer dans une pièce minuscule et impersonnelle. Dans un raclement de chaise, il s'assied derrière le bureau, les invitant à prendre place face à lui.

— Prêts ? demande-t-il aux policiers en faisant pivoter l'écran de l'ordinateur vers eux.

— Allez-y, acquiesce Alexandre.

Ses paumes sont moites. Discrètement, il les passe sur son pantalon. Du coin de l'œil, il observe Marianne dégainer son carnet noir, mémoire de chacun de leurs entretiens. Il admire sa rigueur, son sérieux. Dans le duo improbable qu'ils forment, elle est la glace : froide, stable, solide. Lui serait plutôt une créature de feu, dansante et imprévisible.

— La victime a été prise en charge par mes collègues aux environs de 18 h 30. Elle a dû subir une intervention chirurgicale en urgence pour une fracture du crâne par enfoncement, détectée au scanner. Le chirurgien est intervenu rapidement pour réduire la pression intracrânienne et endiguer l'hémorragie cérébrale. Il semblerait heureusement que la victime ait été retrouvée dans la demi-heure suivant le traumatisme crânien, sans cela nous serions en train de discuter de nos hypothèses à la morgue. Nous avons donc pu repérer une première plaie sur le côté droit, provoquée par un choc suffisamment important pour faire un trou de trois centimètres de diamètre dans le crâne, au niveau de l'os pariétal précisément. Certainement par le biais d'un objet perforant.

Les observant par-dessus ses lunettes, le médecin légiste marque une pause dans son exposé, probablement dans le but de laisser à ses interlocuteurs le temps d'assimiler la somme d'informations. D'un hochement de tête, Marianne lui fait signe de poursuivre.

— La deuxième plaie est ici, enchaîne-t-il en faisant défiler une nouvelle photo de cuir chevelu sur laquelle apparaît une longue coupure aux bords noircis. Une blessure de huit centimètres sur le côté gauche de l'os frontal. Au vu de la forme et de la brûlure qui accompagne la plaie, je dirais que ça pourrait correspondre à une blessure par arme à feu. La balle a probablement effleuré le crâne de la victime sans faire trop de dégâts, mais le choc a pu être relativement important.

— Quand pourra-t-on l'interroger ? s'impatiente Alexandre.

Les nouvelles sont moins bonnes qu'il l'aurait espéré. Même si la jeune femme respire encore, sa vie semble pour l'instant suspendue à un fil.

— Je serais bien incapable de vous donner un délai, voire de vous assurer que cela sera un jour possible. L'hémorragie cérébrale a causé des dégâts. Il lui faudra du temps pour espérer restaurer ses fonctions cognitives. Pour le moment le cocktail benzodiazépines, propofol et morphine est le meilleur qu'on puisse lui proposer pour lui donner toutes les chances de pouvoir un jour s'entretenir avec vous.

Les policiers accusent le coup. Si l'homme qu'ils recherchent est bien à l'origine de l'agression, le témoignage de cette femme est une chance inespérée de faire avancer leur enquête.

Nouvelle pause. Le médecin n'a pas encore évoqué l'élément qui les intéresse le plus. Alexandre n'en peut plus d'attendre.

— Vous ne nous avez pas encore parlé de la morsure.

Le médecin esquisse un sourire devant l'impatience du brigadier.

— Les morsures, plutôt.

Sur l'écran de l'ordinateur, une nouvelle photo vient de s'afficher. Un gros plan. Pendant quelques secondes, les deux coéquipiers peinent à comprendre ce qu'ils observent. Puis, soudain, tout s'éclaire. Devant eux, la photo d'un bras, ou plutôt ce qu'il en reste. Un cylindre de chair, percé de dizaines de trous profonds, méticuleusement alignés. Des arcs de cercle sanglants disposés comme un dessin, une œuvre d'art.

8

Tic, tac, tic, tac. Dans l'obscurité, la trotteuse de l'horloge murale bat le rythme des respirations lentes et profondes du félin. Allongé sur le canapé, patiemment, Cerbère attend le retour de sa maîtresse. À quelques centimètres en contrebas, son œuvre du jour ; le tapis à poils longs, méticuleusement imbibé d'une flaque jaunâtre et malodorante. Sa façon à lui de manifester son mécontentement quant au retard de la jeune femme. Les horaires de repas, c'est une affaire sérieuse. Parole de chat.

Les yeux mi-clos, il observe la porte d'entrée, à l'affût du moindre son qui lui parviendrait de l'extérieur. Seule la lumière opaline de la lune perce à travers les fenêtres du salon.

Enfin, un bruit vient briser le silence. Des pneus crissent sur le gravier. Les phares du véhicule qui pénètre dans l'allée balaient l'intérieur du minuscule salon, immaculé.

Immobile, le chat patiente, son oreille réagissant instinctivement aux bruits étouffés lui parvenant du dehors. Une portière qui claque, des pas précipités, un trousseau qui s'agite. Cerbère s'étire tandis que la clef actionne la serrure, prêt à affronter la colère de sa maîtresse, dérisoire en comparaison de son estomac qui crie famine.

Mais le raclement de gorge rauque qui accompagne l'entrée du visiteur dans l'appartement vient contrecarrer les plans du matou, le faisant disparaître, façon Houdini, dans un tourbillon de poils noirs et brillants. Sous le canapé, l'instinct de l'animal s'est réveillé, balayant en une fraction de seconde son flegme habituel.

— Merde ! râle l'homme à voix basse. Cerbère, viens là !

Demande infructueuse, évidemment. L'homme soupire. De sa tanière, le chat l'observe retirer ses bottes boueuses sur le tapis d'entrée, avant de se mettre à arpenter la pièce, frénétiquement. On ouvre des meubles, on remue les affaires de sa maîtresse. L'individu a pris soin de n'allumer aucune lumière, mais un faisceau lumineux éclaire les lieux en suivant le déplacement de l'homme. Des marmonnements accompagnent ses allers-retours dans la chambre, puis dans la salle de bains.

Soudain, un chuchotement de satisfaction est suivi du bruit sourd d'un objet qu'on pose sur la table de la salle à manger. La porte d'entrée s'ouvre et se referme à plusieurs reprises. Aux aguets, le chat a saisi le caractère inhabituel des événements en cours. En cet instant, rien ne pourrait convaincre le flair de l'animal de le faire sortir de sa cachette. Rien, si ce n'est le bruit d'un sachet de croquettes que l'on secoue, suivi du tintement des friandises contre les parois de la gamelle métallique. L'odeur emplit les naseaux gourmands de l'animal affamé. Au-delà du canapé, plus rien ne semble bouger. Le pas de velours hésitant qu'il esquisse à l'extérieur de sa planque lui est fatal. En une seconde, une main puissante le saisit par la peau du cou, propulsant l'animal à l'intérieur de la cage préalablement installée sur la table.

Acculé au fond de sa geôle, derrière la petite porte métallique, Cerbère crache, le pelage gonflé, la queue dressée. Puis, lentement, on soulève sa prison de plastique. De l'autre côté des barreaux, un visage qu'il connaît trop bien. Deux iris noirs, abysses sans fond, le fixent en silence.

* * *

Mme Jeannot s'était encore endormie sur le canapé. Cela, plutôt que de subir les assauts nocturnes de son attendrissant, mais obsédé mari. Quand la laissera-t-il donc en paix ? Elle n'avait plus la fougue et l'énergie d'autrefois. Elle avait malheureusement fini par renoncer à l'espoir qu'il comprenne un jour que la ménopause avait eu raison de sa libido ; elle avait adopté la technique imparable de la lecture jusqu'à point d'heure sur le sofa. Roman, tricot, série télé, tous les prétextes étaient bons pour s'attarder au salon jusqu'à l'endormissement de monsieur, qui, une fois dans les bras de Morphée, était une véritable bûche. Ce soir-là, cependant, un bruit de moteur inhabituel vint la sortir de sa torpeur.

Remettons les choses dans leur contexte. M. et Mme Jeannot vivaient dans un charmant hameau isolé au milieu d'à peu près nulle part. Leur maison était située en lisière de forêt, au fond d'une impasse représentant les derniers vestiges de civilisation avant des kilomètres de bois inhabités. Alors, quand un fourgon vint se garer ce soir-là dans l'allée de la voisine vivant de l'autre côté de la route, Mme Jeannot ne put s'empêcher de s'attarder discrètement derrière les rideaux de sa fenêtre. La maisonnette d'en face était construite en retrait de la ruelle qui, elle, n'était évidemment pas éclairée à cette heure. Restrictions budgétaires, hausses de l'électricité, avait argumenté le maire devant ses administrés. Mme Jeannot, elle, n'avait pas fait partie de ceux qui s'étaient opposés avec véhémence à cette décision, à l'époque. Ce soir néanmoins, elle regrettait de ne pouvoir observer l'étrange inconnu qu'à la lueur du clair de lune. La silhouette sombre ouvrit la porte et disparut dans la maison. Les observations de l'indiscrète voisine auraient pu s'arrêter là si un détail n'avait pas fini par attiser sa curiosité ; des rayons de lumière balayaient maintenant l'intérieur du domicile d'en face. Un amant ?

Un cambrioleur à Pouzèle-le-Bas ? Improbable, mais pas impossible. Comprenez l'intérêt fébrile de Mme Jeannot ; les sources de ragots ici étaient bien minces et sa jeune et furtive voisine ne satisfaisait pas vraiment sa curiosité. Victoire avait emménagé presque un an plus tôt. Polie, mais peu avenante, des horaires de sortie millimétrés, aucune visite. Mme Jeannot avait bien tenté de la retrouver sur les réseaux sociaux, sans succès. Rien de bien excitant à se mettre sous la dent pour notre amatrice de potins. Alors cet homme, qui se promenait là en pleine nuit, enchaînant les allers-retours vers sa camionnette, avait de quoi inspirer chez elle des scénarios improbables et rocambolesques.

Interrompant ses rêveries, l'homme sortit à nouveau de la maison, tenant par la poignée une grande boîte. Les feux du véhicule éclairèrent à nouveau la façade de la maison et dans un ultime vrombissement, quittèrent le cul-de-sac.

Mme Jeannot fixa un instant la bâtisse plongée dans le noir avant de tirer le rideau, un brin électrisée par ses observations nocturnes. Une petite voix qu'elle n'avait pas entendue depuis bien longtemps lui murmura qu'elle pourrait peut-être tirer son mari de son sommeil. Juste pour cette fois.

9

— Tu penses qu'on pourra l'interroger ?

Dans la voiture, Marianne hausse les épaules en relisant ses notes. Elle sent sa concentration faiblir, tandis qu'elle tente de refaire le film de leur entretien avec le légiste. Ne surtout omettre aucun détail. Marianne ferme les yeux, pressant ses paupières avec force.

Elle ne pouvait plus compter sur sa mémoire depuis qu'elle enchaînait les nuits blanches dans son bureau mal éclairé de la brigade criminelle. Elle repoussait le sommeil à grand renfort de caféine, relisant encore et encore les rapports d'enquête à la recherche d'un détail encore inexploité. Ses brefs endormissements nocturnes étaient, eux, ponctués de songes angoissants habités par d'immenses silhouettes qui l'encerclaient sans dire un mot, visages sans yeux dont les orbites vides suivaient le moindre de ses mouvements. Le réveil brutal la laissait toujours dans le même état de stress. Elle avait de plus en plus de mal à s'extirper de ces visions angoissantes. La sensation de mal-être la poursuivait généralement quelques heures avant qu'elle en soit enfin débarrassée et alors, déjà, son organisme réclamait à cor et à cri sa dose de sommeil réglementaire. C'était sans fin.

Il faut dire qu'on ne l'avait pas épargnée en lui confiant cette affaire. Pourtant, son travail d'enquêtrice à la brigade criminelle avait forgé son caractère depuis douze ans, estompé ses faiblesses. Cela faisait plus de quinze mois qu'Alexandre et elle s'étaient retrouvés liés pour toujours, unis dans l'horreur des cadavres que leur tueur semait derrière lui. Chaque victime supplémentaire les rappelant à l'échec de leur mission, ridiculisés par un monstre insaisissable.

Le premier corps avait été déterré démembré et mutilé au cœur même de la forêt où chacune des victimes avait été retrouvée. Le vaste domaine de vingt-deux mille hectares était devenu le terrain de jeu d'un assassin fou. Le tombeau fraîchement creusé non loin d'un sentier avait fini par attirer l'attention de cueilleurs de champignons qui, en lieu et place de cèpes charnus, avaient découvert un pied blanchâtre émergeant d'un petit monticule de terre. Nue et exsangue, la victime avait rapidement été identifiée. Anna Enthoven, 28 ans, d'origine néerlandaise, avait été signalée disparue quatre jours plus tôt par sa mère avec qui elle partageait son domicile. La jeune femme, aimée de tous, était, aux dires de ses proches, la candeur incarnée. L'affaire, par son caractère abject, avait fait les gros titres.

Deux mois plus tard, dans des conditions similaires, Émilie Duchêne était découverte par des promeneurs à proximité d'une aire de jeux pour enfants. *Modus operandi* et profils de victimes similaires.

En septembre, les restes de Maëva Wald avaient été retrouvés dans un état de décomposition avancé, des randonneurs ayant été alertés par l'odeur de putréfaction que dégageait le corps de la jeune femme. Sa disparition avait été signalée aux autorités quinze jours auparavant. Un tueur en série venait de naître avec la découverte de Maëva. Un troisième corps pour un nouveau titre.

L'équipe avait dû faire face à un déferlement de haine sur Internet, les uns les soupçonnant de laxisme, les autres les accusant d'incompétence. La presse ne les lâchait plus. Alexandre avait réussi à se détacher, parfois même à s'amuser des réactions des haters sur les réseaux sociaux. Les pseudo-enquêteurs avaient pullulé sur les forums et leurs posts inondaient la Toile en permanence de leurs certitudes absurdes et infondées. Entre les fausses dénonciations et les menaces en ligne, la brigade criminelle avait dû affecter l'un de ses agents, Tom, à la surveillance des informations qui étaient échangées sur Internet. Un crack de l'informatique, le petit prince de la souris.

Marianne, elle, ne parvenait pas à prendre de la distance avec les lignes qu'elle lisait quotidiennement sur l'écran de son ordinateur.

La découverte du dernier corps, en décembre, avait fini d'enfoncer l'ultime clou dans le cercueil de son amour-propre. Évidemment, elle éprouvait de la compassion pour les familles endeuillées, peinait à se mettre à la place de celles à qui on avait infligé tant de souffrances dans leurs derniers instants. Mais la vérité brute, inavouable, c'était que Marianne était avant tout vexée. Vexée de ne pas réussir à résoudre cet immense casse-tête qu'un inconnu avait décidé de mettre sur leur chemin. Elle en avait fait une affaire personnelle.

La dépouille de Charlotte Pascal avait à peine été dissimulée, à quelques mètres d'un petit parking dans les bois. Ancienne reine de beauté régionale qui jouissait d'une petite notoriété locale, son meurtre avait particulièrement ému l'opinion publique. Les fortes pluies hivernales avaient rapidement mis à nu le cadavre, déposé là moins de vingt-quatre heures auparavant. Marianne se souviendra toute sa vie des quelques minutes qui avaient suivi leur arrivée sur les lieux où le corps avait été découvert.

Alexandre avait coupé le moteur, sous les torrents de pluie que même la couverture des arbres ne parvenait pas à arrêter. Des gouttes immenses harcelaient le pare-brise dans un vacarme monumental. En silence, ils avaient attendu. Aucun d'eux n'avait eu le courage de s'extirper de l'habitacle pour aller voir l'endroit où était déposé le corps de la jeune femme. Comment affronter la vision d'un nouveau corps nu et mutilé ? Comment soutenir le regard de leurs collègues de la scientifique qui, eux, retournaient chaque brindille, exploitaient chaque trace suspecte au fond de ces bois depuis des mois ? La honte les avait paralysés, emmurés entre les parois de tôle du véhicule banalisé. Ce n'est qu'après que l'un de leurs collègues soit venu tambouriner sur le toit de la voiture que les deux collègues avaient consenti à s'en extraire, portant sur leurs épaules le poids écrasant de leur culpabilité.

La négligence avec laquelle le corps de Charlotte Pascal avait été balancé dans les bois avait soufflé à Alexandre et Marianne deux conclusions évidentes ; la première, le tueur ne cherchait pas à faire disparaître les corps. La seconde, ils couraient après un meurtrier suffisamment présomptueux pour laisser les enquêteurs accéder à un panel d'indices précieux. Malheureusement, la chance ne leur avait pas encore souri et aucun élément décisif n'avait été retrouvé, ni sur les lieux ni sur ce qui restait du corps mutilé.

Les cadavres, retrouvés nus, avaient été découpés en sections courtes, déposés dans les bois dans un entrelacs de chair et de viscères, vidés de leur sang. Les corps avaient subi un trempage prolongé à l'eau de Javel, anéantissant tout espoir d'y retrouver des traces d'ADN du meurtrier. Les rapports du médecin légiste notaient la présence de marques de strangulation et de pétéchies periorbitaires, concluant à quatre décès probables par étranglement.

Le tableau morbide était finalisé par de grandes traces en arc de cercle, situées sur les avant-bras et les mollets des victimes, marques de dents profondément enfoncées dans la chair déchiquetée et par lesquelles le criminel avait probablement aspiré en partie le sang de ses victimes. La presse locale, en l'absence de ce dernier détail sordide, avait sobrement baptisé l'homme « Le tueur de la forêt de Chaux ». Mais, pour Marianne et Alexandre, cela n'avait fait aucun doute. Le petit nom avait été trouvé en un échange de regards.

Entre eux et jusqu'au dénouement de cette affaire, ils le surnommeraient *Dracula*.

10

L'homme, assis sur le sol froid de son antre de béton, réfléchit. Il a ressenti le besoin impérieux de venir se recueillir ici, là où tout aurait dû se terminer. Le bilan des dernières vingt-quatre heures n'est pas glorieux. Les images défilent dans sa tête, lui coupant le souffle avec la puissance d'un uppercut bien placé. Même Cerbère, prostré au fond de sa cage, n'ose pas rompre le silence. Deux mâles affamés, voilà ce qu'ils sont.

Du bout des doigts, l'homme gratte le sol, machinalement. De petits fragments de ciment rougeâtre, souvenir de leur dernière invitée, viennent se loger sous ses ongles. De la poussière d'ange.

La pièce, prête à accueillir Victoire, lui semble atrocement vide. Il leur aurait préparé un nid d'amour. Il l'aurait choyée, quelques heures, quelques jours peut-être. Il n'aura pas le plaisir de l'observer à la dérobée à travers le petit hublot, se battre malgré les lourdes chaînes qui auraient entravé ses poignets graciles. Le supplier. Oh oui, elle l'aurait supplié.

Quel gâchis. Ce corps magnifique, sans vie, tombé à même le bois avant même qu'elle ait pu entrapercevoir la fin qu'il avait prévue pour elle. Victoire aussi aurait fini par maculer le sol de la pièce d'un peu d'elle-même. Son sang se serait mêlé à celui des autres, liées pour l'éternité au fond de cette cave.

D'un bond, il se lève, félin souple et gracieux. La tension

qu'il ressent aujourd'hui lui était inconnue, il y a quelques heures encore. Curieuse sensation que le désespoir mêlé de stress intense. Il est vide et plein à la fois. À eux deux, ils s'étaient crus invincibles, plus malins que la police qui les poursuivait depuis des mois. Mais il était bien obligé de l'admettre, la situation dans laquelle il s'était mis était extrêmement délicate. Maëva, Émilie, Anna, Charlotte... Les plans qu'ils avaient mis au point pour elles s'étaient déroulés à merveille. Peut-être avait-il péché par orgueil, peut-être était-il finalement moins capable d'agir seul qu'il ne l'avait imaginé.

Les yeux fixés sur le petit lit crasseux au fond de la pièce, il fait le point. La voiture, le sac à main et quelques affaires personnelles de Victoire, récupérées chez elle cette nuit, ont soigneusement été dissimulés dans un garage de la grande propriété privée, maigre lot de consolation de sa désillusion.

L'homme s'assied sur le lit, provoquant le grincement sinistre du sommier à ressorts, déclenchant chez Cerbère un feulement outré. Perdu dans ses rêveries, ses longs doigts effleurent en caresses douces le drap satiné. L'homme baisse les yeux. Entre ses phalanges, une mèche de longs cheveux noirs. La faisant rouler entre ses doigts, il s'interroge. Il serait bien incapable d'affirmer avec certitude qui avait été sa propriétaire. Charlotte, peut-être. Quelle beauté ; son visage angélique, ses fossettes encadrant ses lèvres charnues. Son éclat avait perduré malgré les coups, les traces de bleus qui avaient décoré ses traits fins de larges traînées violacées. Il lui avait demandé de défiler pour lui alors que ses jambes ne la portaient déjà plus. Elle s'était exécutée, vacillant tel Bambi sur ses cannes instables. Au sol, elle l'avait regardé à travers le hublot, de ses yeux implorants, lui hurlant en silence d'en finir. Comme il avait aimé Charlotte. La Bête et lui avaient préparé sa venue pendant des semaines.

La suivre à la trace avait été d'une simplicité sans nom. Adepte des réseaux sociaux, elle renseignait la moindre de ses activités pour nourrir sa petite communauté de fans. Une virée shopping par-ci, un brunch par-là. Ça avait été un jeu d'enfant, une chasse au trésor. Et quel magnifique trésor elle avait fait ! Un diamant resplendissant, scintillant. Son corps nu s'était paré de ses plus beaux bijoux, des rubis dégoulinants de ses plaies béantes, en grosses perles luisantes dont la Bête s'était abreuvée avec gourmandise. Lui, l'homme assoiffé dans le désert, n'avait pu être que le témoin passif de l'orgie sanglante.

Il soupire, nostalgique d'instants magiques déjà lointains. Le silence des lieux le percute une nouvelle fois. Alors soudain, une certitude s'empare de lui. Il doit se remettre en selle et vite. Profiter de cette énergie qui sommeille et qui ne demande qu'à être libérée. L'éruption n'est pas loin. Pour la deuxième fois, il est maître de ses décisions. La Bête ne l'asservira plus, il est devenu l'Alpha de sa propre meute. Il n'avait pas prévu de s'y remettre si vite, mais le désir qui le ronge lui lacère les entrailles.

À grandes enjambées, il quitte le refuge, la cage de Cerbère oscillant violemment au bout de son bras. L'homme traverse le domaine, l'esprit en ébullition. Ses talons, empreints d'une détermination féroce, s'enfoncent dans le gazon mouillé.

Dans l'imposante demeure, il escalade deux par deux les marches du grand escalier de chêne. Le bois massif grince sous la cadence effrénée de ses pas. Un, deux, trois battants se referment avec fracas sur son passage. À la volée, il ouvre une dernière porte, la faisant heurter le mur. La petite chambre qu'il vient de pénétrer est inondée de lumière. Le vitrail coloré, signature architecturale présente dans toutes les chambres de la maison, fait danser des reflets multicolores sur les lattes du plancher verni.

D'un geste brusque, l'homme referme la porte derrière lui, la faisant claquer contre le chambranle. Sans perdre une seconde, il entreprend de déplacer le grand lit, mettant au supplice les lames du parquet. À genoux, il glisse ses ongles sous la plinthe dissimulée quelques instants plus tôt par la tête de lit. Ses mouvements sont précipités, mais précis. Dans un claquement sec et satisfaisant, une ouverture discrète, de la taille d'une boîte à chaussures, se révèle dans le mur. L'homme y plonge la main sans hésitation et en sort un porte-documents épais.

Il se redresse et s'assied sur le lit. Les yeux rivés sur les lumières qui virevoltent sur le sol. Il est pris d'un doute. Ce dossier, c'était leur idée commune. Il devrait peut-être construire le sien, tout recommencer à zéro. Faire disparaître ce projet pour sceller son nouveau départ.

Un sourire, quasiment un spasme pour un observateur extérieur, tressaille au coin de sa lèvre. Un millier de voix hurlent dans sa tête. Il est maître de son destin. Il ne laissera plus personne le convaincre du contraire. La Bête n'est plus. Ce dossier lui appartient.

Alors il l'ouvre, jette un œil au visage d'Émilie, à celui d'Anna, feuillette les pages avec fébrilité. Et là, elle apparaît. Une évidence.

Sur la photo volée sur Facebook, elle est assise sur le pont d'un catamaran, ses cheveux noirs au vent, un large sourire dévoilant des dents blanches inscrit sur son visage. Magnifique souvenir de vacances en Grèce qu'elle avait voulu partager avec le monde entier. Ses yeux bleu azur pétillent de malice.

Une légende manuscrite, fine et délicate, accompagne le cliché : Justine Landroux. Avec tendresse, l'homme passe un doigt sur le cliché, caressant les lèvres de papier. Un sourire figé, imprimé à l'encre, qui nourrirait désormais son obsession.

Il lui tarde qu'elle lui conte son épopée grecque.

* * *

Marius retient sa respiration, le regard fixé sur le plafond. Le lustre à pampilles se balance lentement d'avant en arrière.

Il l'a entendu débouler dans le hall et faire trembler toute la maison. Un instant, il avait espéré faire erreur, mais le bruit de déménagement provenant de l'étage avait confirmé son pressentiment, comme une impression de déjà-vu.

Alors, assis dans son fauteuil, Marius ferme les yeux et en silence, il prie.

11

Victoire n'est plus.

À peine un frémissement, une ombre dans le noir. Les atomes de son corps sont éparpillés autour d'elle en une stase brumeuse et brillante. Le temps n'a plus de prise sur elle. Dans un mouvement de balancier permanent, elle est bercée par des bras invisibles, réconfortants et enveloppants. Ses milliards de cellules flottent et dérivent comme un nuage dans la brise, un grain de poussière dans l'espace.

Victoire n'est plus.

Souvenir lointain et inaccessible, le mouvement de va-et-vient l'étreint avec force, cocon de légèreté dans le silence. Aucune éternité ne pourrait être plus douce que celle-ci. Pour la première fois de son existence, tout n'est que quiétude et légèreté. La douleur est bien loin, désormais.

Victoire n'est plus.

De gauche à droite, d'avant en arrière, sa matière réduite en poussière virevolte sans un bruit, sans un souffle. Dans la nuée volatile, des couleurs s'invitent dans la ronde, parant ses molécules de vert, de jaune, de rouge et de bleu. Elle est le prisme qui fait surgir l'arc-en-ciel du néant.

Victoire n'est plus.

Elle est maintenant goutte dans l'océan, emportée par les vagues. Des rayons de lumières multicolores percent la surface en halos lumineux, transperçant les abysses avec force.

La luminosité brutale la gêne, perturbe la sérénité du vide environnant. Des sons étouffés lui parviennent du dessus, au-delà de son univers d'insouciance.

Victoire lutte.

Les remous furieux de l'eau la submergent, dispersant ses particules avec fracas. Le froid mordant la saisit avec rage. De toutes ses forces, elle se bat contre les flots qui l'attirent vers le haut, l'arrachant aux bras chauds et familiers. La terreur qui l'assaille la fait exploser de douleur. Alors, tel un animal agonisant, elle hurle de désespoir et ses cris viennent se perdre dans les profondeurs de l'abîme.

Victoire abdique.

Elle cesse de se battre, le naufrage est proche. Le blanc, aveuglant, est un phare braqué sur son visage. Le rouge l'envahit, pénètre chacun de ses orifices en torrents impétueux. Elle suffoque, manque d'air. Sa gorge est en feu. Dans l'indifférence générale, elle se noie. Des bruits métalliques lui parviennent au-delà de ses songes. On circule autour d'elle, on la touche. Elle est paralysée, son corps est un cercueil de plomb gelé.

Victoire souffre.

Son sang en fusion ébouillante ses veines tandis qu'on s'agite autour d'elle. Elle voudrait ouvrir les yeux, faire face à ses bourreaux, les supplier de mettre fin à son calvaire. Elle avait cru atteindre le paradis, la voilà piégée en enfer. Des voix lui parviennent au loin sans qu'elle puisse saisir le sens des mots prononcés. De tout son être, elle tente de parler, d'appeler à l'aide malgré le bâillon profondément enfoncé dans sa gorge. Des liens entravent ses poignets et ses chevilles. Dans un effort désespéré, elle ouvre les yeux.

Victoire est de retour.

12

— Quoi de neuf, Tom ?

Alexandre, comme à son habitude, a déboulé dans le bureau de son collègue sans prévenir, un café dans chaque main. Sans prendre la peine de lever les yeux de son écran, Tom saisit la tasse fumante que lui tend son coéquipier.

— À toi de me le dire, Sherlock, lui répond son interlocuteur d'un air désabusé.

Le jeune enquêteur en cybercriminalité semble éreinté. Cela fait des semaines qu'il écume les forums et réseaux sociaux à la recherche d'une piste, qu'il traque les fausses informations, les dénonciations en tout genre. À y regarder de plus près, Alexandre lui trouve un air malade. Pour être tout à fait honnête, Tom n'a jamais réellement transpiré la vitalité.

À l'école déjà, son apparence singulière mettait ses camarades mal à l'aise. Son corps long, pâle et efflanqué avait de quoi intriguer. Alexandre en avait déduit que sa passion pour l'informatique était née de son isolement social. Un préjugé, probablement.

Son teint de lait était aujourd'hui marqué de larges cernes violets, contrastant étrangement avec ses longs cils blonds, presque transparents. Ses cheveux clairs coupés à ras, quasi invisibles, tranchaient avec le noir profond de ses iris, insondables et partiellement dissimulés derrière de larges lunettes bleu électrique. Afin de parfaire l'ensemble disparate, le jeune homme arborait un tatouage imposant et complexe, remontant jusque dans son cou.

Le concept d'harmonie lui semblait totalement inconnu. Plutôt que de se fondre dans la masse, Tom avait pris le parti d'accentuer sa différence, quitte à choquer encore un peu plus. Malgré la politique de sobriété qu'imposait son corps de métier, aucune hiérarchie n'avait jamais tenté de soumettre Tom à une quelconque discrétion vestimentaire. Sans aucun doute, l'un des avantages d'être le meilleur dans son domaine.

En cet instant pourtant, celui qui arbore habituellement une assurance inébranlable semble passablement abattu.

Alexandre tire une chaise vers lui et, faisant face au jeune expert, s'installe de l'autre côté du bureau. Un sourire au coin des lèvres, il observe son collègue ajouter, un à un, cinq sucres à son café.

— Quoi ? l'apostrophe Tom en surprenant le regard amusé de son collègue. Il me faut du carburant. Et puis, le café ici est dégueulasse.

— Mets-toi au thé alors, tu vas finir par devoir te faire des injections d'insuline à ce rythme-là.

— Épargne-moi tes conseils diététiques et viens-en aux faits, s'il te plaît.

Les deux collègues s'apprécient depuis le début de leur collaboration. Ils manient tous deux cynisme et sarcasme avec un plaisir partagé. Leurs joutes verbales pourraient durer, s'ils n'étaient pas régulièrement rappelés à l'ordre par certains de leurs collègues les plus revêches. Alexandre le sait, s'ils n'étaient pas obligés de se fréquenter tous les jours pour parler de cadavres, ils pourraient devenir bons amis. Un jour, peut-être.

— Tu as trouvé des articles qui parlent de notre inconnue ? l'interroge Alexandre.

— Rien, *nada*. Apparemment, personne n'a fait le lien.

Alexandre soupire de soulagement. Avec Marianne, ils

avaient pris les devants pour qu'aucune information ne fuite à propos de l'agression de la jeune femme retrouvée en forêt. La pression à laquelle ils avaient soumis les chasseurs qui l'avaient retrouvée semblait avoir porté ses fruits. De même, le personnel de l'hôpital qui l'avait prise en charge avait été rappelé à l'ordre quant à leur devoir inhérent au secret médical. Toute information transmise aux médias donnerait lieu à de sévères sanctions disciplinaires. De toute façon, même s'ils avaient étudié de près la presse à propos du « Tueur de la forêt de Chaux », il leur aurait été presque impossible de faire le lien avec le corps ensanglanté qu'ils avaient trouvé, pour la simple et bonne raison que Dracula ne laissait, habituellement, pas de victimes vivantes derrière lui.

— J'ai encore trouvé un gus qui affirme avoir découpé des femmes en forêt. Sur un site spécialisé pour les sadomasochistes, poursuit Tom. Mais ça ne tient pas la route. J'ai vérifié, le gars vit du côté de Perpignan et les détails qu'il donne sont mot pour mot ceux que l'on peut retrouver dans la presse. Je suis aussi tombé sur quelques fans complètement tarés. Des nanas, surtout. Complètement fendues du casque. Elles échangent sur des forums et fantasment sur ce que le gars pourrait leur faire. Le genre qui le demandera en mariage une fois qu'il sera en taule, façon Ted Bundy.

— Si on finit par l'y enfermer, rétorque Alexandre d'un air désabusé en regardant par la fenêtre, comme si leur homme allait subitement faire irruption dans la pièce après avoir escaladé la façade.

— Écoute, moi non plus je ne suis pas hyper fier de nos performances de ces dernières semaines. Mais on va finir par le trouver, ce fils de pute. Il a fait une première erreur en laissant cette femme en vie, il en fera d'autres. De toute façon, on n'a pas le choix. Et, comme toi, j'en ai marre de me faire lyncher.

Le ton que Tom emploie est dur. Alexandre le sait, l'estime

de lui-même du jeune enquêteur a été sévèrement mise à mal ces derniers mois. Il avait été érigé en prodige dans son domaine, n'avait cessé d'être encensé pour son travail, sa rigueur et sa détermination. Aucune mission n'était trop dure ou trop pénible. Tom avait été pressenti pour recevoir la médaille du Mérite cette année. Mais, comme lui, Alexandre le savait, son incapacité à démontrer ses performances sur cette affaire l'éloignait jour après jour de la distinction honorifique.

— Tu as des pistes concernant son identité ? l'interroge le brigadier.

— Chou blanc, grimace Tom. Aucun signalement de disparition de ces derniers mois ne correspond à sa description. J'ai également consulté le système de traitement des antécédents judiciaires pour être sûr qu'elle n'était pas recherchée par nos services de police. Ni la reconnaissance faciale par algorithme, ni l'analyse des points de repère faciaux n'ont apporté une correspondance probante avec une identité déjà présente dans notre base de données.

Un silence s'installe entre les deux hommes, uniquement perturbé par les cliquetis du clavier sur lequel pianote Tom nerveusement.

— Le problème, c'est que je n'ai absolument rien à me mettre sous la dent, pas une traître information concernant son identité, pas une adresse… Et ne parlons même pas des photos que Marianne m'a envoyées ; la nana est dissimulée sous des bandages et couverte d'ecchymoses ! Ce n'est même pas exploitable ! Je veux bien y mettre la meilleure volonté du monde, mais soyons sérieux, je ne suis pas magicien.

— Tu n'as rien trouvé non plus avec le prélèvement d'empreintes ?

— Rien… Je les ai comparées à celles du Fichier automatisé des empreintes digitales. Je n'ai aucune correspondance, même partielle. Cette femme n'existe pas.

13

En quittant le bureau de Tom, Alexandre hésite à faire un pas en arrière, juste pour lui demander comment il va. En son for intérieur, il tente d'imaginer l'accroche adéquate, le bon mot qui pourrait aider son collègue à relâcher un peu la pression. Il a beau tourner et retourner la phrase dans tous les sens, elle lui semble toujours aussi inappropriée. Heureusement, une Marianne au pas pressé surgit, dissipant instantanément son dilemme cérébral.

— Alors, qu'est-ce qu'il raconte, le surdoué ?

Le ton narquois est à peine dissimulé. Marianne faisait partie de ceux qui avaient tout misé sur l'affectation de Tom à leur enquête. Malheureusement pour lui, il n'avait pas été à la hauteur de ses attentes. Son excellente réputation ayant cette fois joué en sa défaveur. Depuis quelques semaines, Marianne l'évitait copieusement. Pire, elle ne manquait jamais une occasion de lancer une pique à son encontre. Alexandre n'était pas dupe, Marianne était furax quant à la tournure que leur affaire avait prise. Son agacement envers Tom n'était rien d'autre que la manifestation de son propre constat d'échec.

— Rien de neuf pour le moment, on aura peut-être plus de chance quand on pourra prendre une vraie photo portrait de cette femme.

Marianne hausse un sourcil en le regardant de côté.

Alexandre se refuse à entrer dans une guerre de clans qui ne ferait aucun bien à leur équipe, déjà mise à mal par l'épuisement et les échecs successifs. De fait, ces derniers temps, il garde souvent le silence.

— On est attendu chez le chef, reprend Marianne en évitant son regard.

« Ah, voilà ! » songe Alexandre. L'attitude glaciale de Marianne prend soudainement tout son sens. Elle flippe. Leurs derniers entretiens au quatrième étage leur avaient laissé un souvenir amer. La découverte du corps de Charlotte avait été suivie d'un monologue de leur supérieur qu'ils n'étaient pas près d'oublier. Les deux coéquipiers avaient subi en silence la colère du sergent, car tous deux le savaient, la diatribe était amplement méritée. Alexandre et Marianne portaient en eux la culpabilité de n'avoir encore pu arrêter ce meurtrier insaisissable qui semait le chaos derrière lui, et leur chef n'avait pas manqué l'occasion de le leur rappeler.

La porte du bureau du sergent est entrouverte lorsqu'ils se présentent sur son seuil.

— Entrez ! leur lance-t-il en les apercevant. Fermez la porte, asseyez-vous.

Les deux collègues s'exécutent et attendent. Philippe Lompard, sergent de leur unité, est un agent historique de leur brigade criminelle. Bien qu'il n'en ait jamais fait la demande, l'officier s'était vu proposer différents postes au cours de sa carrière. Des perspectives d'évolution intéressantes qu'il avait toujours déclinées sans la moindre hésitation. Il était attaché à sa ville, à sa population et à son petit bureau du dernier étage avec vue sur la banlieue. Le cycle infini des rotations de personnel faisait de lui un symbole immuable de dévouement et de stabilité. Avec Phillipe Lompard, l'expression « faire partie des murs » prenait tout son sens. En matière de management, sa main de fer était plutôt gantée de cuir que de velours. L'approche était dure, sévère, mais lisse et prévisible.

Malgré sa rigueur militaire, l'homme était apprécié pour ses qualités humaines. Ses colères étaient aussi inoubliables que ses louanges et chacun avait déjà été confronté à l'une ou à l'autre sous les ordres du sergent.

Anxieux, Alexandre attend que l'orage s'abatte sur eux. Méticuleusement, le sergent met en ordre son bureau, sous les regards inquiets de ses subordonnés.

— J'ai jugé nécessaire de vous revoir afin de faire un point. Je suis conscient de ne pas avoir été tendre avec vous lors de nos dernières entrevues, mais comprenez bien : nous sommes assaillis par la presse. Ces charognards sont partout et notre unité est traînée dans la boue. Le procureur, sans tomber dans l'ingérence, exerce une pression constante sur nos services. En résumé, les lumières sont braquées sur nous.

Le sergent marque une pause, ramenant ses mains jointes sur le bureau. Alexandre l'observe, retenant son souffle, tentant de déceler une éventuelle tension dans les gestes de son supérieur. Pourtant, lorsqu'il reprend la parole, le ton de Philippe Lompard est posé.

— Cependant, je tiens à m'excuser auprès de vous en vous rappelant que vous ne portez pas, à vous deux, l'entière responsabilité de l'impasse dans laquelle nous nous trouvons. Les circonstances ont évolué. La découverte de cette femme, si elle est effectivement liée à notre affaire, est une mine d'or d'indices que nous devons encore exploiter. Soyez assurés de mon soutien plein et entier pour la poursuite de l'enquête. Il a toujours été sans faille, mais je tenais à vous le réaffirmer aujourd'hui.

* * *

— Merde alors, elle n'est pas mal celle-là !

Les deux coéquipiers ont rejoint le bureau de Marianne sans échanger un mot, attendant d'avoir refermé la porte derrière eux pour se faire face. En un échange de regards, un éclat de rire incontrôlable jaillit entre eux, libérateur d'une tension contenue depuis des semaines. Le nœud qui comprime leurs intestins semble se desserrer un peu dans l'explosion de soulagement, accalmie soudaine et bienvenue dans la tempête. Des larmes au coin des yeux, Marianne peine à reprendre son sérieux habituel.

— Le chef qui s'excuse… lance Alexandre d'un air songeur. Ça aurait presque été le moment de demander une augmentation.

— Ne pousse pas le bouchon, on n'a plus intérêt à merder, là, rétorque Marianne, dont la tension habituelle était revenue aussi vite qu'elle s'était envolée. C'était plus sympa que de se faire engueuler, mais on a quand même une sacrée pression. Si le procureur s'en mêle, il va vite exiger des résultats. Et pour le moment, je me permets de te rappeler qu'on n'a rien de rien à lui mettre sous la dent.

— Tu as vraiment le chic pour plomber l'ambiance, tu sais ? lui lance Alexandre en faisant la moue.

Marianne ne répond pas. Elle a fait le tour de son bureau et, concentrée sur l'ordinateur, balaie du regard l'écran face à elle, les sourcils froncés.

— Des nouvelles ? l'interroge Alexandre devant le silence de sa collègue.

— Ce n'est pas possible, murmure-t-elle.

— Qu'est-ce qu'il y a ?

— Je viens de recevoir par mail le rapport d'expertise de l'odontologue judiciaire. Il a procédé à l'analyse morphologique des morsures présentes sur les avant-bras de l'inconnue. Le médecin légiste a repéré sur les bras de la femme des cicatrices qui lui ont inspiré des morsures anciennes, il a demandé une recherche de correspondance.

— Des traces anciennes ?

— Oui, cinq cicatrices partiellement dissimulées par les

blessures récentes sur ses bras. L'odontologue a réalisé des comparaisons avec les autres victimes. La correspondance avec Dracula est confirmée.

— Mais ça n'a aucun sens, elle aurait déjà été confrontée au tueur par le passé ? rétorque Alexandre en rejoignant sa collègue de l'autre côté de l'écran pour lire le rapport pardessus son épaule.

— Lis la suite.

La deuxième partie du compte-rendu détaille les mesures et caractéristiques morphologiques des morsures fraîches découvertes sur l'inconnue dans les bois. La conclusion, sans équivoque, coupe le souffle à Alexandre.

— La correspondance morphologique n'est pas confirmée pour les empreintes récentes. On a un deuxième mordeur.

14

Elle lutte pour garder les yeux ouverts, tant la fatigue est intense. Comme elle aimerait se rendormir pour de bon, replonger dans les eaux calmes et tièdes de ses songes. Son repos aura, hélas, été de trop courte durée. Avec le réveil et le retour de la conscience, des centaines de points d'interrogation ont surgi dans son esprit. Elle veut désespérément comprendre.

On lui a expliqué la situation, en quelques mots bien choisis. Des mots nets, tranchants, cliniques, qui résonnent sans s'ancrer, qui tournent en boucle en une rengaine obsédante. *Vous avez été opérée... Grave traumatisme crânien... Amnésie rétrograde... Victime d'agression... Nous faisons tout ce qui est en notre pouvoir...*

Mais sa pensée embrumée refuse de remettre ses idées en ordre, de relier ces phrases à sa réalité, d'assimiler l'inconcevable. Alors, elle combat l'épuisement pour saisir la réalité qui l'entoure, ne pas retomber dans une inconscience qui l'empêcherait de trouver la clef.

Les yeux clos, les nuances flamboyantes dansent sous ses paupières, angoissantes. Un kaléidoscope qui tourne et tourne encore, sans qu'elle puisse en percer le mystère. Lorsque enfin elle parvient à s'extirper de sa torpeur, les lumières blanches et crues agressent ses yeux clairs. Ses membres endoloris la font souffrir, sa tête refuse de sortir de l'étau dans lequel elle est prise au piège.

Renouer avec le présent, c'est accepter la douleur qui pulse au rythme des liquides qu'on fait couler dans ses veines.

Votre cerveau a été endommagé par le choc... Probable conséquence directe du traumatisme... Votre mémoire reviendra peut-être progressivement... Peut-être...

Les phrases s'imposent dans sa tête, comme un disque rayé. Lancinantes, insupportables. Elle ne se souvient pas du visage du médecin qui a prononcé ces paroles. Elle ne sait même pas si elle les a entendues hier ou le mois dernier. Elle ne sait rien.

Les blouses blanches qui s'agitent lui donnent le tournis. Les heures, les jours défilent. Elle n'a aucune notion du temps. Ponctuant ses phases de réveil et de sommeil, les couleurs succèdent à la lumière et la lumière succède aux couleurs dans un éternel recommencement.

Elle voudrait interpeller les soignants pour les questionner. Comprendre. Mais de sa gorge ne s'échappent que des murmures inaudibles, noyés dans les bruits des portes qui claquent et l'écho des pas pressés.

Sur le mur, des feuilles blanches sont accrochées, manuscrites d'une belle écriture ronde : « Vous êtes en unité de soins intensifs en neurologie. Vous avez subi une intervention chirurgicale de la boîte crânienne. Vous souffrez d'amnésie. Vous êtes en sécurité. Pour appeler un soignant, appuyez sur le bouton rouge. »

Elle caresse du bout des doigts la sonnette d'appel, son unique lien avec le monde. Une silhouette apparaît à chaque fois qu'elle presse sur le bouton. Elle se penche sur elle, scrute le regard implorant de l'inconnue qui n'arrive pas à mettre de mots sur ses pensées. Leurs entrevues se terminent toujours de la même manière. La soignante lui donne la date, l'heure, vérifie les branchements autour du lit. Puis, avec douceur, elle replace son oreiller et lisse ses draps. Parfois, elle lui touche la main et lui adresse quelques mots rassurants. Les visages se fondent dans le décor clinique, flous.

Les jours se suivent et se ressemblent. Au creux de son lit, elle attend. Elle sent que les drogues qu'on lui administrait font de moins en moins effet. Le brouillard recule peu à peu. Elle arrive à présent à nommer le personnel soignant qui s'occupe d'elle au quotidien et à échanger quelques mots avec lui. Malgré la bienveillance infinie des soignants qui gravitent autour d'elle, un seul visage la réjouit à chacune de ses visites. La jeune étudiante s'appelle Sarah. Elle a la peau couleur miel et des yeux en amande qui sourient autant que ses lèvres. C'est elle qui a pris le temps de décorer les murs de sa chambre de tous ces pense-bêtes, elle dont la présence seule suffit à réchauffer l'atmosphère glaciale de la petite pièce.

Ses phases d'éveil se sont nettement allongées. Plusieurs fois par jour, on vient lui demander si elle se souvient de son nom, si quelque chose lui revient en mémoire. Rien. Le néant.

On lui a donné un miroir pour qu'elle puisse s'observer, avec l'espoir que son reflet ravive ses capacités mnésiques. L'étincelle tant attendue n'est jamais arrivée. À chaque fois qu'elle s'observe, c'est une étrangère au regard indéchiffrable qui la fixe dans la petite glace.

Ses bandages ont disparu, remplacés par de larges pansements sur son crâne tondu. Sa convalescence se passe bien, lui a-t-on dit. Elle ne sait pas si elle peut y croire. À dire vrai, elle se sent surtout comme une coquille vide.

On lui a expliqué que la police voulait la rencontrer, mais l'équipe médicale n'avait pour l'instant pas donné son accord pour qu'elle soit interrogée dans le cadre de son agression. *Trop faible. Trop instable.*

Le médecin légiste de l'établissement est venu dans sa chambre la veille, armé d'un appareil photo et d'une liasse de documents. Il lui a expliqué que, pour les besoins de l'enquête en cours, l'équipe de police avait suggéré qu'un appel à témoins soit lancé afin de découvrir son identité. Elle devait donner son accord pour que son visage apparaisse dans les médias. Elle n'avait pas hésité et avait signé d'un « X » tremblotant tous les papiers que l'homme aux cernes immenses lui avait tendus. La séance photo qui avait suivi l'avait épuisée.

Avant de quitter la pièce, le légiste lui a adressé un large sourire rassurant.

— C'est dans la boîte.

Elle s'était demandé si elle avait fait le bon choix. Après tout, personne ne semblait la chercher. Elle n'était qu'une femme sans nom.

L'angoisse la gagnait parfois, menaçant de la submerger complètement. Alors elle appuyait sur le bouton rouge et Sarah venait lui apporter une pilule qui lui offrait quelques heures de répit. Mais ce soir, elle s'en passerait.

Elle avait posé la tête sur son oreiller et fixé la fenêtre. Dehors, la nuit commençait à tomber. Le crépuscule avait paré le ciel de traînées roses et orange, ultime révérence du soleil avant la noirceur de la nuit. Elle avait laissé ses paupières brûlantes s'alourdir. Les teintes douces de l'horizon avaient disparu derrière le voile de ses yeux clos.

La spirale oppressante des couleurs était de retour.

15

Perchée sur ses talons hauts, Justine tourne au coin de la rue en tirant sur sa jupe. Elle regrette déjà son choix vestimentaire. Elle a voulu trop en faire et maintenant, elle se sent vulgaire, mal à l'aise. Cela fait si longtemps qu'elle n'a pas eu de rendez-vous galant digne de ce nom. Sur l'application de rencontre, l'homme l'avait immédiatement séduite. Son profil, énigmatique, l'avait intriguée. C'était lui qui avait fait le premier pas. Des sollicitations, elle en recevait régulièrement, mais rares étaient les hommes qui réussissaient à éveiller son intérêt. Sa photo de profil, de dos et assis en tailleur, dévoilait une peau nue, un corps mince aux muscles sculptés. Ses cheveux de jais retombaient sur ses épaules en cascade bouclée. Elle n'avait pas vu d'autres clichés de lui, n'en avait même pas demandé d'ailleurs. Leurs longues conversations nocturnes avaient suffi à la convaincre d'accepter son invitation à aller prendre un verre. Elle, l'avait joué femme fatale, un peu trop peut-être. Justine, en réalité, doutait bien plus d'elle-même que ne l'auraient laissé croire leurs échanges. Mais cet homme avait déclenché chez elle son instinct de séduction. Ses sous-entendus habiles et compliments distribués avec finesse avaient boosté sa confiance en elle. Alors ce soir, elle avait sorti le grand jeu. Du haut de ses trente et un ans, elle était tout intimidée par cet inconnu qui lui accordait tant d'importance. Ses derniers rencards sur Internet n'avaient pas débordé de glamour et le scénario restait désespérément prévisible. Elle finissait toujours par se faire inviter à boire une bière dans un bar sans âme, au sol collant et aux éclairages fatigués. Les échanges atteignaient rarement le niveau de stimulation qu'elle espérait trouver chez un homme et, même si elle ne rechignait pas à se laisser raccompagner chez elle, les ébats nocturnes qui s'ensuivaient reflétaient trop souvent le ton de sa soirée : ternes et sans éclat. Elle finissait systématiquement par les congédier. Une cigarette entre les doigts, devenue depuis longtemps un rituel post-coïtal plus mécanique que mû par une réelle envie, elle en venait inévitablement à la même conclusion cynique : le jeu n'en valait pas la chandelle.

Mais ce soir, c'est différent, l'homme lui a donné rendez-vous dans un bar latino pour une soirée salsa. Ça promet.

Comme à l'époque de la fac, elle avait appelé son acolyte de toujours à la rescousse pour l'aider à préparer ce qu'elle espérait être « le rencard de l'année ». Sans hésitation, sa copine Lucie avait validé la jupe noire à pois et le décolleté plongeant, mettant en valeur les courbes généreuses de Justine. Fidèle à son habitude, elle lui avait transmis l'heure et le lieu du rendez-vous, juste au cas où. Son gilet de sauvetage. Elle avait promis à Lucie de lui envoyer un message, pour la prévenir du bon déroulé de la soirée.

Dans sa main, son portable vibre, le tintement de la notification accélère son rythme cardiaque. Justine ouvre son application : *Je suis à l'intérieur*, peut-elle lire sur l'écran de son téléphone.

L'enseigne *La Salsa Loca*, peinte en rouge et éclairée de néons, se dresse au-dessus d'elle, illuminant la devanture en bois sculpté de reflets incandescents. À quelques mètres de l'entrée, un couple s'embrasse à pleine bouche, sans retenue. Justine sent la tension monter encore d'un cran tandis qu'elle pousse la lourde porte du bar. L'ambiance chaude des lieux la saisit. Il est tôt et pourtant, l'endroit est déjà moite des corps enlacés vibrant sur les sons caribéens. Se faufilant entre les silhouettes entrelacées, ombres mouvantes dont les membres s'enchevêtrent dans l'obscurité, elle tente de se frayer un chemin à travers la piste de danse.

Et là, elle le reconnaît. Assis au bar, le mouvement de ses cheveux ondulés encadre son visage fin. Il semble l'avoir repérée avant elle. Son expression est insondable. Sans détourner les yeux, il l'observe s'avancer vers lui, ses prunelles noires intenses accompagnant chacun de ses pas. Enfin, le voilà, Sebastian.

* * *

Elle est là. Justine. Le souffle court, il la scrute tandis qu'elle fend la foule pour le rejoindre. À son approche, il se lève pour l'accueillir.

— Salut ! lui lance-t-elle en criant pour couvrir le bruit de la musique, une main posée sur son épaule.

D'un geste, il repousse le tabouret à côté du sien pour l'inviter à s'asseoir, puis fait signe au barman.

— Qu'est-ce que tu veux boire ? demande-t-il.

— Un mojito ! répond-elle sans hésiter. J'y ai droit, je rentre à pied ! reprend-elle en feignant une moue d'excuse.

— Pas moi, ce sera Coca ! lui répond-il avec un clin d'œil.

Les gestes sont calculés, les mots distillés avec précision. Il ne doit pas la laisser s'échapper. Justine est parfaite, comme les autres. Le barman aussi a l'air de la trouver à son goût. Le regard appuyé qu'il lui lance en déposant le cocktail devant elle en dit long. Mais Justine n'a d'yeux que pour lui. Tant mieux. Il tente de contenir son excitation, tandis qu'elle place la paille entre ses lèvres entrouvertes. Elle le provoque, l'allume délibérément, le fixant de ses grands yeux de biche.

La proie et le chasseur. Comme il aimerait sentir ses dents s'enfoncer dans sa chair charnue, là, au milieu de cette jeunesse insouciante du danger. Que tous le regardent la vider de sa substance.

— Tu es magnifique, lance-t-il.

Les joues de Justine s'empourprent, son sang affluant sur son visage. Délicieuse. Parfaitement délicieuse. Elle se redresse, gonflant sa poitrine plantureuse sous son chemisier. Elle gagne en confiance, il le sent.

— J'ai beaucoup apprécié nos échanges par messages, j'avais hâte de te rencontrer, confesse-t-elle en se penchant vers lui, essayant de se faire entendre malgré les « boumboum » incessants des percussions.

Elle s'arrête un instant pour regarder les danseurs virevolter sur la piste. Le frisson se lit dans chacun de ses gestes. Il ne lui répond pas. Sa gorge nue brille sous les lumières tamisées. Un diamant magnifique. Elle se retourne vers lui.

— Tu vas m'inviter à danser, Sebastian ?

À l'évocation de son prénom, un voile passe dans le regard de l'homme, une fraction de seconde seulement. Elle scrute son visage, comme si elle avait perçu le trouble fugace. Mais l'ombre s'est déjà évaporée. Pour toute réponse, il se lève avec souplesse, lui offrant sa main. Justine pose sa paume dans la sienne, se laissant entraîner vers le flot bouillonnant des danseurs.

L'atmosphère est humide, fébrile. Il la sent s'offrir à lui, tandis qu'il la mène d'un pas assuré sur le rythme lent et suave de la trompette. Le contact de leurs corps les électrise, l'harmonie est parfaite. Il ressent contre lui l'opulence de son corps, son parfum de vanille dont elle s'est entourée juste pour le séduire. Il la dirige, dicte ses pas. Entre ses mains, elle est une poupée fragile qu'il contrôle d'un regard. Se penchant à son oreille, il suggère :

— On va ailleurs, on ne s'entend pas parler.

Elle acquiesce d'un hochement de tête.
Il lui sourit. Tout cela est beaucoup trop facile.

* * *

Tout va bien, le gars est canon, je vais passer un bon moment ! Depuis les toilettes du bar, Justine pianote un message rapide à Lucie. Malgré son émoi, elle n'en oublie pas moins de rassurer son amie. Elle ne voudrait pas qu'elle s'inquiète inutilement.

Elle prend quelques secondes pour se passer un peu de rouge à lèvres devant le miroir. Pour une fois, elle ne se sera pas apprêtée pour rien. Elle s'adresse un regard de braise, juste pour vérifier qu'elle en est encore capable.

Jouant des coudes, elle s'extirpe, non sans mal, du lieu exigu pour rejoindre Sebastian.

Dehors, le fond de l'air s'est rafraîchi. Un vent léger s'est levé. Les amoureux ont quitté le trottoir, maintenant désert, au profit de la piste de danse enflammée. Justine ferme son manteau en le cherchant du regard. Il l'attend, quelques mètres plus loin, adossé au mur d'un immeuble voisin. Grand, mince, élégant, sûr de lui. Justine, elle, n'en revient pas du poisson qu'elle a ferré dans ses filets. Le regard qu'il pose sur elle la foudroie, l'hypnotise. Irrésistible. « On va boire un verre chez moi. » Ce n'est pas une question. Ils savent tous les deux qu'elle ne refusera pas. Elle brûle d'envie d'en savoir plus, de connaître son intimité, de le toucher encore, comme lors de cette danse endiablée. Côte à côte, ils marchent ensemble sous un ciel sans nuages. Le bruit des talons de Justine résonne en écho dans la ruelle déserte. Leurs bras se touchent presque. D'un geste, il désigne une petite voiture noire stationnée sur le bas-côté. Gentleman, il fait le tour de la petite Polo pour lui ouvrir la porte avant d'aller lui-même s'installer derrière le volant. Mais, au lieu de faire démarrer le moteur, il la fixe intensément. Quelques secondes s'écoulent en silence.

— Je t'ai préparé une surprise, lui dit-il en souriant. Ferme les yeux, s'il te plaît.

— Devrais-je avoir peur ? répond-elle, un gloussement irrépressible s'échappant de sa gorge étrangement serrée.

Justine s'exécute, les yeux clos, un grand sourire sur les lèvres. Elle se sent ridicule. Elle a quinze ans à nouveau. Son cœur danse furieusement dans sa poitrine. L'homme ne répond pas. Elle l'entend souffler plus fort. Le trac, peut-être. Mais, dans l'habitacle, l'atmosphère a changé. Soudain, une douleur aiguë lui transperce la cuisse. Elle ouvre les yeux. L'aiguille d'une seringue est profondément enfoncée au travers du collant. Interdite, elle lève les yeux vers l'homme qui lui sourit, juste avant qu'il n'abatte son poing sur son visage.

16

Lorsque Justine retrouve ses esprits cette nuit-là, l'urgence de la situation s'impose immédiatement à elle. Malgré la drogue qui engourdit ses sens, elle s'efforce d'analyser la posture dans laquelle elle se trouve. Pourtant, elle a beau se concentrer avec force, elle ne parvient pas à se débarrasser de l'image de cet homme qui lui sourit. Cet éclat de joie authentique qu'il lui a adressé avant de la frapper échappe à tout bon sens. Celui d'un enfant à qui on offre un énorme jouet. Le cadeau aujourd'hui, c'est elle. La situation est critique. Justine est partagée entre deux conclusions, aucune d'elles n'étant vraiment en mesure de lui apporter le moindre réconfort. L'homme est soit sadique, soit complètement fou.

Saisie d'une nausée violente, elle se retient pour ne pas déverser les restes de son mojito sur le sol de sa prison. Car c'est bien le mot qui qualifie la pièce dans laquelle elle se trouve. Une cellule. Quatre murs de béton sans fenêtre. Dans la pénombre, l'endroit est monochrome : du gris, du gris et encore du gris.

Depuis qu'elle a repris connaissance quelques minutes auparavant, Justine est allongée sur un sol dur et froid. Ses membres sont lourds et réagissent mal aux ordres que son cerveau tente de lui donner. L'unique source de lumière de la pièce lui parvient d'un hublot au milieu d'une porte métallique. La poignée est à quelques mètres. Elle doit absolument se relever pour essayer d'ouvrir cette porte avant que l'homme ne réapparaisse. Le temps lui est compté. Le changement de position ravive chez elle la douleur lancinante dans son visage meurtri. Son nez est cassé. Elle avait déjà réceptionné un ballon de basket en pleine figure en cours de sport au lycée, elle reconnaît la sensation cuisante. Le goût du sang séché sur ses lèvres achève de sceller ses doutes. Mais la douleur qu'elle ressent n'est rien, en comparaison de la terreur qui la saisit en cet instant. En se redressant, elle a senti un poids au bout de son bras droit, immédiatement suivi du tintement du métal résonnant dans la pièce vide. Son cerveau, lui, malgré les effets persistants du sédatif, a instantanément compris. Elle baisse les yeux vers son poignet, entravé d'un large bracelet, et laisse son regard glisser sur la longue chaîne, interminable, qui la relie à un anneau fixé au mur.

Justine n'était pas du genre à céder à la panique. Dans son quotidien de conseillère financière, elle était habituée à gérer des moments tendus, où garder son sang-froid était une nécessité. Pompier volontaire pendant son temps libre, elle avait appris à maîtriser ses émotions, même face aux situations les plus critiques.

Mais le niveau de stress auquel elle est confrontée à présent est d'un degré bien différent. Aucune épreuve n'aurait pu la préparer aux événements qu'elle est en train de vivre. Seconde après seconde, Justine est gagnée par un état de sidération que même l'afflux massif de cortisol vers son système nerveux ne parvient pas à endiguer.

Les minutes s'égrènent, avec, pour métronome, le cœur de Justine qui bat la chamade. Est-ce la drogue que cet homme lui a injectée, ou bien la terreur qui la submerge qui la paralyse ? Même l'air qui entre dans ses poumons semble l'empoisonner. Le silence qui l'entoure est assourdissant. Dans la pénombre, difficile pour elle de percevoir quoi que ce soit. Ses pommettes enflées par le traumatisme perturbent encore un peu plus son champ de vision.

À tâtons, Justine parcourt son corps endolori de ses mains. Son visage lui fait un mal de chien. Il lui semble qu'il a triplé de volume. Ses muscles douloureux lui suggèrent qu'elle a passé un certain temps étendue sur le sol de la pièce. Alors qu'elle poursuit l'état des lieux de ses blessures, ses sens sont soudain heurtés par un détail. Le parfum qui vient effleurer ses narines n'est pas le sien. Portant sa main à son visage, une odeur puissante de fleurs envahit ses sens. Une odeur de rose. On l'a parfumée. Passant ses paumes sur ses vêtements, elle réalise que la jupe en satin et le top en dentelle ont disparu au profit de ce qui lui semble être un tee-shirt long. L'horreur des faits la percute avec force ; on l'a touchée, déshabillée, parfumée même. Inconsciente, on l'a traitée comme une poupée. Au fond de sa gorge, la bile afflue, amère, brûlante.

À l'extérieur de la pièce, le silence épais est soudain brisé par un claquement violent, faisant sursauter Justine dans l'obscurité. De l'autre côté de la porte de sa geôle, quelqu'un s'agite. Une lumière s'est allumée à l'extérieur, apportant un peu de clarté dans l'espace jusqu'ici plongé dans le noir. L'œil rivé sur le hublot, Justine attend, essayant de maîtriser les secousses incontrôlables qui gagnent peu à peu son corps. Enfin, il apparaît. À travers la vitre, ses pupilles noires la fixent sans ciller, tandis que ses lèvres se fendent d'un large sourire.

* * *

Le « clac » du verrou résonne comme un gong dans l'espace presque vide. Justine observe, tremblante, la poignée s'abaisser et la porte s'ouvrir largement. L'homme se tient dans l'embrasure, sa silhouette mince se découpant dans le halo lumineux. Elle plisse ses paupières gonflées sous l'assaut de lumière artificielle qui envahit les ténèbres. La vision est aussi captivante qu'effrayante. Justine n'y comprend rien. La situation est parfaitement grotesque. Son geôlier se tient là, à quelques mètres d'elle, son beau visage l'observant avec bonheur. Il semble sincèrement heureux de la voir. Pourtant, Justine perçoit la menace dans chacune de ses respirations, dans chaque battement de ses longs cils. Lentement, sans mouvement brusque, il s'approche d'elle. Pas à pas, avec une légèreté féline et calculée. Comme on approcherait un animal sauvage pour ne pas l'effrayer. Justine, elle, ne parvient pas à quitter du regard ces deux yeux noirs, puits sans fond, insondables. Elle est littéralement paralysée. Les pulsations de son cœur battent à ses tempes et résonnent dans ses oreilles. L'homme aussi doit les entendre, tant l'organe semble vouloir furieusement sortir de sa poitrine. Quand bien même aurait-elle la force de se mettre debout, la chaîne au bout de son bras viendrait à bout de tous ses efforts. Justine se raidit tandis que l'homme avance vers elle. Resté à distance, il s'accroupit pour se mettre à sa hauteur.

— Ça ne doit pas être très confortable par terre, ironise-t-il, l'œil espiègle.

Elle voudrait croire à une plaisanterie de mauvais goût. La situation n'est peut-être pas celle qui lui paraît. Pourtant, elle a beau essayer de tout son être de s'en persuader, la folie perce derrière son timbre léger.

Devant la mine déconfite de Justine, il poursuit, pointant du doigt quelque chose derrière elle :

— Je t'avais installée sur le lit, tu as dû ramper.

Justine se risque à jeter un œil derrière elle. Au fond de la pièce, un petit lit en métal, sommaire, est installé.

— Je ne m'en souviens pas.

— C'est normal, t'étais sacrément dans le gaz quand nous sommes arrivés.

Silence. Le ton amical de cette conversation donne le

tournis à Justine. Tant bien que mal, elle tente de remettre les pièces du puzzle dans l'ordre.

Du doigt, l'homme pointe son visage.

— Je vais te ramener de la glace pour réduire le gonflement. Ça m'ennuierait que tu te transformes en Quasimodo.

Justine le regarde se lever, incrédule. L'homme disparaît au-delà de son champ de vision. Par la porte restée ouverte, Justine perçoit des bruits feutrés, de l'eau qu'on fait couler. Soudain, il réapparaît. Au bout de son bras, un seau se balance. Dans son autre main, il tient l'anse d'un panier. Déposant ses effets sur le sol, il s'installe à nouveau face à elle.

Sa voix est douce, son timbre chaud et rassurant.

— Je t'ai ramené deux, trois trucs.

— Laisse-moi partir.

Son ton, qu'elle voulait ferme, est suppliant. Elle sent les sanglots qui envahissent sa gorge, le désespoir qui la gagne.

— Non.

— Sebastian...

La gifle qui la heurte fait exploser la douleur de son visage déjà meurtri. L'impact l'a propulsée vers le sol froid et rugueux. Le regard à quelques centimètres du béton, elle n'ose pas lui faire face à nouveau. Deux mains viennent la saisir par les épaules, la forçant à se redresser. L'homme s'est assis à côté d'elle et l'enserre maintenant de ses bras dans une étreinte forcée. Justine sent son souffle chaud près de son oreille, tandis qu'il renifle son cou avec avidité.

— Plus jamais tu ne m'appelleras ainsi, susurre-t-il, dans une menace à peine voilée.

Libérant Justine de ses bras, il se lève et se dirige vers la porte. Les bruits de pas s'arrêtent, incitant Justine à lever ses yeux embués vers l'homme. Il s'est arrêté sur le seuil et, cette fois encore, il sourit.

— Mon nom est Fidel.

Dans un nouveau claquement sonore, la lourde porte se referme sur lui, replongeant les lieux dans l'obscurité. Du beau ténébreux rencontré quelques heures plus tôt, il ne reste que les ténèbres.

« Le traumatisme, envisagé comme matrice de l'autodestruction, prend aujourd'hui un sens nouveau dans l'évolution de nos sociétés contemporaines. La résilience, quoi qu'on en dise, demeure un concept profondément lié au passé. Quel meilleur moyen de nourrir la blessure que de passer son temps à l'intérieur de soi-même, en quête d'un apaisement illusoire ?

Mon postulat est simple : il faut déconstruire pour reconstruire. Quitter les zones de confort érigées en normes dans nos pays industrialisés.

C'est en se confrontant à la souffrance, la vraie, réelle et irréductible, qu'on peut espérer en émerger, transformé. »

Professeur Marius Clavin — Archives européennes de psychiatrie clinique, vol. 12, septembre 1988.

17

Dans la salle de conférence des bureaux du procureur, le temps semble suspendu. Alexandre est nerveux. Il frotte entre elles ses mains moites, fixant le sol avec appréhension.

La presse au grand complet s'est réunie dans l'attente de l'arrivée du magistrat. Les journalistes, nombreux, sont à l'affût de la moindre nouvelle information dans l'affaire du « Tueur de la forêt de Chaux ». L'appel à témoins qui doit être lancé aujourd'hui est d'une importance capitale pour l'avancée de leur enquête. En dire assez, sans en dire trop. Voilà le numéro d'équilibriste auquel le procureur allait encore une fois devoir se livrer. Certains détails cruciaux, comme la présence de morsures sur les victimes de Dracula, n'avaient pas encore fuité. Chaque indice dissimulé au grand public permettait à l'équipe d'Alexandre et Marianne de conserver une maigre longueur d'avance sur le tueur quant à l'évolution de leur enquête. Pour l'heure, l'inconnue n'avait pas encore été nommée dans la presse comme une victime potentielle de ce meurtrier insaisissable qui semait derrière lui psychose et désespoir.

L'enquêteur ferme les yeux. La tension qui l'entoure s'est insinuée dans ses cellules. Un bourdonnement léger fait vibrer ses oreilles. Sa tension artérielle est en train de monter en flèche, aucun doute là-dessus. Son vieux médecin de père l'aurait certainement sermonné à propos de sa prise inégale de ses traitements hypotenseurs. Le souvenir fugace de l'homme aux cheveux gris arrache un sourire nostalgique au policier.

Dans la salle, les chuchotements vont bon train, l'excitation des journalistes est palpable. Alexandre, assis sur un siège au fond de la salle, les coudes sur les cuisses, jette des regards inquiets à sa montre.

— Pousse-toi !

Marianne vient de débarquer. Elle ne s'est, cette fois encore, pas départie de sa douceur habituelle. D'un geste, elle le chasse sur la chaise voisine pour lui voler la sienne.

— Tu as vu ? Il y a l'autre abruti de chez *Point libre*.

Du menton, elle désigne un petit journaliste replet assis quelques rangs plus loin, un dictaphone à la main. Marianne affiche sur son visage l'expression de celle à qui l'on vient de glisser sous le nez une odeur particulièrement désagréable. Alexandre le sait, elle nourrit à l'égard de chacun de ces reporters une rancune tenace. Se tenir aujourd'hui au milieu de ceux qu'elle surnomme quotidiennement « vautours » lui demande une belle dose de sang-froid.

Le regard qu'il lui jette à la dérobée lui suffit pour constater que sa collègue a l'air particulièrement fatiguée. Son maquillage léger n'aura pas suffi à dissimuler les ombres violettes autour de ses yeux. Les échecs successifs de ces dernières semaines ont eu raison de la santé mentale de son équipe. Marianne, Tom, tous sont éreintés. Lui-même sent bien qu'il est sur un fil.

— Allez Marianne, c'est le grand jour ! Cette conférence, c'est le coup de boost qu'il fallait à notre affaire pour redémarrer. Tu le sais comme moi, dans quelques heures le téléphone va sonner de tous les côtés et on saura enfin qui est cette fille.

Marianne lui adresse un sourire furtif. Il a surjoué l'excitation. Doté d'un capital sympathie redoutable, avec ses yeux rieurs et ses fossettes aux coins des lèvres, son collègue n'en reste pas moins un piètre acteur. C'est son rôle dans leur binôme. L'optimiste, c'est lui. Cela fait partie de sa mission de remonter le moral des troupes lorsqu'il est en berne.

La grande porte en bois s'ouvre dans un grincement, faisant taire les bruissements de la grande salle. Les pas rapides du procureur et de ses adjoints sur le parquet résonnent contre les hauts plafonds, tandis qu'ils prennent place derrière la table qui fait face à l'auditoire.

— C'est parti, murmure Alexandre.

* * *

— Laura, tu la connais elle, non ? On peut mettre le son ?

La serveuse, derrière le comptoir, a levé la tête vers son client en l'entendant prononcer son nom. L'homme pointe du doigt la télévision allumée dans le coin de la pièce. Un torchon de vaisselle à la main, la jeune femme contourne le bar pour faire entrer l'écran dans son champ de vision. Sur la chaîne d'information en continu, un bandeau rouge indique : « Conférence de presse du procureur : agression en forêt de Chaux, appel à témoins. »

— Attends de voir la photo, dit l'homme.

Laura se dirige vers le poste de télévision pour augmenter le volume, tandis que le procureur déroule son communiqué : « Lundi 3 mars, dans la soirée, une femme a été agressée et laissée pour morte dans la forêt de Chaux. Si vous avez la moindre information concernant son identité ou si vous avez été témoin de l'agression, merci d'appeler au numéro que nous allons vous communiquer dans un instant. Toute précision qui pourrait nous aider à élucider cette affaire doit être portée aux autorités judiciaires. »

L'écran, divisé en deux parties, affiche d'un côté l'homme au micro répondant aux journalistes. À droite, un portrait occupe la deuxième moitié de l'espace.

— Merde, souffle Laura. C'est ma cliente !

* * *

Assise derrière son bureau, Mme Guerini guette l'heure qui tourne au ralenti, au bas de son ordinateur. Cette journée est à proprement parler interminable. Deux rendez-vous annulés et le report d'une exposition temporaire pour laquelle elle suait sang et eau depuis des mois avaient eu raison de sa patience. Elle n'a qu'une hâte ; se ruer chez elle, retirer ses talons qui la torturent depuis des heures et sauter dans un bain chaud après s'être ouvert une bouteille de chardonnay. Le programme avait tout pour la réjouir.

S'apprêtant à éteindre son ordinateur, une fenêtre pop-up apparaît sur son écran. Mme Guerini avait un jour activé les notifications sur un site d'actualité et, depuis, elle était régulièrement victime de l'assaut d'informations non sollicitées. Hélas pour elle, ses piètres connaissances en informatique ne lui avaient pas permis de retour en arrière et il était hors de question de quémander l'aide de Carla, sa jeune assistante qui savait absolument tout sur tout, alors même qu'on ne lui demandait rien.

En d'autres circonstances, elle aurait clos la fenêtre comme elle aurait chassé de son espace un moucheron trop intrusif. Mais le portrait qui vient de s'afficher sur son écran sème le doute dans l'esprit de Mme Guerini. La femme qui fixe l'objectif a moins de trente ans. Elle a le teint blafard et son crâne rasé est décoré de larges pansements. Pourtant, quelque chose dans cette expression de vulnérabilité frappe la directrice.

Puis, soudain, une étincelle. D'un geste rapide, elle ouvre le tiroir du bas de son bureau. Dans le gros classeur rouge, des *curriculum vitæ* qu'elle feuillette à la hâte. Elle sait précisément ce qu'elle cherche. C'est là, sous ses yeux. La photo d'une candidate qui n'a pas donné suite aux relances de la directrice des ressources humaines.

Victoire Dubreuil.

* * *

Il est 16 h 30, Mme Jeannot s'affaire en cuisine. Demain, elle doit recevoir quelques amies pour leur traditionnel goûter hebdomadaire. À tour de rôle, elles rivalisent de créativité pour offrir à leurs convives les plus belles meringues, les choux les mieux garnis et les glaçages les plus brillants. Derrière l'envie de combler les papilles de ses invitées, Mme Jeannot a surtout la volonté farouche de démontrer qu'elle est la meilleure pâtissière de la bande.

Du coin de l'œil, elle surveille la génoise qui dore dans le four, tout en façonnant des petits pétales de fleurs en sucre. Le secret de la réussite réside dans le détail. Une nouveauté qui, elle l'espère, épatera ses hôtes.

Dans le salon attenant, M. Jeannot s'est assoupi. La tête calée dans le coin de son fauteuil, la bouche entrouverte, il s'adonne à sa sieste rituelle, indifférent aux informations diffusées à la télévision et à l'effervescence de sa femme.

— Bernard !

Depuis la cuisine, Mme Jeannot interpelle son époux. Ses deux mains ne lui suffisent plus à gérer l'ensemble de ses préparations.

Un soupir d'exaspération lui échappe devant l'absence de réaction de son mari. Avec la ferme intention de le sortir de ses rêveries, Mme Jeannot, de la farine dans les cheveux, fait irruption dans la pièce voisine.

Saisissant la télécommande pour éteindre le poste, elle se fige. Le portrait de sa voisine vient d'apparaître à l'écran. Si elle ne l'avait pas tant de fois épiée derrière ses fenêtres, elle aurait pu ne pas reconnaître ce regard d'orage. La jeune femme est différente, abîmée, comme si quelqu'un s'était appliqué à méticuleusement détruire ses traits fins.

Alors que son cerveau peine à assimiler l'information, Mme Jeannot reste là un instant à observer le téléviseur, les bras ballants. L'incompréhension qui la saisit une fraction de seconde se dissipe peu à peu, tandis que les mots étouffés du procureur lui parviennent enfin : « Tentative d'homicide… appel à témoins. » Les phrases, prononcées avec solennité par l'homme dans la télévision, se fraient peu à peu un chemin dans son esprit, d'ordinaire si prompt aux déductions hâtives.

Alors, soudain, le déclic. Cela fait deux semaines qu'elle n'a plus vu la voiture de la jeune femme garée dans l'allée, qu'elle n'a pas aperçu sa silhouette s'élancer au pas de course sur le chemin de forêt au petit matin. En y réfléchissant bien, même son horrible chat n'était plus venu souiller ses rosiers depuis quelques jours.

Elle saisit un bloc-notes pour noter fébrilement le numéro de téléphone qui vient de s'afficher sous ses yeux ahuris. L'hébètement premier cède petit à petit sa place à l'excitation. Ravie, elle songe avec enthousiasme à cette nouvelle incroyable qu'il lui tarde de pouvoir raconter à ses amies demain.

Même la délicate odeur de gâteau brûlé émanant de la cuisine ne parviendra pas à l'extraire de ses pensées.

* * *

Fidel, sonné, est assis sur son lit. La lumière qui filtre à travers le vitrail projette ses couleurs dansantes sur le sol. Le silence, total, accentue encore le sifflement aigu dans ses oreilles. Il fixe le parquet sur lequel flottent les ombres vacillantes, hypnotisé.

À côté de lui, son téléphone affiche le portrait de Victoire.

En vie. Différente, mais en vie. Son regard a changé. Elle fixe l'objectif, arborant un air confus qu'il ne lui reconnaît pas.

Comment cela est-il possible ? Comment a-t-il pu l'abandonner sur le sol de cette forêt alors même que son cœur n'avait pas cessé de battre ?

Parmi les milliers de questions qui se bousculent dans sa tête, une seule certitude l'assaille et le tourmente : il doit la retrouver.

Un boum retentissant, parvenant de l'étage inférieur, l'oblige à se figer, faisant cesser temporairement ses cogitations.

* * *

Au rez-de-chaussée, dans le grand bureau, la télévision est allumée. Les visages du procureur et de Victoire se succèdent à l'écran. À quelques centimètres d'une chaise, renversée sur le sol, les pieds de Marius flottent dans le vide, dans un mouvement de balancier infini.

18

En ces premiers jours de beau temps, la petite place fourmille de badauds venus flâner et profiter de la douceur printanière. Les pigeons, affolés, s'envolent de toutes parts, harcelés par les enfants ragaillardis par le retour du soleil.

Alexandre, attablé en terrasse, observe un groupe de jeunes adolescents qui s'asperge gaiement à l'eau de la fontaine, au centre de l'esplanade.

Vingt-cinq degrés en plein mois de mars, voilà qui n'a rien pour le rassurer. Chaque année, le redoux de plus en plus précoce vient nourrir ses angoisses écologiques. À trente-cinq ans, il faisait partie de ceux qui avaient la conviction absolue qu'il fallait cesser de faire des enfants. Plonger corps et âme dans la résolution d'affaires passées et décortiquer le présent était pour lui la meilleure solution pour faire abstraction de l'avenir. Sa détermination à ne pas participer à la surpopulation planétaire lui avait d'ailleurs coûté sa dernière relation. La solidité de son couple s'était inévitablement heurtée à la divergence de leurs aspirations. Malgré l'amour et la passion qu'ils avaient partagés avec sa dernière compagne, ni elle ni personne n'avait pu avancer suffisamment d'arguments pour lui permettre de changer d'avis.

Mais aujourd'hui, ce ne sont pas ses préoccupations climatiques qui occupent ses pensées. La conférence de presse à peine terminée, Marianne s'était levée de sa chaise comme si quelqu'un y avait subitement mis feu. Elle l'avait traîné à l'extérieur de la grande salle avec précipitation, paniquée à l'idée de se retrouver coincée par une horde de journalistes avides d'informations dont ils ne disposaient pas. Leur errance dans les rues de la ville les avait conduits ici, au milieu des artères bouillonnantes de vie et des rires des passants.

En silence, Alexandre sirote son café en observant Marianne allumer sa deuxième cigarette, sur laquelle elle tire maintenant avec nervosité. La fumée s'échappe lentement de ses lèvres entrouvertes, nuage toxique s'élevant vers le ciel éclatant.

— Quoi ? lui lance-t-elle en surprenant son regard. Entre ça et les antidépresseurs, j'ai fait mon choix !

L'argument vaut ce qu'il vaut. Alexandre sent bien que le moment ne serait pas bien choisi pour entrer dans un débat houleux sur les méfaits de la nicotine. Il avait perdu le compte des sevrages qu'elle avait entrepris depuis le début de leur collaboration. À vrai dire, il n'y prêtait plus vraiment attention.

— On devrait demander au chef d'affecter du personnel à la surveillance de cette femme, reprend Marianne en écrasant son mégot dans le cendrier devant elle. Son agresseur pourrait chercher à terminer le travail, en apprenant qu'elle est encore en vie.

Alexandre se frotte la nuque, songeur.

— Je sais… j'y ai pensé. Mais j'ai peur qu'on attire inutilement l'attention sur elle si on poste des gars devant sa porte. Aucun de nous n'a envie de voir des journalistes tourner autour de l'hôpital.

Marianne, à l'évocation de la presse, fronce les sourcils.

— S'ils flairent un lien entre les différents dossiers, on aura du mal à nier, poursuit Alexandre. Et tu sais à quel point nos silences sont sujets à interprétations…

— Ils font chier ces cons, grogne Marianne en croisant les bras.

Alexandre, lui, jette un énième regard angoissé à l'écran de son téléphone.

— Et arrête de stresser, reprend Marianne. On n'aura pas de nouvelles tout de suite de toute façon.

Alexandre ferme les yeux, agacé par les injonctions de sa collègue, aussi pénible qu'autoritaire. Mais il le sait, passer ses nerfs sur lui est le seul moyen qu'elle ait trouvé pour ne pas partir en vrille. Alors, il encaisse. C'est dans son caractère. Fougueux et impétueux, il n'en était pas moins capable de retenue lorsque la situation l'exigeait. La bataille des ego pouvait bien attendre. Et, bien que cela lui coûte de le reconnaître, il sait qu'elle a raison. Combien de temps faudra-t-il avant qu'un proche de la victime ne la reconnaisse dans les médias ? Sa famille, ses amis, ses collègues doivent la chercher. Le chef leur avait promis de les appeler immédiatement au premier appel crédible.

— Tu as eu des nouvelles des gars du labo ?

— Un e-mail hier soir, répond Alexandre. L'ADN prélevé sur les morsures de cette femme est inconnu de nos fichiers.

— Et sur les victimes précédentes ? Il n'y a vraiment aucun moyen de faire un prélèvement ? Il a forcément laissé de la salive en mordant ces femmes !

— Aucune chance. Dracula a passé le moindre centimètre carré de chair à la javel. On ne trouvera rien d'exploitable.

Sur la place, la mélodie d'un violon s'envole dans les airs, légère comme la brise. D'abord fragile, presque timide, l'archet caresse les cordes de l'instrument avec une douceur aérienne. Un silence s'installe entre Marianne et Alexandre, obligé par les notes vibrantes et profondes. La mélodie intemporelle s'infiltre entre les pavés, emplissant le moindre espace autour d'eux. *Le Canon de Pachelbel* se fraie un chemin dans les méandres de leurs esprits torturés. Un instant éphémère, mais précieux, le temps se suspend, offrant un peu de répit à leurs âmes tourmentées. Les moments de grâce sont rares ces temps-ci. Ils méritent d'être savourés pleinement. Les minutes s'écoulent en un instant. Déjà, les derniers accords s'échappent de l'instrument, aussitôt remplacés par les cris des enfants et les discussions animées des tables voisines.

Alexandre se frotte les yeux, assommé par ces quelques minutes de paix et le retour abrupt à la réalité. Mais, peut-être est-ce simplement le stress permanent qui l'écrase de tout son poids.

— Tu as eu de nouvelles idées à propos de la deuxième empreinte dentaire ? l'interroge Marianne en portant sa tasse de café à ses lèvres.

— Plein, répond Alexandre à voix basse. Mais aucune qui ne tienne vraiment la route. Ce qui m'échappe complètement, c'est la datation des cicatrices correspondant à l'empreinte de Dracula. Les plus récentes semblent dater de plus d'un an, les plus anciennes remonteraient à plusieurs années. Ça n'a aucun sens !

— Imagine, s'il l'avait séquestrée pendant plusieurs mois ? Il la torture pendant des années, d'où les cicatrices, propose Marianne. Elle finit par s'échapper, il la rattrape et tente de la tuer.

— Ça n'explique pas pourquoi elle présente des marques de morsures d'un second individu, fait remarquer Alexandre en secouant la tête.

— Ça pourrait être l'œuvre d'un imitateur, d'un disciple ?

— La presse n'a pas parlé des morsures. Ça écarte l'hypothèse d'un copieur. Un disciple ? Tu penses qu'ils pourraient être associés ? Pourquoi ne le laisser intervenir que maintenant ? Et pourquoi changer le mode opératoire ?

— Le deuxième était peut-être en formation. C'était sa première tentative et il s'est foiré. Il y a quand même des coïncidences qui n'en sont pas. Pourquoi ne s'en prendre qu'à des jeunes femmes de type caucasien, aux cheveux noirs et aux yeux bleus ? Il recherche un certain morphotype, ce genre d'obsession est le plus souvent le fait d'un individu isolé.

— Tu penses à un réseau de crimes en bande organisée ? Avec ce type d'hypothèse, il faudrait modifier toute notre méthodologie, suggère Alexandre.

— Honnêtement, j'en doute. La façon de faire est trop barbare. Le crime organisé a ses propres codes. Et là, on n'y est pas. On retrouve rarement les corps aussi facilement quand on a affaire à un réseau criminel de plus grande ampleur. C'est clairement l'œuvre d'un taré aux motivations délirantes.

— De deux tarés, rectifie Alexandre.

19

Victoire. Elle s'appelle Victoire. Elle a beau tourner et retourner l'information dans sa tête, rien ne vient. Pas l'esquisse d'un souvenir, pas l'ombre d'un soulagement.

Le médecin légiste, le Dr Borel, diligenté par l'équipe qui enquête sur son agression, est venu lui porter la nouvelle. Tout sourire, il avait débarqué dans sa chambre, le matin même.

— Mademoiselle, j'ai d'excellentes nouvelles ! avait-il lancé. Plusieurs personnes se sont manifestées à la suite de l'appel à témoins diffusé hier.

En entendant ces mots, elle avait ressenti une excitation nouvelle, envahie par une vague d'espoir.

Elle s'était redressée dans son lit, fixant le médecin de ses grands yeux bleus.

— Les informations collectées sont encore maigres, avait poursuivi le médecin, prudent, dans une tentative de modérer les attentes de la jeune femme. Ceux qui vous ont reconnue sont attendus dans les bureaux de la police pour des entretiens plus approfondis. Mais les différents témoignages sont formels, vous vous appelez Victoire. J'ai personnellement insisté auprès des enquêteurs pour que cette information vous soit délivrée au plus vite.

Elle avait attendu la suite, suspendue aux lèvres de son interlocuteur.

— Ma famille a appelé ? Qu'ont-ils dit d'autre ?

Le sourire du Dr Borel s'était peu à peu estompé et une moue gênée s'était accrochée sur son visage.

— Je ne peux vraiment pas vous en dire plus. La police a besoin de vérifier la crédibilité des témoignages. D'ailleurs, ils auront sous peu l'autorisation de venir vous interroger.

Elle n'en avait pas su davantage.

L'enthousiasme qu'aurait dû générer cette découverte était retombé comme un soufflé. Un prénom, huit lettres. Elle n'aurait rien de plus à se mettre sous la dent.

Victoire l'avait questionné à propos de son nom de famille, mais le médecin avait gardé le silence, marmonnant que « les éléments n'étaient pas encore suffisamment probants ». Elle aurait pu le tuer.

Sur la tablette à côté de son lit, le journal local est ouvert. Son portrait, en couleur, apparaît à côté de l'encart consacré à l'appel à témoins. Victoire peine à croire que ce regard vide lui appartient.

Du bout des phalanges, elle caresse les cicatrices blanchâtres sur ses avant-bras. Sentir les petits bourrelets de peau sous ses doigts la rassure, lui permet de rester ancrée dans le présent. Parfois, quand l'angoisse se fait trop intense, elle se pince avec force, à en avoir les larmes aux yeux. Jusqu'à sentir sa terreur s'évanouir un peu, remplacée par la douleur.

Combien de fois a-t-elle eu l'impression de perdre les pédales, de sombrer dans la folie à force d'ignorance et de suppositions ? Ne rien savoir, c'était sa pénitence pour expier des péchés dont elle ignorait tout.

Avait-elle adhéré à une quelconque forme de spiritualité dans sa vie d'avant ? Victoire l'ignorait, autant que tout le reste d'ailleurs. Mais, plus elle y réfléchissait, plus elle imaginait que le karma avait probablement eu ici un rôle à jouer.

Une fois de plus, elle avait choisi le sommeil pour s'évader de sa chambre d'hôpital. Juste avant de sombrer, elle s'était dit que, si une force supérieure était aux commandes, elle avait dû faire un paquet de conneries pour en arriver là.

* * *

Fidel, le visage fermé, referme la porte de la grande demeure derrière les deux policiers venus recueillir son témoignage. Les informations qu'ils ont collectées concernant le suicide de Marius semblent les avoir convaincus. Fidel, lui, est plutôt satisfait de sa prestation.

Hier soir, pendant le journal de 20 heures, l'homme avait mis fin à ses jours. Le vieux avait pris la peine de s'enfermer de l'intérieur dans son grand bureau, offrant à Fidel un alibi en béton. De l'autre côté de la porte, il avait collé son oreille et entendu des bruits rauques, des râles affolés. Durant quelques secondes, il s'était délecté, imaginant les jambes de l'homme, en lévitation, tentant désespérément de poser le pied sur la chaise renversée. Comme il aurait aimé le regarder dans les yeux, tandis que, privés d'oxygène, les petits vaisseaux auraient explosé un à un dans son regard, que sa langue se serait gorgée de sang, énorme et dégoulinant hors de sa bouche. Dans le couloir vide, immobile, il avait patiemment attendu que les bruits cessent avant de composer le numéro d'urgence.

À leur arrivée, les pompiers avaient découvert Fidel, paniqué, tentant de défoncer la porte verrouillée à grand renfort de coups d'épaule. Toute sa vie, il s'était fondu dans la masse. Sa survie, il la devait à ses talents de caméléon.

Le verrou avait rapidement cédé sous leurs assauts conjoints et c'était un Marius définitivement mort qu'ils avaient découvert pendu à une poutre, sous le regard satisfait de Fidel. « Bien joué, vieux con ! » s'était-il dit en regardant le corps au bout de la corde.

La grande maison, complètement vide, apparaît sous

un jour nouveau. Dans le vaste hall d'entrée, Fidel prend quelques instants pour apprécier le vide qui l'entoure. Il ne devrait pas être inquiété par les suites de l'enquête. Officiellement, le Dr Marius Clavin était son logeur et ami. Fidel avait livré la version officielle aux policiers. Celle dans laquelle, immigré brésilien, il avait été pris sous l'aile du médecin au cours des dix dernières années. Heureux légataire testamentaire, il allait bientôt devenir le propriétaire du domaine dans lequel il était invité depuis toutes ces années. Une maison de maître historique, dont les murs en pierre blanche s'élevaient sur un parc arboré de plus de quatre mille mètres carrés. Le médecin n'ayant plus le moindre contact avec sa famille, et en l'absence d'une descendance, rien ne l'empêcherait de s'approprier le bien qui lui revenait de droit.

« Le Dr Clavin a-t-il eu des velléités suicidaires par le passé ? » avait interrogé l'un des enquêteurs. Fidel s'était fait un plaisir de décrire la descente aux enfers de l'homme, autrefois illustre, en gardant évidemment pour lui la cause première de sa dépression. Il avait évoqué son passé de psychiatre et écrivain émérite, ses années de gloire qui avaient été balayées d'un revers par les scandales qui avaient gangrené sa carrière. « Et qu'avez-vous tenté pour l'aider à s'en sortir ? » lui avait-on demandé. « Tout… » avait répondu Fidel de son accent chaud, des trémolos dans la voix. Il avait dissimulé l'alcool, l'avait emmené en cures dans les quatre coins de la France, proposé de suivre une thérapie. Mais l'homme était psychiatre, qui donc aurait pu le convaincre de se soigner ? Fidel avait même réussi à avoir les larmes aux yeux en évoquant leurs liens étroits, la bienveillance dont cet homme avait fait preuve. Lui qui avait souffert d'une enfance chaotique dans les favelas de Rio de Janeiro et qui jamais n'aurait pu rêver d'une vie comme celle que le Dr Clavin lui avait offerte. En son for intérieur, Fidel jubilait.

Par la fenêtre, il observe la voiture de police tourner au

coin de la rue avant de gravir les marches, deux par deux. Lors de l'intervention des pompiers, il avait pénétré avec eux dans la pièce, feignant le désespoir. Quand les policiers lui avaient demandé si le médecin avait laissé une note, Fidel avait répondu par la négative.

* * *

Enfin seul, Fidel pénètre dans sa chambre, repousse le lit et crochète la plinthe amovible. Dans la main qu'il ressort du mur, deux enveloppes blanches qu'il a subtilisées, *in extremis*, sur le bureau pendant l'intervention des secours. L'écriture serrée, presque illisible, fait l'effet d'une claque à Fidel, dernier coup porté par l'homme qu'il a un jour tant admiré. Sur la première, le prénom *Sebastian* est inscrit.

Des larmes, authentiques cette fois, envahissent les yeux de Fidel, tandis qu'il lit les quelques lettres inscrites sur le deuxième papier. *Sasha.*

20

Au fond de sa geôle, Justine grelotte, les bras autour de ses genoux. Elle s'est résignée à s'asseoir sur le petit lit métallique, provoquant un grincement sinistre à chacun de ses mouvements. L'endroit est humide, glacial. Le froid pénètre sa chair, s'insinue dans ses os. Ses pieds endoloris ne supportant plus le contact avec le béton, elle tente tant bien que mal de les réchauffer sous son corps, recroquevillée sur le matelas plastifié.

Sa situation est catastrophique. Maintenant que l'effet du sédatif s'est totalement dissipé, elle ne peut que constater avec désespoir l'impasse dans laquelle elle se trouve. Rapidement, elle avait fait le tour de son nouvel environnement. La pièce rectangulaire fait une trentaine de mètres carrés. Aucune fenêtre, aucun éclairage ne vient illuminer les lieux. La seule lueur qui lui parvient perce à travers le petit hublot de l'unique porte de sa prison. La chaîne à laquelle est relié le bracelet autour de son poignet est suffisamment longue pour lui permettre de se déplacer partout dans la pièce. De toutes les forces dont elle disposait, elle avait tenté de forcer le piton profondément enfoncé dans le mur, s'arrachant un ongle dans la bataille. Avec horreur, elle avait constaté que, loin de céder à ses attaques, l'œillet métallique n'avait pas bougé du moindre millimètre.

Elle n'avait pas osé hurler, de peur de voir le sourire

inquiétant réapparaître à travers la vitre. L'homme – Sebastian, Fidel, peu importe comment il s'appelait – avait laissé derrière lui un seau d'eau dans lequel flottait un gant de toilette. Le liquide glacé avait eu le mérite de soulager temporairement la douleur de son visage. La découverte du contenu du panier qu'il avait déposé sur le sol avait complètement désarçonné Justine, si tant est qu'il fût encore possible qu'elle soit davantage surprise dans de pareilles circonstances. La corbeille ne contenait rien d'autre qu'une petite bouteille en verre ambré, sans mention ni étiquette. Elle l'avait ouverte et avait porté le goulot à ses narines pour tenter d'en deviner le contenu. Une odeur âcre avait envahi ses sens, mélange d'amertume chimique aux sous-notes vaguement fruitées. Justine n'avait pu s'empêcher de faire le parallèle avec son geôlier : toxique et sucré à la fois.

À intervalles réguliers, des grattements se font entendre à l'extérieur de la pièce, des miaulements parfois.

Depuis son perchoir, Justine tente de se convaincre d'aller enfin regarder à travers le hublot. Elle n'a pas encore eu le courage de s'approcher de la porte, tétanisée à l'idée de le voir resurgir sans crier gare. Faisant son possible pour ne pas provoquer les craquements sonores des ressorts du vieux sommier, elle pose un pied prudent sur le sol gelé. En apnée, elle parcourt les quelques mètres qui la séparent de la petite fenêtre. Derrière elle, la lourde chaîne rampe sur le sol, serpent d'acier sifflant sur le béton.

La hauteur du hublot l'oblige à se hisser sur la pointe des pieds. La pièce adjacente est un sas. Dans l'obscurité, elle aperçoit sur sa droite un évier, quelques placards. Devant elle, dans l'axe, une volée de marches conduit à une autre porte métallique, semblable à celle derrière laquelle elle se trouve. La lumière qui lui parvient faiblement perce à travers le hublot de la porte jumelle. Une lueur artificielle, blanche et froide, qui brise ses espoirs d'ouverture vers le monde extérieur.

Soudain, derrière la lourde porte, au sommet de l'escalier, une ombre apparaît. Justine sursaute, manque de basculer en arrière. Gagnée par la panique, elle rejoint le petit lit dans le vacarme de la chaîne métallique et s'y blottit, guettant le bruit de pas au-dehors. Un claquement, des bruits de clefs. Un miaulement, encore, et quelques mots murmurés de l'autre côté du mur lui parviennent, étouffés. Puis, le silence. Le claquement de la poignée qui s'abaisse résonne avec force dans la pièce. À pas feutrés, l'homme entre. Cette fois, il ne sourit pas.

* * *

Justine se tient dans le coin de la cave. Fidel sent l'odeur de la peur partout autour d'elle. Acide, moite, indécente. La terreur qu'il lit sur son visage lui offre une jouissance dont il n'avait pas soupçonné la puissance.

Avant, il n'avait été que le second, l'exécutant. Sa part de plaisir, il l'offrait à la Bête. Sa frustration n'avait d'égal que le bonheur qu'il avait à se soumettre aux ordres de l'Autre. Des idées, il en avait eu plein, mais jamais il n'avait eu l'audace de les formuler à voix haute. C'était pour libérer le Monstre de ses souffrances, de ses obsessions qu'ils s'étaient ligués pour capturer des femmes et les offrir en pâture au Démon. Sa participation passive avait réveillé en lui la soif d'aller plus loin, d'explorer ses propres désirs inavouables. Peut-être aussi voulait-il, d'une certaine manière, perpétuer les plans qu'ils avaient construits à deux.

La lumière qu'il a actionnée dans le sas lui permet d'assister avec délice aux secousses incontrôlables de la jeune femme. S'avançant dans la pièce, il s'approche d'elle d'un pas mesuré avant de s'asseoir à ses côtés.

Justine n'a pas bougé, coincée dans son étau de fer, tétanisée et dégoulinante d'effroi.

— Je vais t'expliquer ce qu'il va se passer, murmure-t-il. Tu ne partiras pas d'ici.

Justine lève le regard vers lui, implorant.

— Nous allons passer quelque temps ensemble. Dans ton intérêt comme dans le mien, il serait bon que tu coopères. Je peux améliorer tes conditions ici et faire en sorte que la suite ne te soit pas trop douloureuse, mais il va falloir que tu y mettes du tien, tu comprends ?

Justine, faiblement, hoche la tête. Évidemment, tout dans la situation lui échappe, mais Fidel procède par étapes, pour ne pas gâcher le plaisir. Avec délicatesse, il s'approche d'elle encore un peu, réduisant l'espace qui les sépare. Leurs cuisses se touchent désormais. Avec précaution, il replace une longue mèche de cheveux noirs derrière l'oreille de la jeune femme.

— Il va falloir que tu fasses un choix. Je tiens à ce que tu conserves un peu de ton libre arbitre, vois-tu ? Je vais quitter la pièce et dans une demi-heure je reviendrai te voir. Ce que j'ai prévu de faire peut se dérouler de deux manières radicalement différentes. Dans le premier cas de figure, tu avales le contenu du flacon que je t'ai laissé dans le panier. À toi, les beaux rêves et l'évasion. Tu ne sentiras presque rien. Sinon, tu me verras revenir avec l'attirail de mon choix. Et je peux te promettre que tu te rendras compte que tu aurais mille fois préféré avoir choisi le sommeil.

Sa proie n'a toujours pas bougé, sidérée, ses yeux bleus au-dessus de ses lèvres tremblotantes le fixant désespérément. Lentement, il se penche vers elle et presse son oreille contre la poitrine de Justine pour écouter les cavalcades de son cœur. Une harde de chevaux sauvages lancée à plein galop. Alors, avide de cette énergie vitale qui bouillonne en elle, Fidel tourne son visage vers la gorge de Justine et, jusqu'à la pointe de son menton, y fait précautionneusement glisser sa langue.

* * *

L'homme a quitté la pièce. Elle, toujours assise sur le lit, fixe sans la voir la porte qui s'est refermée quelques secondes plus tôt. Son cou est encore humide de la salive qu'il a laissée sur elle.

Alors, instinctivement, Justine se lève, saisit le petit flacon dans le panier et, sans la moindre hésitation, en avale le contenu.

21

Marianne a coincé le téléphone entre son épaule et son oreille. Elle lance des regards exaspérés à son collègue qui tente, tant bien que mal, de déchiffrer les notes qu'elle a prises par-dessus son épaule. Les « mmh mmh » d'approbation lancés à intervalles réguliers par la policière donnent peu d'informations à Alexandre quant à la teneur de son entretien téléphonique, mais le débit de parole qu'il devine de l'autre côté du combiné semble particulièrement impressionnant.

Il trace quelques lettres sur un post-it, qu'il fait glisser sous le nez de sa collègue. « La voisine est là. » Marianne hoche la tête et tente de reprendre la main sur la conversation en cours, peinant à dissimuler son exaspération grandissante.

— Merci pour votre appel, madame Guerini, dit-elle, coupant court au monologue de son interlocutrice. Je suis désolée, mais il va falloir que je mette fin à notre discussion.

Une nouvelle salve de paroles interrompt la policière.

— Oui, bien sûr, je comprends. Évidemment, restons en contact. Vous avez mon numéro.

Un soupir profond lui échappe, tandis qu'elle repose le téléphone sur son bureau.

— La vache, elle m'a vidée. Je ne sais pas ce qu'elle consomme, celle-ci, mais elle devrait diminuer les doses !

— Vas-y, raconte. Encore la directrice du musée ?

— Oui. Elle est hyper angoissée à l'idée que quelqu'un

apprenne qu'elle a répondu à l'appel à témoins. Elle craint des représailles, dans la mesure où on n'a pas encore mis la main sur l'agresseur.

— Le raisonnement se tient, souligne Alexandre.

— Elle m'a même demandé une protection policière, poursuit Marianne en se levant pour jeter un œil au-dehors. Je lui ai expliqué qu'on n'en était pas là. Mais vu la belle névrose qu'elle entretient, on n'a pas fini d'entendre parler d'elle. En l'état, à part lui rappeler les numéros d'urgence et les mesures de précaution standard, je ne peux rien faire de plus pour elle.

— Elle avait de nouvelles informations à te donner ? demande Alexandre, dans son dos.

— Non, elle tourne en boucle. On a refait un point ensemble. Victoire Dubreuil, née le 25 avril 1996. Vit au numéro 8 de l'impasse des Marronniers, à Pouzèle-le-Bas. Elle a postulé pour un job d'agent d'accueil au musée des Beaux-Arts de la ville. Elle avait rendez-vous avec Mme Guerini le matin même de l'agression, pour un entretien d'embauche. Entretien qui s'est bien passé, puisque la directrice lui a proposé le poste à l'issue de leur entrevue. Sur son *curriculum vitæ*, la victime aurait fait état d'une scolarité à Lyon jusqu'au baccalauréat, sans poursuite d'études supérieures. Il est ensuite fait mention de petits boulots, en contrats courts, dans la région. J'ai demandé à Mme Guerini de nous faire parvenir au plus vite l'ensemble des documents pour qu'on puisse procéder à des vérifications auprès des précédents employeurs.

— Avec le témoignage de la serveuse, on commence à y voir plus clair dans la chronologie du jour de l'agression. À quelle heure s'est terminé leur entretien ?

— Le rendez-vous a débuté à 9 h 40. Guerini a envoyé un mail à sa directrice des ressources humaines pour valider la candidature de Victoire et rédiger le contrat, juste après l'avoir congédiée. Le mail a été expédié à 10 h 12.

Dans la ruelle, deux gamins se font des passes avec un ballon de football. Leurs cris innocents leur parviennent étouffés, dans la petite salle d'interrogatoire. Marianne se détourne de la fenêtre pour faire face à son collègue.

— Et toi ? La serveuse que tu as eue en ligne avait d'autres infos ?

— Elle n'a pas pu me révéler grand-chose, soupire Alexandre. Elle a confirmé le prénom qu'elle avait déjà donné au téléphone. La victime est une cliente fidèle, elle vient tous les lundis et jeudis vers 8 heures depuis six mois environ. Elle n'est jamais venue accompagnée et s'assied toujours à la même table pour boire un ou deux cafés. La serveuse l'a décrite comme plutôt solitaire, mais c'est une habituée agréable et souriante. Leurs rapports se limitent aux prises de commande et à quelques banalités échangées parfois. Elle connaît son prénom, parce qu'elle l'a vu inscrit sur une gourmette à son poignet. Un bracelet argenté à maillons fins. Le bijou n'était pas sur elle lorsqu'on l'a retrouvée dans la forêt, mais on tombera peut-être dessus dès qu'on pourra enquêter à son domicile. En tout cas, la serveuse ne se souvient pas si la victime le portait le jour de l'agression, mais il ne lui semble pas l'avoir un jour vue sans.

— Parmi les clients, aucun n'a montré un comportement inhabituel ? Un intérêt particulier pour la victime ?

— Elle m'a décrit l'établissement dans lequel elle travaille comme relativement calme, répond Alexandre. À cette heure-là, les consommateurs boivent leur café, lisent un peu le journal et basta. En tout cas, elle n'a rien remarqué de spécial. J'ai demandé à Tom de vérifier toutes les caméras de vidéosurveillance des environs.

Marianne valide la dernière information d'un hochement de tête, puis jette un œil à sa montre.

— Du coup, Mme Jeannot est déjà là ? On avait convenu de se rencontrer dans trois quarts d'heure… constate-t-elle en fronçant les sourcils.

— Apparemment, elle patiente déjà dans le hall d'accueil depuis un moment. Je l'ai installée dans la salle d'entretien. Tu verras, elle est, euh, disons… particulièrement enthousiaste.

Le ton qu'a employé Alexandre pour prononcer les derniers mots n'augure rien qui vaille à Marianne.

— Le genre de voisine vieille fille, un peu timbrée, qui vit avec vingt-deux chats ? plaisante-t-elle, une pointe d'appréhension dans la voix.

— Non, plutôt le style à lire la presse à sensation et à avoir un avis bien tranché sur la question, rétorque Alexandre en grimaçant.

Marianne soupire.

— Espérons au moins qu'on pourra en tirer quelque chose de pertinent. J'ai eu ma dose d'hystérie pour aujourd'hui.

* * *

Mme Jeannot tient son petit sac en cuir sur ses genoux. À deux mains, comme si elle craignait qu'un bandit de grand chemin fasse irruption dans la pièce pour le lui arracher. Assise sur sa chaise, elle trépigne d'impatience. Elle a quatre ans à nouveau. Excitée et impressionnée, elle observe les moindres détails de la pièce dans laquelle elle se trouve avec avidité.

Elle est venue seule, insistant pour que son mari l'attende dans la voiture. Enfin, *insister* n'était pas vraiment le mot qui décrivait le mieux la situation. Il aura suffi qu'elle suggère à son époux de l'attendre dans le véhicule pour qu'il approuve sans rechigner. Les intrigues, les mystères, tout cela échappait à Bernard. Son nounours au grand cœur était un homme simple. Il estimait rarement nécessaire de soulever les tapis quand il était si facile de les contourner. En somme, il aimait sa paix et tenait à la conserver.

Mme Jeannot, elle, consciente de ne pas avoir hérité d'une âme d'aventurière, se targuait néanmoins de posséder une certaine audace que d'autres pouvaient lui envier. Alors être assise là, dans les bureaux de la brigade criminelle pour témoigner dans une affaire d'agression, lui donnait l'impression d'être enfin passée de l'autre côté de l'écran. À elle les révélations, les enquêteurs charismatiques et les sous-entendus lourds de sens.

Avec délectation, elle avait révélé à ses amies pâtissières que son témoignage serait entendu par la police dès le lendemain. Pendues à ses lèvres, elles l'avaient assaillie de questions. Mme Jeannot, énigmatique, n'avait répondu que partiellement, avançant que les enquêteurs comptaient sur sa discrétion. Être propulsée sous le feu des projecteurs, c'était exactement ce qu'il lui fallait pour mettre un peu de couleur dans sa vie de femme au foyer, heureuse mais un peu terne, qu'elle entretenait depuis des années.

Alors qu'elle s'apprête à dégainer son petit miroir de poche pour vérifier l'état de son rouge à lèvres, deux policiers entrent dans la pièce restée ouverte.

Elle a déjà rencontré l'homme quelques minutes auparavant. Poli et souriant, le regard franc qu'il lui adresse la met immédiatement à l'aise et confirme, en un battement de cils, l'*a priori* positif qu'elle s'était fait. Il s'est présenté sous le nom d'Alexandre Ravoski. Un Russe, certainement, s'était dit Mme Jeannot. La femme qui lui emboîte le pas et referme la porte derrière eux est fait d'un tout autre bois. La petite cinquantaine, ses cheveux grisonnants sont rassemblés en une queue-de-cheval peu fournie, accentuant les contours fins de son visage anguleux. Dotée d'un capital sympathie bien moins élevé, Mme Jeannot se dit qu'on ne pouvait en revanche qu'admirer l'assurance et la détermination qui transpirent de sa personne. Comme elle pouvait s'y attendre, la poignée de main qu'elle lui adresse est ferme et un brin douloureuse.

— Bonjour, madame Jeannot, brigadier Marianne Longchamp, se présente l'enquêtrice, plongeant son regard bleu glacier dans le sien.

« Une femme qui ne féminise pas sa fonction, voilà qui en dit long… » pense Mme Jeannot en son for intérieur.

— Appelez-moi Catherine, répond l'intéressée en esquissant un sourire.

— Bien, Catherine. Nous allons prendre des notes durant cette discussion, mais sachez également que nous enregistrerons cet entretien, précise l'agent. Il n'y a pas d'appréhension à avoir, il s'agira simplement pour nous de ne négliger aucune information que vous pourrez nous apporter. Êtes-vous prête à démarrer ?

Mme Jeannot, resserrant ses ongles vernis sur son sac à main, réprime un sourire de contentement.

— Je suis toute à vous, inspecteurs.

22

Alexandre ne ménage pas ses efforts pour ne pas se laisser déstabiliser par le théâtralisme de la femme. L'attitude, la tenue, le maquillage outrancier, tout y est. Un super combo caricatural. Mme Jeannot, avec son regard fumé et son tailleur orange d'un autre temps, semble tout droit sortie d'un film des années 1950. Le fou rire est proche. En l'accueillant tout à l'heure, il avait déjà été déconcerté par son ton minaudant, l'obséquiosité de son attitude. En cet instant, il donnerait cher pour lire dans les pensées de sa collègue, elle qui méprise le superflu sous quelque forme que ce soit.

— Merci d'avoir répondu si vite à notre demande d'entretien, madame Jeannot.

— Catherine, si vous le permettez, le coupe l'intéressée en souriant largement.

— Catherine, acquiesce Alexandre en hochant la tête.

À côté de lui, il sent Marianne se crisper sur sa chaise, en signe de désapprobation. Chacun des mots que prononce cette femme semble agir sur elle comme un puissant répulsif. Alexandre n'aurait pu imaginer rassembler deux personnalités plus différentes dans une même pièce. L'instant est aussi comique qu'embarrassant.

— Comme vous le savez, votre voisine est actuellement hospitalisée à la suite d'une agression survenue le 3 mars dernier. Pour les besoins de l'enquête, nous avons besoin que vous nous fassiez part d'un maximum d'informations concernant Mme Victoire Dubreuil...

Mme Jeannot l'interrompt brusquement.

— Dubreuil ? Excusez-moi, mais il y a erreur. La femme dont le portrait a été diffusé s'appelle Victoire Lamarres !

Alexandre fronce les sourcils, les deux agents échangent un regard.

— En tout cas, c'est le nom qui est écrit sur sa boîte aux lettres et ce depuis qu'elle a emménagé, ajoute la femme en les regardant à tour de rôle d'un air surpris.

— Êtes-vous sûre qu'il ne pourrait pas s'agir du nom de l'ancien propriétaire ? s'enquiert Marianne.

— Certaine ! À son emménagement, je lui ai demandé d'où elle était originaire. Je trouvais que son nom sonnait parisien. Elle m'a répondu qu'elle était née dans le Nord.

Marianne griffonne sur son carnet. Alexandre reprend.

— Étiez-vous proche de Victoire, vous et votre mari ?

— Non, pas vraiment. Elle est plutôt solitaire, vous savez. J'ai tenté à plusieurs reprises de lier connaissance, mais cela n'a jamais réellement abouti. On vit dans un petit village, c'est important de savoir qui vit à côté de chez vous, ajoute Mme Jeannot d'un air entendu. Peut-être notre écart d'âge la mettait-il mal à l'aise ?

— Connaissez-vous sa date de naissance ?

— Précisément, non, répond Mme Jeannot en réfléchissant un instant. Mais elle m'a révélé l'année dernière qu'elle venait de fêter ses 31 ans. Je lui ai dit qu'elle ne les faisait pas. C'est plutôt une belle femme, même si elle gagnerait à s'apprêter un peu plus. Mais si vous voulez mon avis, elle doit être née en janvier. Elle a un tempérament de Capricorne.

Au-delà du caractère purement fantaisiste de sa dernière affirmation, Alexandre tente de ne pas réagir à l'information que leur interlocutrice vient de donner. L'âge de la victime non plus ne correspond pas aux données déjà récoltées auprès de la directrice du musée.

— A-t-elle d'autres voisins ?

— Oui, sa maison fait face à la nôtre, au bout d'une impasse. Mais les logements voisins sont plutôt éloignés, les terrains sont grands. Et le pavillon qui se situe à côté du sien est une résidence secondaire. Un couple de Londoniens qui vient l'été profiter de la campagne. Mon anglais n'est pas parfait, mais ils apprécient de venir boire un thé et déguster quelques pâtisseries à la maison lorsqu'ils sont de passage. Vous savez à quel point la gastronomie anglaise est immonde, ajoute-t-elle en fronçant le nez.

— Quelle est l'adresse exacte de la victime ?

— Elle habite au 8, impasse des Marronniers, à Pouzèle-le-Bas. Mon mari et moi vivons au numéro 7 depuis trente-neuf ans.

— A-t-elle toujours vécu seule ? l'interroge Alexandre.

— À ma connaissance, oui. Enfin, seule avec son chat.

Le ton sur lequel elle a prononcé les derniers mots laisse peu de place au doute quant aux relations que Mme Jeannot entretient avec ledit félin. Répondant au regard interrogateur de l'inspecteur, elle ajoute :

— Il est très mal éduqué. Je dois ramasser ses déjections dans mon jardin plusieurs fois par semaine. Et il fait ses griffes sur mon paillasson.

— C'était une source de conflit avec votre voisine ?

— Absolument pas ! s'empresse-t-elle de répondre. Nos relations sont cordiales. J'ai simplement pris l'habitude d'inspecter mes buissons. Mais, jamais je n'en ai fait part à Victoire ! Elle l'a adopté il y a plus d'un an, si mes souvenirs sont bons. Elle m'a dit qu'elle l'avait récupéré dans un refuge, qu'il était déjà vieux. Il faut admettre que c'est un beau geste. Les premières fois que je l'ai vu dans le quartier, j'ai cru à un vilain chat errant, avec son oreille en moins. D'ailleurs, je ne l'ai pas revu depuis que Victoire a été agressée. Il est peut-être resté coincé chez elle.

Alexandre pressent dans son attitude que sa peine serait de courte durée si elle devait apprendre le décès prématuré de son voisin à poils. En tout cas, l'idée que l'animal soit probablement mort de faim seul dans le domicile ne semble pas vraiment l'émouvoir.

— La victime avait-elle une routine quotidienne ? Un agenda précis ?

— Oui, en tout cas, elle a l'air très organisée. D'ailleurs, je me suis toujours demandé si elle n'avait pas eu un passé dans l'armée. Elle sort courir une demi-heure tous les matins, quelle que soit la météo. Elle emprunte le chemin de forêt qui prolonge la fin de notre rue.

— À quelle heure part-elle dans les bois ?

— Six heures quarante-cinq. En général, je la vois partir au moment où je me lève. Elle passe juste devant les fenêtres de notre cuisine. Mais, je sais qu'elle est revenue de sa course le 3 mars. C'était l'anniversaire de ma belle-mère et je suis partie à la boulangerie chercher une commande pour le déjeuner. Je l'ai croisée alors qu'elle finissait son jogging, en sortant la voiture de notre garage.

Alexandre, en son for intérieur, salue la mémoire impressionnante de Mme Jeannot. Commère, mais efficace. Si tous les témoins étaient comme elle, les malfrats en tout genre auraient du souci à se faire.

— Vous pouvez nous donner le modèle du véhicule de la victime ?

— Une Polo noire, les vitres arrière sont teintées.

Les grattements du stylo de Marianne sur le petit carnet ponctuent les prises de parole d'Alexandre.

— Elle part le matin vers 7 h 50 et revient en fin de journée aux environs de 17 heures. Ses horaires varient le week-end, mais elle est souvent absente. Elle se fait livrer ses courses tous les samedis.

— Vous semblez avoir bien étudié les habitudes de votre voisine, lance Marianne, interrompant sa prise de notes.

— Nous vivons dans un petit village, tout se sait, répond sèchement Mme Jeannot, un brin piquée au vif par la remarque de la policière.

Alexandre, sentant sa collègue sur le point de riposter, s'empresse de reprendre la main sur l'entretien.

— Vous lui connaissez de la famille ?

— Non, comme je vous l'ai déjà expliqué, c'est quelqu'un de solitaire.

Mme Jeannot interrompt sa phrase, une certaine gêne dans le ton de sa voix. Elle affiche l'air de celle qui ignore comment annoncer une mauvaise nouvelle.

— Il y a quelque chose que vous souhaitez ajouter, Catherine ? suggère Alexandre en percevant son trouble.

— Je... euh. Oui. J'ai vu quelque chose que je n'aurais probablement pas dû voir, répond-elle d'un air embarrassé. Il aurait certainement fallu que j'en parle avant, je suis très embêtée.

— À savoir ?

— La nuit du 3 au 4 mars, aux alentours de deux heures du matin, j'ai vu un homme s'introduire chez Victoire.

— Un cambrioleur ? questionne Marianne.

— Non, pas vraiment. J'ai eu l'impression qu'il avait les clefs. En tout cas, il est entré par la porte. Mais ce que j'ai trouvé étrange, c'est qu'il n'a pas allumé les lumières à l'intérieur. J'ai vu des sortes de faisceaux lumineux, comme la lumière d'une lampe torche, à travers les fenêtres. Il est resté quelques minutes, il a fait des allers-retours dans une fourgonnette qu'il avait garée dans l'allée. Finalement, il est ressorti avec une caisse et il est reparti.

— Pourriez-vous nous faire une description de cet individu ?

L'air navré, Mme Jeannot secoue la tête.

— Il était plutôt grand, pas très épais je dirais. Mais c'était en pleine nuit, j'étais à moitié assoupie et il n'y a pas d'éclairage dans la rue à cette heure-là. Je suis désolée, mais je ne peux pas vous en dire beaucoup plus…

— Pourquoi ne pas l'avoir signalé à la police ?

— Je ne sais pas, je ne savais pas vraiment quoi faire. Et puis, c'est allé très vite. Et comme il ne semblait pas y avoir eu de dégâts le lendemain, je me suis dit que cet homme avait probablement les clefs de la maison de Victoire.

— Vous n'avez pas été surprise de ne pas la revoir pendant si longtemps, malgré les habitudes que vous lui connaissiez ?

— Comme sa voiture avait disparu, j'ai imaginé qu'elle était partie en vacances, voilà tout, répond-elle en haussant les épaules.

Plusieurs coups frappés sur la porte avec force interrompent la conversation. Dans l'entrebâillement, la tête du chef vient d'apparaître.

Alexandre et Marianne, s'excusant auprès de Mme Jeannot, rejoignent Philippe Lombard dans le couloir. Son visage est crispé, les mots, prononcés à voix basse, précipités.

— Le préfet nous a informés d'une nouvelle disparition inquiétante. Le signalement correspond aux autres victimes.

Les deux collègues, perplexes, peinent à comprendre l'information.

— Le préfet ? Vous l'avez contacté ? s'étonne Alexandre, sans saisir le but de la manœuvre.

— C'est lui qui nous a appelés. Sa fille a disparu.

23

Des miaulements feutrés extirpent Justine du sommeil écrasant dans lequel elle était plongée. La gravité de cette pièce semble celle d'une autre planète. Elle est probablement morte. C'est donc à ça que ressemble l'au-delà. Des étoiles dansent sous ses paupières. Des dernières heures, elle ne garde que des souvenirs embrumés. Les images du film qui échappent à sa mémoire sont floues, insaisissables. Les sensations, elles, sont ancrées dans sa chair à tout jamais.

Le liquide au goût puissant qui avait coulé dans sa gorge l'avait plongée dans un état cotonneux et bienvenu. Le froid avait semblé moins mordant, le lit, plus confortable. Elle s'y était blottie en attendant la suite, sa terreur diminuant à mesure que les molécules endormaient son cerveau terrassé par l'angoisse.

Justine avait à peine réagi en entendant la porte de sa geôle s'ouvrir à nouveau. Elle se souvient de l'homme qui avait envahi la pièce, des douces caresses sur ses cheveux. De la voix suave et susurrée de Sebastian, l'homme qui l'avait charmée en quelques battements de cils. Et puis, une douleur cuisante qui l'avait surprise et qui s'était répétée encore et encore. Sur ses épaules, ses bras. Elle avait tenté de le repousser, de ses mains privées de leurs muscles et de leurs os, provoquant vaguement le cliquetis de la chaîne à son poignet.

Avait-elle seulement réussi à protester, ne serait-ce qu'une fois ? Elle se souvient des grognements de l'homme, devenu animal. De son souffle avide et saccadé sur sa peau. Puis le trou noir, black-out total.

Justine n'est pas morte. Elle l'a compris aux signaux que son corps lui envoie. On n'est pas censé avoir si mal, quand on est passé de vie à trépas.

Justine met quelques secondes à identifier le poids qui pèse sur son corps. Elle se rend compte soudain que le froid a disparu. Une couverture épaisse et confortable la recouvre. Plongée dans la pénombre, la pièce tarde à apparaître aux yeux brûlants de la jeune femme. Sa bouche est pâteuse, asséchée.

Avec précaution, pour ne pas provoquer le tintement de la chaîne et les grincements des ressorts, elle s'assied au bord du lit et s'extrait de la chaleur réconfortante de l'édredon. Le haut de son corps lui fait un mal de chien. Chaque centimètre carré de sa peau lui donne l'impression d'être passée sous un rouleau compresseur, tandis qu'elle se lève pour étancher sa soif. Les gouttes froides ruissellent sur son menton. Un frisson la parcourt des pieds à la tête.

La toilette succincte, mais revigorante qu'elle s'octroie, lui permet de retrouver partiellement ses esprits et apaise son corps endolori. Ses rétines, maintenant habituées à l'obscurité, lui ont permis de constater que le petit panier en osier avait été déplacé au pied du lit.

De retour sur le matelas, Justine en inspecte le contenu. Une petite lampe de poche roule entre ses doigts. Un « clic » retentit dans l'espace vide, accompagnant le faisceau lumineux. La pièce est telle que Justine l'avait perçue lorsque l'homme y avait fait pénétrer la lumière du sas. Grise, vide, humide. Dans le panier, une pomme et une barre de céréales accompagnent le petit flacon ambré, à nouveau plein du liquide qui l'avait temporairement délivrée de ses tourments.

Tapissant le fond, quelques mots qui lui glacent le sang sont tracés, à l'encre rouge, sur une feuille de papier : « Il faudra donner pour recevoir. »

* * *

Fidel jette un nouveau regard dans son rétroviseur. Ses yeux noirs, derrière les lunettes à monture épaisse, observent avec attention le reflet de l'homme assis dans la voiture. Sa crinière naturelle a laissé place à des boucles courtes et disciplinées. De sa barbe épaisse ne subsiste qu'une ombre légère que tous les rasages du monde ne parviendraient pas à dissimuler. Pas mal. Crédible. Un instant, il se rappelle sa jeunesse sauvage dans les ruelles brésiliennes. Le petit garçon famélique et couvert de crasse qu'il avait été, jadis. S'il avait su, à l'époque, à quel point sa vie serait différente de celle qu'il s'était imaginée…

Se penchant par-dessus le siège passager, il extrait de la boîte à gants un badge plastifié, flambant neuf. « Fidel CORRERA, bénévole AEP » peut-on lire sur le carton blanc orné, en guise de logo, d'une petite rose stylisée. Fidel est relativement fier de sa réalisation. Il n'avait pas tout perdu de ses talents de faussaire et savait encore créer des documents plutôt réalistes. Ses compétences ne tiendraient pas longtemps face à l'expertise d'un professionnel, mais un amateur, lui, n'y verrait que du feu.

Derrière le pare-brise, il porte son regard sur le grand hôpital qui se dresse devant lui, faisant glisser ses prunelles sur chaque fenêtre, chaque volet clos. Un mot, un seul, l'obsède depuis qu'il a vu son portrait dans les médias. Le prénom, martelé contre son crâne à un rythme infernal, provoquant des migraines qu'aucun traitement ne parvenait à soulager. *Victoire. Victoire. Victoire.*

Le face-à-face est proche, la fin aussi. Il s'est promis de

ne céder à aucune forme de faiblesse, d'achever le travail commencé dans les bois, quelques semaines plus tôt. Dans l'habitacle, l'ambivalence de ses sentiments le submerge à nouveau. Il a fantasmé leurs retrouvailles tant de fois. Tantôt sanglantes, tantôt charnelles, mais toujours d'une intensité à faire vibrer chaque cellule de son corps. L'image de leurs peaux nues, l'une contre l'autre, vient s'immiscer cette fois encore dans son esprit.

Fidel retire ses lunettes et, du plat de ses immenses paumes, s'assène de grandes gifles sur le front. La solution, triviale mais radicale lui permet de revenir à la réalité de l'instant. Alors, Justine surgit dans sa tête, fragile et vulnérable. Elle doit encore être dans le gaz, à l'heure qu'il est. Endormie par le sédatif qu'elle boit avec gourmandise. Il l'a vue à travers le judas. Mais bientôt, elle pourra s'en passer. Pour permettre à Justine de devenir sa nouvelle muse et de remplacer la précédente, il doit boucler la boucle.

Son regard se porte sur les fenêtres du troisième étage. Les informations n'avaient pas été difficiles à dénicher. La secrétaire du service de soins intensifs ne s'était pas méfiée lorsqu'il s'était présenté au téléphone en tant que neuropsychologue. Obtenir le numéro de la nouvelle chambre dans laquelle Victoire avait été transférée avait été d'une simplicité déconcertante. Il était beau, le secret médical. Tant mieux pour lui, tant pis pour elle.

La portière de la voiture s'ouvre. Fidel s'en extirpe, ajustant son manteau d'un geste vif avant de placer le badge en évidence sur sa poitrine. D'une démarche assurée, il traverse le parking à grandes foulées, déterminé. Ses milliards de cellules vibrent de leur toute-puissance, tandis que le poids du couteau rebondit contre son torse, à chacun de ses pas.

24

Enfin. Alexandre peine, une fois n'est pas coutume, à contenir son excitation. Le feu vert tant attendu leur est parvenu. Il emboîte le pas rapide du Dr Borel, Marianne sur ses talons. Après des semaines de négociations, ils s'apprêtent finalement à rencontrer leur mystérieuse victime.

Au contraire de Marianne, Alexandre avait toujours éprouvé des difficultés à contrôler les émotions qui le submergeaient, tels des raz-de-marée. Son corps réagissait intensément aux sentiments qui le traversaient et ce, depuis l'enfance. En grandissant, il avait appris à refouler, ou du moins, à dissimuler. Ses entrailles dansent la gigue tandis qu'il parcourt les couloirs, l'esprit en effervescence.

Avant même d'avoir pu faire sa connaissance, l'énigme que représente son identité a déjà déchaîné les passions dans le duo d'équipiers. Des débats houleux, à propos de la manière dont l'entretien devait être mené, avaient éclos avec la nouvelle de leur entrevue imminente. Marianne, en permanence sur la défensive, prônait la méfiance absolue à l'égard de celle qui semblait avoir pris tant de mal à dissimuler sa véritable identité. Alexandre, lui, avait mis en avant la fragilité émotionnelle de la jeune femme, peut-être parce qu'elle faisait écho, d'une certaine manière, à ses propres failles. Il n'avait pu ignorer non plus l'état de santé mentale précaire dans lequel elle semblait se trouver. « Du bluff ! » avait décrété

Marianne, dédaigneuse. D'emblée, elle avait laissé entendre que ladite Victoire était certainement une manipulatrice, toute victime qu'elle pouvait être. Alexandre se disait, en son for intérieur, que bien que dotée d'un quotient intellectuel exceptionnel, sa collègue ne brillait pas par ses qualités empathiques. Il s'en accommodait. À chacun son rôle, finalement. L'intérêt résidait dans leur complémentarité.

Chambre 202, service de neurologie. Le médecin entre dans la pièce, laissant patienter quelques instants les enquêteurs à l'extérieur. Dans le couloir, Marianne ne décroche plus un mot. À nouveau, elle s'est plongée dans sa bulle de concentration. En dépit de son obstination légendaire, la policière savait mettre de côté son ego pour les besoins de leur enquête. Malgré sa propension naturelle à imposer sa façon de faire dans les équipes qu'elle intégrait, elle n'était que trop consciente de l'importance capitale de la coopération, en particulier durant l'exercice complexe de l'entretien.

Le Dr Borel ouvre la porte, les invitant à pénétrer à sa suite dans la chambre. Alexandre est immédiatement saisi par l'ambiance pesante qui règne dans la pièce. La chape de plomb qui coule sur ses épaules semble avoir capitonné les lieux. La chambre d'hôpital est impersonnelle et vieillotte. Sur un fauteuil, dans un coin, une femme les regarde entrer. Pourtant, son regard ne saurait être plus lointain.

Le médecin les quitte un instant, avant de revenir quelques secondes plus tard avec deux chaises subtilisées dans le couloir.

— Victoire, je vous présente les agents chargés d'enquêter sur les circonstances de votre agression, déclare le Dr Borel, brisant le silence. Ils ont conscience de l'énergie qu'il vous faudra dépenser pour répondre à leurs questions. Je les ai avertis que vous vous trouviez dans un état de fatigue intense. Néanmoins, il est essentiel que vous puissiez vous entretenir avec eux, vous comprenez ?

La jeune femme, sans le regarder, hoche la tête en signe d'approbation. Le médecin, avant de quitter la pièce, jette un regard lourd de sens à Alexandre. « Allez-y mollo… » semble-t-il lire dans les grands yeux gris du médecin. La porte se referme doucement derrière lui. S'asseyant à bonne distance de la jeune femme, Marianne fait glisser du bout du pied la tablette amovible pour y poser son petit carnet de notes. Avec autorité, elle a saisi les rênes de l'entretien, laissant à son collègue le rôle d'analyser les réactions de leur interlocutrice. Mais Alexandre entend à peine Marianne les présenter et énoncer le cadre légal de leur visite. Il ne peut s'empêcher d'observer, impuissant, le regard vide de la femme qui erre près du mur du fond. Elle est une enveloppe vide dont les « oui » murmurés en réponse aux questions de Marianne semblent se perdre en écho au fond de sa gorge. Jamais Alexandre n'aurait pu mieux saisir qu'en cet instant l'expression « être l'ombre de soi-même ». Un silence écrasant ponctue chacune des phrases de la policière. Dans ses oreilles, un bourdonnement léger empêche le policier de se concentrer. Le bruit enfle, vague immense refluant du large et renversant tout sur son passage. Alexandre sent son pouls jouer des percussions contre ses tympans. Son corps est étrangement léger alors qu'il observe les drôles de petites taches qui viennent danser devant ses yeux. Le son tonitruant de la chaise sur laquelle il s'écrase de tout son poids précède le choc de son front contre le sol.

* * *

« Alex, putain ! »

Il reconnaît la voix, pas l'intonation. Lorsque Alexandre rouvre ses paupières, Marianne est penchée au-dessus de lui. Une alarme sonne non loin. Le policier sent qu'on le traîne, à même le sol. « Sortez-le de là ! » Des cris, des protestations, des pas précipités résonnent autour de lui. Des bruits de coups sourds et réguliers retentissent hors de son champ de vision tandis qu'il est extrait de la chambre sans ménagement. Des blouses blanches accourent, défilent devant lui sans le regarder. Les roues d'un chariot passent devant ses yeux, éblouis par la lumière des néons.

— Alex, ça va ? Réponds-moi, merde !

Alexandre peine à reprendre ses esprits, sonné. La vague l'a enseveli sous des mètres cubes d'eau. Autour de lui, tout est étrangement flou. Assis dans le couloir, les détails de la situation lui échappent totalement. De la main, il tâte le dessus de son crâne meurtri. Une bosse impressionnante et douloureuse est apparue au niveau de son front. Une main repousse la sienne.

— Ne touche pas, ça saigne un peu !

Il porte un regard flottant, presque absent, sur sa collègue. Marianne est livide, les traits figés dans une expression qu'il ne lui connaît pas. Alexandre peine à comprendre sa réaction, elle qui, au quotidien, déploie tant d'efforts pour ne rien laisser paraître de ses émotions. Quelque chose dans le regard de sa collègue et dans l'agitation qui règne autour d'eux lui suggère qu'un événement sérieux est en train de se produire dans la chambre qu'ils viennent de quitter.

Une jeune femme en blanc, poussant un fauteuil roulant vide, vient à leur rencontre d'un pas précipité. Elle s'appelle Sarah, elle est étudiante infirmière. Malgré l'urgence de l'instant, Alexandre est impressionné par le calme et la prévenance dont la stagiaire fait preuve à leur égard.

— Je vous conduis aux urgences, il va certainement vous falloir quelques points de suture, ajoute-t-elle d'un ton qu'elle veut rassurant.

Alexandre, dont la décharge d'adrénaline a fini par avoir raison de l'état de choc, cherche Marianne du regard.

— OK, on règle ça et on revient ; pas un mot au chef…

Un hurlement aigu et déchirant vient suspendre la fin de sa phrase dans le dédale de couloirs.

* * *

Le cri animal arrache un sursaut à Fidel. Il voudrait courir à s'en déchirer la poitrine, arracher les yeux de celui qui la torture, le faire brûler dans tous les feux de l'enfer, une éternité entière. Guidé par la plainte lugubre, il fait son possible pour ne pas hâter le pas. Il est un visiteur à l'hôpital, rien ne doit trahir sa présence. Arrivé à l'entrée du service, il réduit son allure et prend le temps de tenir la double porte à un homme en fauteuil dont le front est orné d'un large hématome sanguinolent. « Chambre 202, chambre 202. » D'un regard qu'il tente de garder le plus neutre possible, Fidel inspecte les numéros sur les portes. Dans sa poitrine, son cœur le fait souffrir tant il s'affole. Soudain, son attention est happée par l'agitation qui règne plus loin sur sa droite, devant une porte ouverte.

— Monsieur, les visites ne sont pas autorisées le matin.

Derrière lui, une soignante est venue à sa rencontre. Fidel, en nage, pointe son badge du bout du doigt.

— Fidel Correra, association Espoir Précarité. Je viens pour rencontrer la patiente de la chambre 202, dans le cadre de son accompagnement social.

Des bruits de pas précipités interrompent la conversation. Dans le couloir, quatre soignants encerclent un brancard, poussé au pas de course. Sur le lit aux draps maculés de sang, un infirmier maintient un masque à oxygène sur le visage de la femme qui se débat avec force. Victoire.

25

Le duo patiente devant le bureau du Dr Borel, fébrile. Quelques points de suture et un examen rapide auront suffi à Alexandre pour qu'il soit autorisé à reprendre du service. La coupure provoquée par le bord de la chaise en plastique était en réalité peu profonde et l'hématome, manifestement superficiel. Les soignants, débordés, n'avaient pas cherché à retenir à tout prix les enquêteurs.

Marianne, profitant de leur attente aux urgences, avait raconté à son collègue la chronologie des événements ayant suivi sa chute. Il se souvenait du malaise dont il avait été pris, presque immédiatement après être entré dans la pièce sordide et exiguë. Il se rappelait les sueurs froides qui avaient glissé dans sa nuque et le bourdonnement sourd qui avait empli ses oreilles. La sensation du tsunami qui l'avait englouti tout entier et contre laquelle il n'avait même pas essayé de se débattre était encore bien présente en lui. À vrai dire, il n'avait pas eu le temps de se rendre compte que l'évanouissement était proche, tant il avait été surpris par sa soudaineté. « J'étais concentrée sur Victoire, tu étais dans mon dos… » avait expliqué Marianne. Elle avait bondi de sa chaise pour porter secours à Alexandre, inconscient sur le sol. Le Dr Borel, qui était resté dans le couloir, avait ouvert la porte à la volée en entendant le bruit provoqué par le choc. « C'est là que ça a commencé, avait soufflé Marianne. Je ne sais pas si c'est la vue du sang, le bruit que ta tête a fait en heurtant le sol ou je ne sais quoi, mais cette femme est devenue complètement folle. »

La policière avait expliqué à Alexandre que Victoire était entrée dans un véritable état de rage. Qu'elle s'était levée d'un bond et s'était mise à frapper sa tête contre le mur avec violence. Le Dr Borel n'avait eu d'autre choix que de le délaisser pour déclencher la sonnerie d'urgence dans la chambre, avant de jeter sa patiente sur le lit pour l'immobiliser de son corps. Plusieurs soignants, elle ne se souvenait plus du nombre exact, avaient déboulé dans la pièce pour maîtriser Victoire et l'empêcher de se blesser davantage. Marianne semblait particulièrement retournée par la scène à laquelle elle avait assisté. « Elle était complètement tarée, ingérable. Elle a frappé encore et encore. Il y avait du sang partout. »

Le médecin leur ouvre la porte, leur faisant signe de le suivre à l'intérieur. Assis derrière le bureau, il frotte les paumes de ses mains entre elles et soupire. Jamais encore il ne leur avait paru si fatigué.

— Je suis navré pour la scène à laquelle vous avez assisté tout à l'heure. Vous, ça ira ? s'enquiert-il en regardant Alexandre.

— Trois fois rien, merci. Une cicatrice de plus pour ma collection. Ça me donnera peut-être un petit air de *bad boy*, répond-il en souriant, dans une vaine tentative de dédramatisation. Comment va Victoire ?

Le médecin esquisse un sourire poli. Mais Alexandre n'est pas dupe, le Dr Borel est inquiet.

— Fort heureusement, ses plaies, comme les vôtres, sont superficielles. Elle s'est blessée à l'arcade, d'où la mare d'hémoglobine, poursuit-il en désignant les larges auréoles qui décorent sa blouse, autrefois immaculée. Le scanner qu'on lui a fait passer ne révèle pas de nouvelles lésions, Dieu merci.

Le médecin marque une pause et souffle à nouveau.

— En revanche, nous sommes très inquiets quant à sa

santé psychique. Étant donné l'état dans lequel elle se trouvait quand vous avez quitté le service, nous avons dû lui administrer un sédatif puissant pour parvenir à réaliser les différents soins et examens. Elle était déjà extrêmement fragilisée par son agression, j'ai bien peur que le traumatisme qui en découle soit bien plus important que ce que nous avions imaginé. Je laisserai à mes collègues psychiatres le soin de délivrer leur expertise, mais la balance penche fortement en faveur d'un syndrome de stress post-traumatique. Avec les conséquences que cela implique. Les liens entre ce syndrome et l'amnésie rétrograde sont complexes. Une odeur, un son, ont pu déclencher la crise dont vous avez été les témoins. Nous pensions qu'en lui apportant quelques éléments de réponse concernant son identité, nous parviendrions à raviver chez elle quelques souvenirs de sa vie d'avant. Mais à ce jour, aucune forme de retour de la mémoire n'a été constatée par les membres de l'équipe. Nous y travaillons.

— De quelle manière ? l'interroge Marianne.

— Nous avions discuté, avec le chef de service, de la possibilité d'évoquer ce cas complexe avec un confrère qui avait fait du syndrome de stress post-traumatique le cheval de bataille de sa carrière. Il était controversé dans le milieu de la psychiatrie, mais un avis aurait pu nous aiguiller. Malheureusement, cette piste n'est plus envisageable.

— *Était* ? Il a cessé d'exercer ?

— Il est mort il y a dix jours, confesse le Dr Borel.

Marianne, dont le teint a repris ses couleurs naturelles, fait cliqueter son stylo d'agacement.

— Bon, c'est bien joli, mais maintenant, on fait quoi ? s'emporte-t-elle. Il y a un fêlé dans la nature qui agresse des femmes et qui, à l'occasion, les découpe en morceaux ! Il est hors de question qu'on attende encore des semaines avant de pouvoir l'auditionner !

— Ce ne sera pas le cas, répond le médecin. Rassurez-vous.

Nous avons bien conscience de l'urgence de la situation. Votre enquête doit avancer. Seulement, ce ne sera pas aux dépens de ma patiente. Nous devrons prendre certaines mesures pour assurer sa sécurité lors de votre prochaine rencontre.

— À savoir ?

— Nous n'en avons pas encore discuté en équipe, mais je souhaite être présent lorsque vous reviendrez. Je pense pouvoir aider Victoire à rester ancrée dans le moment présent. Nous avons, tous les deux, établi une relation de confiance solide qui pourrait lui être utile en situation de stress. Il faudra aussi, peut-être, envisager une médication. Pour l'instant, accordons-lui quelques jours pour récupérer et à nous pour nous organiser.

* * *

Vingt heures trente, fin de service pour l'équipe d'après-midi. La relève de nuit, encore à peu près fraîche, arrive pour prendre les transmissions de la journée. Fidel, assis sur une chaise devant le service de radiologie, guette le va-et-vient incessant des blouses blanches. Il jette un coup d'œil à sa montre avant de lever la tête vers l'aquarium de verre dans lequel les infirmiers sont réunis, au vu et au su de tous. La porte se referme derrière une retardataire au pas pressé. Déjà, ils s'affairent devant leurs ordinateurs, les uns avides de rentrer chez eux, les autres, résignés à l'idée de passer une nuit de plus sous les néons. D'un mouvement rapide et léger, Fidel se lève et passe devant la salle de soins, sans un regard pour ses occupants. La poignée de la chambre 202 s'abaisse sous sa paume humide. Il est en apnée, alors qu'il s'introduit à l'intérieur. Le silence est total. Sur le lit aux draps blancs, Victoire est profondément endormie. Une poupée de porcelaine. Il la reconnaît à peine. Son visage, émacié, est d'une pâleur de lait. Un énorme coquard barre son œil gauche, bouffi. Plusieurs plaies parent ses traits et son crâne presque rasé à blanc. Qu'elle est belle, toujours. Innocente et à sa merci. Du bout des lèvres, il embrasse son front.

— Je reviendrai, murmure-t-il. Et tu me regarderas arracher ton cœur, comme tu as détruit le mien.

26

Pas un bruit ne filtre dans le bureau privé d'éclairage. Il est tard. Les locaux de la brigade criminelle se sont peu à peu vidés de leurs occupants. L'écran d'ordinateur comme seule source lumineuse, l'atmosphère des lieux est d'une froideur sans nom. À en pleurer. Même les rayons de lune ne parviennent pas à percer les stores clos pour apporter un peu de leur chaleur. La tête posée à côté de son clavier, Tom s'est endormi. Ou plutôt, il s'est effondré. Pour la première fois depuis longtemps, il dort profondément, d'un repos sans rêve. Son esprit, vidé de toute pensée, s'est finalement déconnecté. Même la posture la plus inconfortable n'a pu l'empêcher de sombrer inexorablement dans le sommeil le plus réparateur qu'il ait connu depuis des mois.

Quelqu'un frappe à la porte. À l'intérieur, rien ne bouge. Devant l'absence de réponse, on la pousse discrètement. Alexandre a passé une tête au travers de l'entrebâillement. Il a rendez-vous avec Tom pour un débriefing des dernières avancées concernant la disparition de Justine Landroux. Son regard se pose sur son collègue, profondément endormi. Cinq secondes supplémentaires lui suffisent à contrôler les respirations lentes, profondes et régulières de l'informaticien. Alexandre, sans un bruit, referme la porte avec précaution. Leur entrevue attendra.

Une volée de marches plus tard, il est de retour dans le

bureau de Marianne. Elle lève un sourcil en le voyant déjà revenir, ses tasses encore pleines entre les mains.

— Tom se repose, dit Alexandre, anticipant la question de sa collègue. C'est mérité. J'irai le voir demain pour qu'il me fasse un topo.

Il dépose le café encore fumant devant Marianne, prend place face à elle, de l'autre côté du bureau et s'étire bruyamment. Il jette un coup œil à l'horloge murale.

— Il est déjà 22 heures, tu as encore un peu de jus ou on se retrouve demain ?

— Enchaîne, on a le préfet aux trousses, lui répond-elle, les yeux rivés sur son ordinateur. On dormira quand on sera mort.

— J'aime ton optimisme et cette facilité avec laquelle tu trouves les mots justes pour booster tes collègues.

— C'est un don naturel.

— Admettons. Tu as déjà tapé le rapport préliminaire à propos de la disparition de la fille du préfet ?

— J'ai presque terminé. Tu es prêt pour un résumé ou je t'installe un lit de camp dans le bureau de Tom ?

— Je suis tout ouïe, répond Alexandre en étouffant un bâillement, les mains jointes derrière sa nuque.

— Donc, Justine Landroux, trente et un ans. Née le 2 janvier 1993 à Strasbourg. Elle vit seule au 32, rue Leclerc à Dole, célibataire et sans enfant. Elle exerce depuis six ans en tant que conseillère bancaire au sein du même établissement, situé à Dole également.

— C'est son père qui a constaté la disparition ?

— Non, c'est une amie de fac, Lucie Caillon. Elle a signalé à la police qu'elle n'avait plus de nouvelles de Justine depuis le samedi. Justine avait rendez-vous avec un homme rencontré sur Internet, le soir même de sa disparition.

— Qu'est-ce qu'on sait du type ?

— Pas grand-chose. Le profil qu'il avait mis en ligne sur

l'application a depuis été supprimé. Tom aura peut-être plus d'éléments à nous donner sur le sujet. Une fois qu'il aura fini de roupiller, évidemment. Lucie a déclaré à la police que l'homme s'était présenté sous le nom de « Sebastian ». La seule photo sur laquelle il apparaissait avait été prise de dos. Physiquement, elle a décrit quelqu'un de mince, aux cheveux noirs et ondulés qu'il porte longs. La photo était en noir et blanc. L'homme aurait dit à Justine avoir trente ans et travailler dans le monde de la finance.

— A-t-on des infos concernant le déroulement de la soirée du 29 mars ?

— Lucie et Justine ont dîné ensemble au domicile de la fille du préfet. Justine s'est préparée pour son rencard. Selon ce que nous a rapporté son amie, elle était particulièrement excitée à l'idée de cette rencontre. Elles se sont séparées vers 20 h 45. Justine voulait se rendre à pied au bar dans lequel elle avait rendez-vous pour ne pas avoir à se soucier du nombre de verres qu'elle boirait. D'après Lucie, Justine et Sebastian avaient convenu de se retrouver à 21 heures au bar cubain *La Salsa Loca*, un club dansant spécialisé dans les rythmes latinos et caribéens, particulièrement fréquenté le week-end.

— À quel moment Lucie s'est-elle rendu compte qu'il y avait un problème ?

— Le lendemain, seulement. Justine avait pour habitude de communiquer le lieu de ses rendez-vous galants à Lucie, et, *a minima*, d'envoyer un message dans la soirée pour donner de ses nouvelles.

— À quelle heure Lucie a-t-elle reçu le fameux message ?

— Assez rapidement. Le SMS est arrivé sur le téléphone portable de Lucie à 21 h 32. Elle lui a immédiatement répondu, mais elle n'a jamais reçu de confirmation de lecture. Dans son message, Justine était rassurante sur le déroulé de son rendez-vous, elle a écrit à Lucie qu'elle s'apprêtait à passer un bon moment. Lucie en a déduit que sa copine allait ramener cet homme chez elle, ce qu'elle faisait assez régulièrement, manifestement. Elle ne s'est donc pas inquiétée de ne plus avoir de ses nouvelles, cette nuit-là. C'est le lendemain qu'elle s'est rendu compte que Justine n'avait pas lu son précédent message et qu'elle ne s'était connectée à aucun de ses réseaux sociaux. Elle a tenté de la joindre plusieurs fois, en vain. Elle a fait le tour des contacts qui auraient pu avoir eu de ses nouvelles avant de prendre la décision d'en parler aux autorités. En l'absence de nouvelles, elle a contacté la police le dimanche 31 mars en début de soirée. Elle dit avoir retardé le signalement parce qu'elle connaissait le statut du père de Justine. Elle craignait de faire une erreur en témoignant à propos d'un rendez-vous avec un homme dont Justine ne connaissait rien.

— J'imagine que les procédures vont être accélérées, étant donné les liens familiaux de Justine.

— Tu imagines bien. Les vidéosurveillances de tout le quartier, depuis le domicile de la victime jusqu'au bar, ont déjà été transmises à Tom.

— Le club de salsa possède des caméras ?

— Oui mais, malheureusement, elles sont toutes factices. J'ai pris rendez-vous demain au bar pour interroger le personnel. Ensuite, on pourra faire un tour chez Justine pour vérifier son appartement.

— On a déjà l'autorisation pour la perquisition ? Ça vaut le coup d'avoir un papa préfet ! s'exclame Alexandre en sifflant entre ses dents.

— Si tu te fais enlever par un taré, ça peut avoir ses bons côtés. D'ailleurs, le père a lourdement insisté pour qu'une alerte « disparition inquiétante » soit diffusée à l'échelle nationale. Mais, honnêtement, même si ça sent mauvais, on n'a pas suffisamment d'éléments pour communiquer sur le sujet. Le problème, c'est que sa fille correspond physiquement aux portraits des victimes de Dracula. Ça ne lui a pas échappé. N'importe quel père pèterait les plombs dans ces circonstances. Même si nos services n'ont eu vent du signalement qu'hier matin, ça fait déjà quatre jours que sa disparition a été signalée. Donc, presque une semaine qu'elle est dans la nature avec on ne sait qui.

— Putain, il ne manquait plus que ça. Dis-moi que tu as une idée de génie pour nous sortir de ce bordel...

— Comme d'habitude, Alex, on se retourne le cerveau et on fait le maximum pour la retrouver avant qu'il ne fasse d'elle son nouveau casse-croûte.

27

De retour dans sa cellule, encore. En l'absence de lumière extérieure, Justine ignore tout du temps qu'elle a déjà passé ici. Des jours ? Des semaines, peut-être ?

Une routine s'est déjà installée, grise et morne. À chaque apparition de Fidel, la montée d'adrénaline qui la gagne rappelle à Justine qu'elle est toujours en vie. Il lui rend visite régulièrement, s'assure qu'elle ait le minimum pour boire et manger un peu. Pas assez pour qu'elle puisse reprendre des forces, suffisamment pour que son purgatoire ne prenne pas fin trop tôt.

À intervalles réguliers, il sort de sa poche une petite clef pour détacher le poignet de Justine. Libérée de son entrave, il lui prend la main avec douceur et l'accompagne dans le sas qui jouxte sa prison. La première fois, elle avait cru qu'il allait la laisser partir. Son cœur avait explosé dans sa poitrine. Enfin, elle allait laisser cet enfer derrière elle. Son espoir avait été réduit à néant dans le petit sas adjacent. La deuxième porte métallique qui lui faisait face était désespérément restée fermée à clef. Fidel, du bout du doigt, avait essuyé la petite larme qu'il avait vu rouler sur sa joue, emportant avec elle les dernières illusions de la jeune femme.

La petite pièce est quasiment telle qu'elle l'avait devinée ; un carré de quatre mètres de côté, doté d'un évier, de quelques placards et d'un toilette derrière un muret bas. Là, sous le regard inflexible de Fidel, elle est autorisée à conserver un minimum d'humanité. L'eau tiède qui vient réchauffer sa peau glacée est sa fontaine de jouvence, le lien avec sa vie d'avant. Une vie dans laquelle sa salle de bains était son antre de calme et de bien-être. Elle est une fleur dont les pétales reprendraient un peu de leur éclat sous les gouttes de rosée.

Jamais il ne la presse. En silence, il l'observe, la guide parfois de quelques mots murmurés. Son regard lui brûle la peau, s'infiltre dans ses veines et empoisonne son âme. Elle voudrait lui crever les yeux. Dans ses rêves, elle les lui arrache à mains nues. Sous la douceur apparente de l'homme, Justine a compris que le feu couvait. Elle sait qu'au moindre mouvement qui trahirait son désir de fuite, il abattrait sur elle ses mains furieuses et puissantes.

L'apparence de Fidel a changé, ses expressions aussi. Même sa démarche est un peu différente. Si elle ne l'avait pas vu de si près, elle aurait pu penser qu'un autre homme avait pris sa place. Le timbre de sa voix, dont l'accent léger fait danser les mots qu'il prononce, est quant à lui resté le même. Justine s'est bien gardée de l'interroger à propos des changements qu'elle a pu observer. Le souvenir de la gifle qu'elle a reçue est encore bien imprimé dans sa chair.

L'état de choc permanent dans lequel elle se trouve a comme anesthésié sa perception du monde qui l'entoure. Parfois, seule sur le petit lit, elle est submergée par la panique. Alors elle enfonce sa tête dans l'oreiller et hurle ; ses cris se perdent dans les fibres du tissu. Elle a pris l'habitude de sortir du panier la fiole et de boire quelques gorgées du liquide couleur d'ambre. Peu importe ce qu'elle contient, la substance plonge Justine dans une torpeur qui l'empêche de sombrer dans la folie. Elle se demande combien de temps elle pourrait tenir ainsi. Une vie entière, certainement. Ce n'est pas tant la résignation qui empêche Justine de chercher un moyen de sortir du piège qui lui a été tendu. Elle a la conviction absolue que le timing ne joue pas en sa faveur. Aucun plan n'a encore véritablement germé dans son esprit endormi. En revanche, elle sait qu'elle doit gagner la confiance de son geôlier. Alors, docile, elle s'exécute à chacune de ses demandes, elle prie, et elle attend.

* * *

L'homme assis en face de Victoire semble attendre quelque chose. Il se racle la gorge. Elle n'a visiblement aucune intention de lui faciliter la tâche. Face au mutisme de la jeune femme, le psychologue reformule sa question.

— Avez-vous eu de nouvelles sensations, des images qui vous reviennent de votre agression, depuis la dernière fois où nous nous sommes rencontrés ?

Victoire soupire. Ils tournent en rond.

— Non, je vous l'ai déjà dit. Je ne me souviens de rien.

« Ni de ça, ni de rien d'autre d'ailleurs... » pense-t-elle en observant l'homme.

Psychologue, lui ? Le pauvre homme aurait dû se trouver une autre vocation. Croquemort, peut-être. Rien, dans son physique ingrat, n'inspire le moindre désir de se confier à lui. Grand, sec, le cheveu blanc comme neige. Un nez d'une longueur interminable surmontant des lèvres fines et pincées. On dirait un méchant dans un dessin animé.

— J'aimerais que vous me parliez de l'incident d'hier matin, quand les enquêteurs sont venus vous interroger.

Victoire évite son regard. Il lui est difficile de dissimuler le rejet que cet homme suscite chez elle. Quels que soient ses arguments, il est hors de question qu'elle lui livre le peu de détails qui lui reviennent en mémoire. Il ne lui reste plus rien, plus une bribe de personnalité. Aucune histoire, aucun foutu lien avec le monde. Devrait-elle offrir ses maigres souvenirs en pâture à un inconnu, juste parce qu'un badge est accroché à sa poitrine ? Ils lui appartiennent et elle les livrera quand bon lui semblera. Qu'on lui laisse au moins son libre arbitre. Car oui, aussi troublant cela soit-il, elle se souvient précisément des événements de la veille.

Lorsque le Dr Borel était entré dans sa chambre pour lui annoncer l'arrivée des deux enquêteurs, il avait, comme à son habitude, tout fait pour la mettre à l'aise. Avec lui, elle avait le sentiment d'être un animal farouche à apprivoiser. D'instinct, il avait les bons mots. Était-ce une réminiscence de sa vie d'avant ou la nouvelle version d'elle-même que l'agression avait forgée ? Toujours est-il qu'elle avait l'intuition qu'il avait su déceler un aspect profond de sa personnalité. Elle était méfiante, en permanence sur le qui-vive. Plus elle y songeait, plus elle pressentait que ce mode défensif était ancré en elle depuis une éternité. Le médecin légiste faisait preuve à son égard d'une prévenance dont elle lui était éminemment reconnaissante. Elle avait réussi à déceler chez lui une solitude qu'aucun de ses grands sourires ne parvenait à dissimuler totalement. Elle se sentait connectée à cet homme, en quelque sorte. Ils étaient deux âmes errantes dont la vie avait fait se croiser les chemins tortueux.

Elle l'avait autorisé à faire entrer les deux policiers, même si elle avait bien conscience que le choix ne lui appartenait plus vraiment. Elle avait compris, au fil de son hospitalisation, l'insistance des services de police, avides de connaître sa vérité. Elle avait redouté la rencontre, devinant la déception que sa mémoire défaillante provoquerait dans leurs regards. Elle allait nécessairement anéantir les espoirs qu'ils portaient en elle. Le moment serait difficile pour tout le monde. Il fallait se rendre à l'évidence, elle était un déchet.

Ils étaient deux. La policière, entrant la première, avait immédiatement empli la pièce de son aura d'autorité naturelle. Malgré elle, elle prenait la lumière. Elle ne s'était parée d'aucun sourire, d'aucun artifice. Brève, concise, elle était allée droit au but. Depuis le réveil de Victoire, elle avait été la première à ne pas agir avec elle comme si elle était une petite chose fragile. Victoire s'était sentie désarçonnée et reconnaissante à la fois. La poigne dont cette femme faisait preuve avait quelque chose de sécurisant. Elle avait ressenti la satisfaction d'être enfin traitée en adulte, poussée dans ses retranchements.

Le psychologue qui la fixe maintenant de ses petits yeux perçants est, lui, d'une tout autre espèce. Il est de ceux pour lesquels Victoire n'est qu'une curiosité, un sujet d'étude qui fera peut-être un jour l'objet d'une publication.

À la suite de l'enquêtrice, un deuxième policier avait pénétré dans sa chambre. De son aspect, elle ne gardait plus vraiment de souvenirs. Mais elle se remémorait avec précision avoir senti dans son regard toute l'excitation et les espoirs qu'il plaçait dans leur rencontre. Elle avait fixé le mur du fond, en silence, appréhendant l'instant où elle allait anéantir leurs chances d'obtenir des réponses.

La femme avait pris place en face de Victoire et, d'un ton ferme, avait commencé à lui expliquer les raisons, évidentes, de leur visite.

Et puis, un événement aussi soudain qu'inattendu était survenu. Le bruit tonitruant du policier s'effondrant sur le sol avait ramené Victoire à la réalité. Le claquement sourd de son crâne heurtant le montant de la chaise lui avait fait l'effet d'un coup de feu. La détonation avait résonné en écho dans les méandres de son esprit. Malgré la surprise, elle n'avait pas bougé d'un cil. Restée immobile, elle avait observé la scène depuis le fauteuil sur lequel elle était assise. Il lui avait semblé que la pièce s'était étirée sur des dizaines de mètres, comme si elle regardait la scène à travers l'écran d'une télévision. La policière avait bondi et, retournant le corps de son collègue pour lui porter secours, l'avait découvert, inanimé. La porte s'était ouverte à la volée sur le médecin légiste, qui s'était empressé de porter secours à l'homme étendu sur le sol. Victoire se souvenait de s'être levée, presque par réflexe, contournant la tablette pour s'approcher du trio au sol. Mue par une curiosité froide, elle avait observé le duo s'affairer comme des fourmis, pressées et organisées. Pourtant, quelque chose, dans le brouillard épais qui entourait les pensées de Victoire, grattait furieusement. Elle devait se reconnecter à la réalité, franchir l'écran invisible qui l'en séparait. Le bruit furieux enflait dans sa tête, écho, elle le pressentait, d'un danger imminent.

Entre le Dr Borel et la policière, l'enquêteur gisait sur le lino. Des gouttes de sang s'échappaient d'une large entaille, zébrant son front et formant une petite flaque sombre qui s'élargissait à vue d'œil sur le sol gris. Une fraction de seconde, Victoire avait regardé une larme rouge rouler sur la tempe de l'homme, dévalant son teint blafard comme une pierre lancée à grande vitesse du sommet d'une colline. Et, tandis qu'elle observait la petite perle rouler inlassablement, un afflux électrique avait parcouru sa moelle épinière. Une décharge puissante, dont l'intensité l'avait rendue aveugle instantanément. De l'hôpital et de ses murs blancs, il ne restait plus rien. Son champ de vision n'était plus que rouge écarlate. Son corps, un désert de désolation et de douleur. Elle sentait les crocs de la Bête s'enfoncer dans sa chair, rouvrir les cicatrices et se délecter de sa souffrance. L'odeur du sang, âcre et métallique, avait envahi ses narines et, son goût, afflué sur ses papilles. Une douleur sourde, cuisante, avait resurgi dans ses bras, à l'endroit même où ses plaies béantes tardaient à se refermer.

Privée de ses sens, elle avait tendu les bras devant elle et, à tâtons, elle avait fini par trouver le mur. Alors elle avait pris son élan et sans s'arrêter, elle avait frappé avec force sa tête contre le béton, juste pour que tout cela cesse.

28

En pleine journée, la devanture du bar apparaît sans prétention. Habillée de bois, la large porte moulurée évoque plus une boutique d'antiquités qu'un club dansant.

Alexandre, sur le trottoir d'en face, plisse les yeux, tentant d'imaginer à quoi peut ressembler l'endroit une fois la nuit tombée, quand les lumières baissent et que les corps s'échauffent. Seul bar des environs, il se dit que la ruelle est bien paisible pour accueillir un lieu aussi animé. Pas sûr que les riverains aient vu l'arrivée récente des noctambules d'un bon œil.

Une employée, vêtue d'une chemise et d'un pantalon noir, vient de sortir de l'établissement. Un grand sac-poubelle à la main, elle entreprend de vider le cendrier sur pied à côté de la volée de marches qui mène à l'intérieur. Alexandre traverse la route. Avant que la jeune femme ne s'inquiète de le voir s'avancer vers elle d'un pas décidé, il dégaine sa carte d'identification.

— Bonjour, je suis l'inspecteur Ravoski. J'ai rendez-vous avec la responsable, Mme Ravez, pour un entretien.

L'invitant à la suivre, la jeune femme, qui s'est présentée sous le nom de Léa, pénètre dans le bar. D'un pas nonchalant, elle franchit un vestibule fermé par un lourd rideau de velours rouge avant d'abandonner Alexandre, le temps pour elle de prévenir sa supérieure.

Debout au milieu de la piste, l'enquêteur prend un instant pour analyser l'architecture des lieux. Le parquet de bois clair résonne sous le pas de ses déambulations. En cette heure matinale, la salle, baignée d'une lumière douce qui perce par les hautes fenêtres à croisillons, est magnifique. Les bois exotiques et les tentures épaisses confèrent à l'endroit une élégance singulière. Deux escaliers en colimaçon mènent, à l'étage, à des balcons finement sculptés. Une vague odeur d'encens chatouille ses narines. La mezzanine, dissimulant des regards tout en permettant d'observer les danseurs depuis les hauteurs, permet d'offrir un peu d'intimité aux amoureux d'un soir. « Sympa pour un rencard… » remarque Alexandre.

Derrière la piste, trois grandes arches, séparées par des colonnes, mènent au comptoir. Quelques banquettes encerclent de petites tables rondes, offrant un peu de répit aux jambes fatiguées après les danses endiablées. Aux murs, des portraits de révolutionnaires d'Amérique latine et des Caraïbes accompagnent la collection d'alcools du bout du monde. Pas sûr que le Che, Castro et Morales auraient approuvé l'idée de finir accrochés au-dessus d'un verre de rhum facturé neuf euros. La révolution avait encore de beaux jours devant elle.

Un bruit de talons claquant sur le sol à un rythme cadencé tire le policier de ses préoccupations politico-philosophiques.

— Inspecteur Ravoski, bonjour ! lance une voix rauque derrière lui.

Alexandre se retourne, Selena Ravez, dans l'encadrement d'une porte, affiche un sourire éclatant.

— Mme Ravez, merci de m'accorder un peu de votre temps, répond-il en lui adressant une poignée de main. J'ai quelques questions à vous poser, je ne serai pas long.

— Nous prendrons le temps qu'il faudra, inspecteur, répond-elle, exposant d'un large sourire sa dentition immaculée.

Alexandre s'étonne, vu les circonstances, du ton charmeur et totalement décomplexé que son interlocutrice emploie. Il faut dire que l'entrepreneuse avait gagné en assurance au fil du temps. Sûre de ses atouts, Selena Ravez menait ses affaires avec l'assurance d'une reine qui n'a rien à prouver. À la tête de plusieurs établissements de nuit, elle était devenue une figure incontournable de la région.

Alexandre s'était renseigné. Partie de rien, Selena avait fait de son accent chantant une arme de séduction massive qui attirait chaque soir des foules de jeunes gens venus se déhancher sur les rythmes les plus chauds de l'hémisphère sud. Elle avait su dépoussiérer les danses de salon, autrefois réservées aux initiés, maniant habilement l'art subtil de la communication et des réseaux sociaux. La formule avait fait mouche auprès du jeune public. Son entreprise comptait aujourd'hui quelques dizaines d'employés et les recrutements se poursuivaient avec la croissance exponentielle de son empire.

— J'ai quelques questions à vous poser à propos de la soirée de samedi dernier. Étiez-vous présente dans l'établissement, le 29 mars ?

La femme prend quelques secondes pour réfléchir.

— Oui, nous avions organisé une initiation au tango vers 22 heures. L'équipe était au complet.

De la pochette qu'il tient dans les mains, le policier extrait trois portraits de Justine qu'il aligne sur le comptoir.

— J'aurais besoin que vous puisiez dans votre mémoire. Reconnaissez-vous cette femme ?

Mme Ravez saisit les clichés pour les examiner un à un, les sourcils froncés.

— Non, désolée. J'étais dans l'arrière-salle pour préparer l'événement en début de soirée. C'est une cliente ? Je ne me souviens pas l'avoir vue pendant le show.

— Oui. Elle serait arrivée seule vers 21 heures et repartie aux environs de 21 h 30, accompagnée d'un homme. Elle était probablement déjà partie lorsque votre événement a commencé. J'ai remarqué une caméra de surveillance braquée sur la porte d'entrée. Est-elle fonctionnelle ?

— Non, c'est une caméra fictive. Elle a surtout le mérite d'être dissuasive. Vous savez, ici, les gens viennent pour danser et boire un verre. Ce n'est pas un pub de hooligans.

— Vous avez du personnel pour assurer la sécurité, en cas de problème ?

— Aucun de mes employés n'a un poste dédié à cela, mais Vincent, mon barman, est plutôt bien bâti. Il sait gérer les perturbateurs en cas d'extrême nécessité. Il est plutôt du genre dissuasif. Je sais moi-même me montrer persuasive envers les emmerdeurs, ajoute-t-elle sans retenue.

Pour Alexandre, cela ne fait aucun doute, cette femme est l'allégorie parfaite de l'expression « avoir le sang chaud ». Il imagine sans peine que son regard flamboyant avait déjà dû refroidir plus d'un client aviné.

— J'aimerais m'entretenir avec vos employés qui étaient en salle vendredi dernier, entre 21 heures et 21 h 45.

* * *

L'entretien rapide avec Léa, la jeune serveuse, n'avait rien donné de concluant. Débordée par la foule venue s'initier au tango argentin, elle avait dû gérer seule le service en salle, pendant que ses collègues s'affairaient en coulisses. Du visage de Justine, si elle l'avait croisée, elle ne se souvenait de rien.

Mme Ravez avait disparu dans l'un des escaliers et en était redescendue accompagnée d'un colosse à l'allure impressionnante. Aussi massif que sa patronne était fluette, Vincent semblait plus adapté à un terrain de rugby qu'au port de chaussures cirées. Alexandre se dit qu'effectivement, avec un barman comme celui-là, nul besoin d'un agent de sécurité.

Sans surprise, le policier faillit perdre quelques phalanges dans la poignée de main qui s'ensuivit.

Alors que l'inspecteur s'apprête à interroger Vincent à propos de son emploi du temps du 29 mars, celui-ci saisit l'un des portraits posés sur le bar.

— Vous la connaissez ? l'interroge Alexandre, surpris par l'éclat soudain dans le regard de l'homme.

— Oui, c'est Justine. Elle a des soucis ? s'empresse de demander l'homme, levant vers Alexandre ses grands yeux verts.

Devant le regard interrogateur du policier, l'employé poursuit :

— On a commencé à discuter sur une application de rencontre, il y a quelques semaines. Donc, dire qu'on se connaît… oui et non.

— Vous êtes-vous déjà rencontrés, dans la vraie vie ?

— Pas avant ce soir-là. J'avais l'impression que ça collait bien. On s'était donné rendez-vous. Mais elle a arrêté de me répondre sans me donner d'explications. Je l'ai vue pour la première fois la semaine dernière, ici. J'ai tout de suite su que c'était elle. Elle ne triche pas sur les photos, vous voyez. Elle est naturelle.

— Vous êtes-vous parlé ?

— Non, elle m'a passé commande, mais je ne pense pas qu'elle m'ait reconnu. Elle était avec un homme et vu comme elle s'était apprêtée, je doute qu'il s'agisse d'un ami.

— Décrivez-moi exactement tout ce dont vous vous souvenez.

— Ils se sont assis là, poursuit Vincent en désignant deux tabourets hauts du doigt. Lui a pris un Coca, elle un mojito. Je ne pense même pas qu'elle m'ait vu. J'ai essayé de capter son regard pour lui parler, mais elle le dévorait des yeux. C'était réciproque, d'ailleurs. J'ai vite compris que j'étais hors-jeu.

La frustration pointe clairement dans le ton de sa voix.

Une aubaine, pense Alexandre, qu'un prétendant éconduit ait assisté à la scène.

— À quoi ressemblait cet homme ? demande-t-il.

— Je dirais qu'il avait une petite trentaine d'années. Des cheveux foncés, très longs, bouclés et le teint mat. Il avait des traits… méditerranéens, peut-être, ou sud-américains. Je n'en sais rien, en fait. Ils sont allés sur la piste, il avait l'air grand à côté d'elle, plutôt mince.

— Ils sont partis longtemps ?

— Je les ai vus de loin, ça avait l'air d'être un sacré bon danseur. Vous ne m'avez pas répondu, il y a un problème ?

Alexandre l'observe attentivement.

— Vous n'avez pas eu de nouvelles de Justine depuis ce soir-là ?

— Non, merde. Il lui est arrivé quelque chose ?

— Je ne peux malheureusement pas vous en dire plus pour le moment, mais votre témoignage est précieux. Vous les avez entendus parler ?

— Non, le bar était bruyant. Je sais que je n'aurais pas dû, mais j'ai essayé de comprendre ce qu'ils se disaient pour savoir si c'était un rendez-vous, ou si je pouvais tenter une approche. Mais quand je les ai vus danser, j'ai laissé tomber.

— Des détails physiques vous reviennent à l'esprit ? Des grains de beauté, des tatouages ? Un élément inhabituel dont vous vous seriez souvenu ?

— Il y avait peut-être un truc… mais, je ne sais pas comment l'expliquer.

— Essayez toujours, l'encourage Alexandre.

— Son regard… il était vraiment flippant.

29

Le débriefing de Marianne concernant sa visite du logement de Justine Landroux n'avait pas donné grand-chose. Accompagnée d'un collègue de la police scientifique, ils avaient réalisé plusieurs prélèvements : des cheveux et des poils de son chien, principalement. Les résultats, attendus dans plusieurs jours, ne promettaient pas de révélations fracassantes.

L'ordinateur portable de Justine, récupéré sur place, avait aussitôt été confié à l'expertise de Tom, trop heureux d'avoir un nouveau jouet entre les mains.

Alexandre, lui, s'était empressé de raconter sa rencontre avec le barman de *La Salsa Loca*. Vincent était attendu dans les locaux de la brigade criminelle pour formaliser son témoignage, mais les premières informations recueillies au bar étaient d'ores et déjà d'une importance capitale.

Comme à leur habitude, Alexandre et Marianne s'étaient retrouvés dans le bureau de cette dernière pour mettre en commun les nouvelles du jour.

— Et le domicile de Victoire, alors ? Il nous faut absolument l'autorisation pour y accéder. On a besoin de sa foutue signature, Alex. On ne peut plus attendre, grogne Marianne.

— Je sais, tu as raison, il est temps de retourner la voir.

Alexandre marque une pause devant l'expression surprise de sa collègue, avant d'ajouter :

— J'ai eu le Dr Borel au téléphone ce matin. L'équipe médicale estime que son état est suffisamment stable pour qu'on tente un nouvel entretien. Le médecin en a déjà parlé à Victoire. Il veut y assister. Il faudra accepter des compromis si on veut avancer. Tant pis si ça la secoue un peu.

Marianne, surprise par ce changement d'attitude, reste silencieuse un instant. Alexandre, qui s'était montré si précautionneux à propos de leur entrée en contact avec Victoire, semble avoir radicalement viré de trajectoire. Malgré l'enthousiasme que devrait lui procurer ce revirement de cap, Marianne sent que quelque chose ne tourne pas rond. Le regard suspicieux qu'elle lui lance n'échappe pas à Alexandre.

— T'inquiète, plus de malaise, c'est promis, lance-t-il en levant les mains devant lui.

— Nous sommes d'accord sur le fait que tu n'as rien à prouver, n'est-ce pas ? Ni à l'équipe ni à moi ? On en a tous vécu, des moments comme ça. Les nerfs qui lâchent et le corps qui ne suit plus. La crise est passée et, à part quelques points de suture d'un côté comme de l'autre, tout le monde s'en est bien sorti. Alors vas-y doucement.

— Ouais… ça a quand même fini en rapport circonstancié. Ce n'est pas vraiment mon fait d'armes le plus glorieux.

— C'était la procédure, Alex, rien de plus. Un accident du travail comme il pourrait y en avoir dans n'importe quel boulot. N'en fais pas des caisses. Plus vite tu seras passé à autre chose, plus vite on pourra se recentrer sur l'essentiel. Tu as seulement besoin de te nourrir d'autre chose que de barres protéinées et de passer une ou deux bonnes nuits de sommeil.

— Et tes nuits de sommeil à toi, on en parle ? Même tes cernes ont l'air fatigués. Pourtant, tu ne t'es pas ouvert le crâne devant un témoin clef, aux dernières nouvelles.

— Tu ne t'es pas « ouvert le crâne ». Il t'aura seulement fallu quelques points de suture pour te remettre sur pied.

Et appelle ça le bénéfice de l'âge si ça te chante, mais j'ai quelques années de bouteille de plus au compteur. Ça aide. Un jour, je te raconterai mes moments de gloire personnels, ce ne sont pas mes anecdotes les plus reluisantes !

— Toi, me livrer quelques-unes de tes faiblesses ? Mon Dieu, qu'avez-vous fait de la fierté légendaire de ma coéquipière ?

— Ne détourne pas la conversation, « crâne fendu », c'était de toi dont il était question ! Je voulais simplement te rendre attentif au fait que j'ai besoin que mon partenaire assure. Je n'y arriverai pas seule, c'est une certitude.

Alexandre, touché par cet aveu inattendu, ne répond pas. Cet élan de sollicitude ne ressemble pas à sa collègue. La réassurance, d'habitude, c'est son truc à lui. Les quelques secondes de silence qui s'installent marquent le moment pour lui de passer à la suite.

— Je voulais te parler d'autre chose, à propos de Dracula. J'aimerais avoir ton avis. Tu peux sortir les photos des morsures ?

Soulagée de pouvoir changer de sujet, Marianne contourne son bureau et se dirige vers un meuble métallique. Le rangement modeste renferme l'essence de leurs investigations ; le résumé de leurs nuits blanches et de leurs tergiversations communes. Le tout trié et classé avec soin par une Marianne obstinée, perfectionniste jusqu'à l'excès. D'une main assurée, elle ouvre un tiroir parmi tant d'autres, duquel elle tire un porte-documents rigide qu'elle tend à Alexandre.

— Tiens.

Son efficacité est à toute épreuve. Rien, ni le découragement, ni la fatigue, ne saurait mettre à mal son sens de l'organisation et sa rigueur. Marianne, dans une autre vie, avait probablement été scribe. Ou moine copiste.

Durant quelques secondes, Alexandre aligne certaines photos qu'il place sur le bureau, sous les yeux attentifs de sa collègue. Sur la surface lisse, des dizaines de clichés de morsures s'étalent, toutes annotées d'un prénom : Anna, Émilie, Maëva, Charlotte et Victoire. Devant eux, des morceaux de corps mutilés, percés de petits trous disposés en arcs de cercle. Des amas de chair sanguinolents plus ou moins reconnaissables. Une boucherie.

— J'ai l'impression qu'il y a une évolution dans les traces dentaires de notre Dracula, commence Alexandre en désignant les photos du bout des doigts. Si tu observes attentivement, les marques laissées sur la peau des victimes sont de plus en plus nettes. Regarde celles d'Anna, les hématomes autour des plaies sont plus larges, les trous plus béants. Sur celles de Charlotte en revanche, les marques sont plus nettes, plus franches. Comme si le mouvement avait été plus assuré.

Marianne attrape une photo dont la légende indique *Victoire, cicatrices*.

— Difficile de se faire une idée, avec celle-ci.

— Normal, avec le temps, le processus de cicatrisation a altéré les détails. Ce n'est pas le cas des empreintes dentaires qu'on a pu relever sur les victimes qu'on a retrouvé en morceaux. Les marques sont restées exactement telles qu'elles étaient aux moments des morsures.

— Et alors, quelles sont tes déductions ? demande Marianne en saisissant successivement les différentes photographies.

— Rien de concret, admet Alexandre. Plutôt une intuition. J'ai l'impression que l'intention de Dracula était différente d'une victime à l'autre. Pour Anna, les chairs sont déchirées, broyées par les dents. On a pu faire une concordance grâce à la forme et à la taille de la mâchoire, mais les empreintes sont brouillonnes. C'est de moins en moins vrai à mesure que les victimes se succèdent. Les marques sont plus profondes, plus précises. Comme si Dracula avait appris à canaliser sa rage. Il est passé à des gestes plus calculés, plus mesurés.

— Ça se tient, admet Marianne, tenant à présent dans la main une photo, annotée de son écriture fine et penchée *Victoire, mordeur X*. Et ça ? demande-t-elle. Là, les empreintes sont parfaitement nettes. Et l'hématome…

— … est impressionnant, complète Alexandre. Tu vas me prendre pour un dingue, mais j'ai une théorie.

— Vas-y, balance.

— Plus j'y réfléchis, plus je pense qu'on a affaire à un disciple du premier tueur. Mais, contrairement à Dracula, la morsure a l'air complètement maîtrisée. Le bleu s'étend de façon concentrique autour de la plaie, probablement provoqué par une aspiration puissante. Pas de mutilation, pas de rage incontrôlée. C'était presque cérémoniel.

Marianne repose le cliché sur le bureau, parcourue d'un léger frisson.

— Il a *dégusté* Victoire… Finalement, le vampire n'était peut-être pas celui qu'on croyait, conclut-elle.

30

Un, deux, trois, quatre. Victoire compte les secondes, bloque sa respiration. Depuis plusieurs jours, elle s'adonne à ces exercices. L'impulsion lui était venue naturellement. Comme un réflexe de sa vie d'avant. Sarah, la stagiaire infirmière, lui avait soufflé quelques techniques de respiration. Adepte de yoga et autres pratiques que d'aucuns auraient pu considérer comme extravagantes, Sarah avait la certitude que Victoire pourrait réduire sa dose de traitements anxiolytiques en apprenant à canaliser ses émotions. Victoire doute que l'initiative prise par la jeune étudiante serait vue d'un bon œil par le psychiatre qui avait prescrit lesdits médicaments. Mais, par son enthousiasme, Sarah avait semé dans l'esprit de Victoire une toute petite graine. Un noyau minuscule dont les racines, jour après jour, s'incrustent dans les méandres de son subconscient, faisant germer dans l'esprit de Victoire un doute dont elle ne peut plus se défaire.

Plus les jours passent, plus elle ressent le besoin de s'extraire de cet état de sédation constant. Bien qu'ayant le pouvoir d'apaiser ses angoisses, les petites pilules colorées anesthésient Victoire, la plongeant dans une léthargie qui l'empêche de profiter de l'étendue de ses capacités de réflexion. Car, elle en est persuadée, la clef de toute cette histoire se trouve dans les tréfonds de son cortex cérébral.

La crise de nerfs déclenchée par la visite des deux policiers avait fait naître chez elle un sentiment nouveau : *l'espoir*. Le souvenir qui l'avait percutée avait été d'une violence inouïe, mais il prouvait une chose essentielle, vitale. Elle avait eu une vie avant le drame. Elle avait été quelqu'un.

La volonté farouche de comprendre qui elle était avait enfin pris le pas sur la résignation dont elle avait fait preuve aux premiers jours de sa convalescence. Avec la diminution des traitements, son esprit fonctionne plus vite, ses idées sont plus claires. Pourtant, tous voulaient la gaver de ces molécules dont elle avait compris qu'elle devait apprendre à se passer. Les médecins prescrivent, les infirmiers administrent. Et tous, à grand renfort d'explications savantes, arguent que les petits cachets agissent *pour le plus grand bien*. Alors, en toute connaissance de cause, Victoire avait pris l'habitude de jeter ses traitements dans la cuvette des toilettes, discrètement.

En apparence, elle était sage comme un agneau, la patiente modèle, en somme. Pourtant, sous le calme de la surface, chacune de ses cellules hurle à la liberté. Victoire se sent oiseau en cage, prête à s'échapper au moindre faux pas de ses geôliers. Peu importe la bienveillance ou la compétence du personnel qui l'entoure, elle ne supporte plus l'immobilité imposée par le système hospitalier. Redevenir maîtresse de son destin lui exigerait patience et persévérance, mais Victoire est prête à tout.

Elle place de grands espoirs dans le nouvel entretien qui se profile avec les enquêteurs. Chaque fragment de sa vie d'avant qu'ils pourraient révéler viendrait bâtir le socle de l'avenir qu'elle rêvait de se construire. Elle a enfin compris que le champ des possibles s'ouvre devant elle et que le seul véritable obstacle sur sa route n'est autre qu'elle-même.

Assis en face d'elle, le Dr Borel brise le silence de sa voix rauque, coupant net son exercice de respiration.

— Alors, prête ?

Victoire ouvre les yeux et hoche la tête. Elle parle peu

depuis son réveil. Son incapacité première à s'exprimer avait obligé l'équipe soignante à anticiper et à deviner ses besoins avant qu'elle ne les exprime à haute voix. L'habitude est restée. Souvent, Victoire se contente de regards ou de gestes lorsqu'on s'adresse à elle. À bien y réfléchir, elle n'est pas sûre que ce qu'elle a à dire intéresse vraiment grand monde. Mais aujourd'hui, la situation a changé. Les mots lui brûlent les lèvres, inondant sa bouche de questions qu'elle retient à grand-peine. Des milliers de points d'interrogation se bousculent dans sa tête. Elle sait l'importance capitale de ne pas passer à côté de ce rendez-vous. Ses interlocuteurs doivent entendre le son de sa voix.

— J'ai beaucoup de questions à poser aux enquêteurs, docteur.

Le médecin la scrute, une certaine méfiance inscrite dans ses rides profondes. Il semble choisir ses mots.

— N'oubliez pas, Victoire, que ce sont surtout eux qui poseront les questions. Leur priorité est de faire avancer leur enquête. Peut-être ne pourront-ils pas vous livrer tout ce que vous espérez. Je vous conseille de ne pas avoir d'attentes trop importantes.

Victoire comprend, dans les mots doux-amers prononcés par le médecin, qu'il prépare le terrain. La mise en garde est claire. Comme toute l'équipe, il doit craindre une nouvelle crise. D'ailleurs, elle en est persuadée, des soignants en blouses blanches se tiendront dans le couloir lors de leur entretien, prêts à intervenir au moindre bruit suspect. La confiance règne.

Victoire jette un coup d'œil à l'horloge murale. Trois coups frappés avec fermeté contre la porte marquent l'arrivée des enquêteurs, faisant bondir son cœur dans sa poitrine.

* * *

Une grande inspiration plus tard, le duo de policiers franchit le seuil de la chambre. L'atmosphère a radicalement changé, depuis leur dernière rencontre. Chacun des protagonistes semble en proie à une détermination farouche. Tous, sauf le Dr Borel qui, lui, attend et observe, ses yeux alertes, sous ses lourdes paupières.

Cette fois, c'est l'homme qui prend la parole le premier. Il les présente à nouveau, comme pour remettre les compteurs à zéro.

Sa coéquipière s'est mise en retrait, ce qui vraisemblablement ne semble pas dans ses habitudes.

— Comment allez-vous, Victoire ?

L'inspecteur Ravoski a une voix douce qui met en confiance. Son intérêt ne semble pas feint.

— Mieux, répond-elle en désignant les points de suture encore visibles au-dessus de son arcade sourcilière. Ça cicatrise.

Elle a souhaité son ton désinvolte, mais elle ne sait comment interpréter le regard qu'il lui lance. Intense, scrutateur.

— Nous imaginons à quel point votre situation doit être déstabilisante, reprend-il, l'air grave. L'amnésie dont vous souffrez ne nous permet d'avancer qu'à tout petits pas dans nos investigations. Vous le savez, votre état de santé nous a obligés à différer nos entrevues. Malheureusement, nous ne pouvons plus nous permettre d'attendre. Nous aurions aimé pouvoir vous ménager davantage, mais chaque jour qui passe nous éloigne un peu plus de la résolution de cette affaire. Aucun de nous ne souhaite que la personne qui vous a agressée repasse à l'acte.

Victoire soupire. Le moment qu'elle redoutait depuis des semaines est arrivé.

— J'aimerais vous aider, inspecteur. Mais j'ignore tout de la personne que j'étais avant et de la façon dont se sont déroulés les événements ce jour-là, dit-elle en détournant le regard. Je ne reconnais même pas mon propre visage dans le miroir.

Ses lèvres sont sèches, sa bouche pâteuse. Du regard, elle cherche le verre d'eau posé sur sa table de nuit, près de l'enquêteur.

— D'autres que vous l'ont reconnu, répond le policier avec tact, en lui tendant le gobelet. L'appel à témoins que nous avons diffusé a porté ses fruits. Nous avons, grâce au témoignage précieux de votre voisine, retrouvé votre domicile, à Pouzèle-le-Bas. Cela vous évoque-t-il quelque chose ?

Le policier lui tend une photo. Sur le cliché, la façade d'une maison blanche. Rien, ni l'allée pavée, ni le petit espace gazonné n'inspire quoi que ce soit à Victoire. Devant son absence de réaction, les deux collègues échangent un regard discret. De rage, elle voudrait jeter le papier au visage du policier. Mais elle se contente de lui rendre la photo en soupirant.

— Je ne me souviens pas de cette maison, murmure-t-elle. Mais peut-être que, si je pouvais la voir, y entrer…

— C'est justement le point que nous souhaitions aborder, reprend l'inspecteur. Pénétrer à l'intérieur de votre logement nous permettrait de mettre la main sur des indices capitaux pour la poursuite de l'enquête. Des papiers d'identité, des photos, peut-être même des éléments en lien avec la personne qui vous a agressée.

Un raclement de voix, discret mais ferme, interrompt l'échange. Dans un coin de la pièce, le Dr Borel intervient :

— Je ne suis pas persuadé que votre état clinique vous permette une sortie de ce genre, Victoire.

Il marque une pause avant de s'adresser aux policiers.

— D'ailleurs, comment pouvez-vous perquisitionner un domicile alors que vous n'êtes pas en mesure d'identifier son locataire avec des documents officiels ?

Victoire sent une boule enfler au fond de sa gorge. Le médecin n'était-il pas censé être son seul allié ici-bas ? À quoi jouait-il ? Avant que Victoire ne puisse répliquer, le policier reprend la parole. Le ton posé du lieutenant est bien plus incisif.

— Victoire a été formellement identifiée par ses voisins d'en face. Grâce à eux, nous avons pu prendre contact avec la propriétaire du logement. Elle aussi a reconnu sa locataire, grâce à l'appel à témoins. Je vous l'accorde, les documents d'identité de Victoire nous manquent encore pour le moment, mais nous avons en notre possession un certain nombre d'autorisations délivrées par les autorités qui nous permettent d'accélérer la procédure.

Sa voix laisse transparaître une certaine urgence qui n'a pas échappé à Victoire.

Une gêne à peine perceptible émane de sa collègue, qui jette des regards inquiets au vieil homme. Était-il en mesure de les empêcher de poursuivre leur enquête ? Apparemment, elle non plus ne s'attendait pas à la levée de boucliers du médecin.

— Cela ne change rien, reprend le Dr Borel en maugréant. Ma patiente se trouve encore dans un état de grande vulnérabilité. Qui sait quelles conséquences ce retour à son domicile pourrait avoir sur son état mental ? J'ai peur que votre demande ne soit prématurée, au vu de l'étendue du traumatisme.

Victoire déglutit. Elle assiste à l'échange, impuissante, avec la désagréable sensation d'être une mouche posée sur une toile d'araignée. Elle ne sait que penser de la protection presque paternaliste dont fait preuve le Dr Borel à son égard. À y regarder de plus près, elle n'est pas sûre que l'affection que lui porte le médecin joue vraiment en sa faveur. Toujours est-il qu'elle n'apprécie que très moyennement qu'on parle d'elle et de son *état mental* comme si elle n'était pas là.

— La perquisition du domicile de Victoire est essentielle, à ce stade de l'enquête, déclare le policier d'un ton ferme.

Nous sommes favorables à ce que Victoire soit présente à ce moment-là. Dans la mesure où votre patiente n'est pas placée sous le régime de l'hospitalisation d'office, sa rétention contre son gré constituerait une atteinte à ses libertés individuelles.

Sa voix est calme, mais son ton témoigne d'une solide détermination. Il connaît visiblement son sujet. Victoire assiste à la joute verbale, spectatrice passive. Le médecin croise les bras. Un silence pesant s'installe. La policière, pour la première fois, prend la parole.

— Peut-être pourriez-vous nous accompagner, dans l'intérêt de votre patiente ? suggère-t-elle. C'est à elle d'en décider.

Trois paires d'yeux, scrutant sa réaction, observent la jeune femme. Victoire, tandis qu'elle sent son visage se mettre à fourmiller, égrène les secondes dans sa tête. Des centaines de petits points dansent devant ses yeux. La crise d'angoisse qu'elle tente de repousser est toute proche, imminente.

Un, deux, trois, quatre… Elle trouvera un moyen, coûte que coûte.

— Je suis prête, répond-elle d'une voix qu'elle ne reconnaît pas.

31

À contrecœur et en l'absence de contre-indication médicale stricte, le Dr Borel avait donné son feu vert. Après un bref entretien avec le directeur de l'établissement, la permission de sortie de Victoire avait été validée. Le lieutenant Ravoski s'était voulu rassurant, insistant sur le fait que Victoire pourrait quitter les lieux à tout moment si la pression se faisait trop forte. Malgré tous ses efforts, la tension, palpable, n'avait fait qu'augmenter à mesure que la voiture banalisée engloutissait les kilomètres.

Assise à l'arrière du véhicule, à côté du médecin, Victoire essuie discrètement ses paumes humides sur son pantalon.

Incapable de supporter une seconde de plus le silence assourdissant, elle brise le silence.

— Vous m'avez parlé d'une voisine, la dernière fois… Quelqu'un d'autre s'est-il manifesté après la conférence de presse ? De la famille ? Des amis ?

Parmi les ronronnements du moteur, elle a tenté de feindre l'indifférence, mais elle sent bien que la tentative est un échec. Elle transpire la fébrilité par chaque pore de sa peau. La policière derrière le volant lui jette un coup d'œil furtif dans le rétroviseur avant de se reconcentrer sur la route. Victoire le sent, elle ne perd pas une miette de la conversation. À l'avant, l'inspecteur Ravoski se racle la gorge.

— Effectivement, plusieurs personnes nous ont contactés

dans le cadre de l'enquête. La serveuse d'un bar dont vous étiez cliente, ainsi que la directrice d'un établissement avec laquelle vous aviez passé un entretien d'embauche.

Victoire attend la suite qui, à son goût, tarde à arriver.

— C'est tout ? Personne d'autre ne s'est manifesté ?

Elle a lâché sa question dans un souffle, pressentant déjà la teneur de la réponse, abrupte et douloureuse. *Une serveuse, une recruteuse et une voisine.*

— Pour le moment, oui, répond le policier en se tournant vers elle pour lui faire face. Mais la conférence de presse a eu une portée locale, nous pourrons diffuser l'appel à témoins à plus grande échelle si cela s'avère nécessaire. Peut-être votre famille ne vit-elle pas dans la région.

Victoire sent les larmes lui monter aux yeux. Elle détourne le regard, faisant mine de s'intéresser au paysage qui défile au-dehors. La forêt se fait ombre indistincte derrière le rideau humide qui opacifie sa vision. Ses doigts se crispent sur le tissu de la banquette. Elle voudrait le lacérer de ses ongles, hurler sa douleur. Qui était-elle, dans une autre vie, pour que personne ne se soucie de sa disparition ? Y aurait-il eu quelqu'un pour pleurer sa mort si son agresseur était parvenu à ses fins ? Victoire ravale ses sanglots, sentant le regard du policier toujours posé sur elle.

* * *

Alexandre ne peut s'empêcher de la dévisager. Elle a détourné de lui ses grands yeux bleus, dans l'espoir qu'il ne saisisse sa détresse. Trop tard. Alexandre est une éponge. Il absorbe, tout le temps. La joie, la détresse, la colère. Victoire est submergée. Mais, à vrai dire, nul besoin de dons particuliers pour être emporté par l'ouragan de chagrin qui la dévaste.

Alexandre, qui se trouve plutôt doué pour cerner ses

pairs, est à la fois fasciné et décontenancé par le mystère qui l'entoure. Elle lui fait l'effet d'une plume fragile et légère, ballotée dans des vents contre lesquels elle est incapable de lutter. Comment pourrait-elle reprendre le contrôle de son destin, alors même qu'elle ignore tout de son passé ? Alexandre aimerait la rassurer, lui dire qu'elle est en sécurité, que plus personne ne viendra entraver son chemin. Mais la réalité crue, insupportable, c'était que l'homme auquel elle avait échappé était certainement le même qui avait déjà semé des petits bouts de femme derrière lui. Comment parviendra-t-elle encore à s'endormir, quand elle apprendra l'insurmontable vérité ?

Et puis, il y a toutes ces contradictions qui viennent ajouter encore un peu de complexité à leur enquête. Victoire, bien que dans un état de vulnérabilité extrême dû à son état, avait manifestement tout fait par le passé pour dissimuler sa véritable identité. Avait-elle cherché à fuir ? À se protéger ?

Pour le moment, Alexandre et Marianne avaient décidé de garder ces incohérences pour eux. Moins Victoire en savait, plus ses réactions seraient authentiques lorsqu'ils lui réclameraient des explications. Du moins, c'est ce qu'ils espéraient.

* * *

La voiture s'arrête enfin, venant rompre le silence pesant qui s'était installé dans l'habitacle, comme un liquide visqueux. Le lieutenant Ravoski contourne le véhicule et ouvre la portière. Avec prudence, Victoire s'extrait de la voiture. Le ciel d'un blanc laiteux l'oblige à plisser les yeux.

Elle s'immobilise, prenant quelques secondes pour balayer l'environnement du regard. Elle sait que tous l'observent, guettant la moindre de ses expressions. Le quartier est paisible, impeccable, rassurant. Des maisons coquettes s'alignent les unes à côté des autres, leurs jardins fraîchement tondus. À quelques pas seulement, la forêt engloutit un petit sentier de terre battue dans un tunnel végétal couleur émeraude. Le bruissement des feuilles, bercées par le vent, emplit les lieux de sa mélodie. Pas étonnant qu'elle ait choisi cet endroit pour y vivre, se dit-elle.

Ses yeux se posent sur la petite maison blanche qu'on lui a désignée comme étant la sienne. En retrait de la route, la façade se différencie curieusement de celles du quartier. La face avant est nue, anonyme. Pas une fleur, pas une décoration ne vient orner les encadrements de fenêtres. Victoire s'avance lentement jusqu'à l'allée de dalles grises. *Victoire Lamarres*. Le nom, écrit sur la boîte aux lettres, lui arrache un frisson.

Muni d'un trousseau de clefs emprunté à la propriétaire, Alexandre rejoint Victoire et déverrouille la trappe pour en dévoiler le contenu. Vide. En oblique, il jette un regard à la jeune femme qui, une fois encore, il le sent, camoufle son émoi derrière un masque impassible. La déception est pourtant clairement inscrite dans ses traits fins. Si elle avait été actrice dans une autre vie, elle en avait clairement perdu les talents.

— Victoire, je vais ouvrir la porte de votre logement. Pour les besoins de l'enquête, il est essentiel que vous restiez à l'extérieur et que vous ne touchiez à rien.

Elle tourne son visage vers lui, la bouche entrouverte, prête à protester.

Il poursuit :

— La personne qui vous a agressée est peut-être déjà venue chez vous. Aucun indice ne doit être compromis. Vous comprenez ?

Évidemment qu'elle comprend. Une fois encore, elle est traitée comme une enfant. Empêchée d'avancer, pieds et poings liés.

Elle hoche la tête, docile, mais ses yeux, eux, ne mentent pas. Une lueur furieuse brille dans ses iris azur, faisant à Alexandre l'effet d'une gifle. Il perçoit en Victoire le même feu qui couve en lui. Une énergie flamboyante, dévastatrice, muselée et contenue avec peine dans son corps abîmé. Au-delà de sa fragilité évidente se cache une force qui ne cherche qu'à s'exprimer. La culpabilité qui le saisit le surprend et l'immobilise, tandis que son reflet l'observe dans les pupilles incandescentes de Victoire. Les mots pour lui exprimer sa compassion lui manquent.

La présence de Marianne dans son dos le ramène au but premier de leur déplacement.

La petite troupe s'engage dans l'allée menant à la porte d'entrée. En tête, Alexandre, de ses mains gantées, introduit la clef dans la serrure et abaisse la poignée du bout des doigts. La porte s'ouvre, révélant l'intérieur du domicile.

Il s'arrête net sur le seuil. La voisine avait dit vrai ; quelqu'un est entré ici en l'absence de Victoire. Une odeur acide vient chatouiller ses narines. Marianne, à ses côtés, fronce le nez. D'un geste, elle pointe du doigt des traces boueuses sur le sol. Avec précaution, les policiers avancent dans le salon, enjambant la terre séchée sur le carrelage.

Restée en retrait, la voix de Victoire, teintée d'angoisse, leur parvient depuis l'extérieur.

— Mon chat… où est mon chat ?

* * *

Alexandre et Marianne observent en silence le taxi qui disparaît à l'angle de la rue, raccompagnant Victoire et le Dr Borel à l'hôpital. L'équipe de police scientifique qu'ils avaient dépêchée devait arriver d'un instant à l'autre. En attendant, ils avaient renoncé à inspecter les lieux, craignant de compromettre des indices en contaminant la scène.

Marianne tire sur sa cigarette en fermant les yeux, hypnotisée par les crépitements du tabac qui se consume lentement.

À côté d'elle, Alexandre repense aux minutes qui viennent de s'écouler.

— Tu es sûre de ne jamais avoir mentionné le chat ?

Marianne soupire, c'est la troisième fois qu'il lui pose la même question.

— Encore une fois, non. Je ne lui ai jamais parlé de ce chat. Et puis merde, Alex, on était toujours à deux pour l'interroger, tu t'en souviendrais !

— Elle aurait pu le lire sur ton carnet.

Mauvaise idée. Le regard qu'elle lui lance suffit à lui faire comprendre qu'il va trop loin. Suggérer à Marianne qu'elle avait pu commettre une erreur était une pente très glissante sur laquelle il valait mieux ne pas s'aventurer. Elle soupire.

— Tu as entendu le toubib comme moi. Sa mémoire revient.

— Elle aurait vu quelque chose dans la maison qui lui aurait rappelé son animal ?

— Vu… ou senti. Cette odeur, à l'intérieur, c'est de la pisse de chat.

— L'hypothèse se tient, admet Alexandre, songeur. Dommage pour elle, il est probablement mort là-dedans.

— Ça m'étonnerait, répond Marianne en désignant la maison du menton, sa cigarette toujours campée entre les lèvres. Tu as senti la charogne, toi ?

* * *

L'arrivée de la camionnette de leurs collègues de la scientifique avait interrompu la conversation. Alexandre et Marianne, postés dans l'encadrement de la porte, attendent le feu vert pour entrer à nouveau.

Depuis l'extérieur, ils observent les trois techniciens

s'affairer aux relevés d'empreintes. Poignées de porte, lavabos, surfaces… chaque centimètre carré est passé au peigne fin, prélevé et minutieusement photographié. Enfin, d'un signe de la main, l'un d'eux leur fait signe d'entrer.

— Faites gaffe aux marquages au sol et gardez vos gants.

— Vous avez trouvé la source de l'odeur ? demande Alexandre en faisant la grimace.

— Le tapis est imbibé d'urine, répond le policier en désignant le carré de moquette découpé devant le canapé. On fait partir l'échantillon en analyse.

Hormis l'odeur nauséabonde et les traces de terre sur le sol, l'endroit est impeccable. À vrai dire, Alexandre a l'impression d'avoir pénétré dans un logement inhabité. L'endroit est froid, impersonnel, à mille lieues du charmant quartier dans lequel se trouve la maisonnette. Il lui semble tout à fait improbable qu'une femme ait vécu ici. Aucune décoration sur les murs, pas un bibelot sur les meubles.

— Alex, viens voir.

Dans la cuisine adjacente, Marianne se tient devant les placards ouverts, décontenancée. Sur les étagères presque vides, une assiette, un verre, un bol. Même manège dans les tiroirs qui révèlent un unique jeu de couverts. Une tasse sale traîne dans l'évier.

— C'est délirant, non ? Qui vit comme ça ?

— Soit elle s'est fait piquer des trucs, soit elle ne vit pas vraiment ici.

— Ce n'est pas ce que nous a raconté la voisine, objecte Alexandre. Elle nous a décrit une routine millimétrée. Je comprends ce qu'elle voulait dire maintenant, quand elle a parlé de discipline militaire… Et puis, qui viendrait piquer de la déco et des ustensiles de cuisine ?

Marianne referme un tiroir, pensive.

— Il y a autre chose. J'ai fait le tour de la maison. Il n'y a pas la moindre trace d'un animal qui ait vécu ici. Pas une litière, pas une gamelle. Même pas un sac de croquettes.

— Moi, j'ai trouvé quelque chose qui n'appartient pas à un humain, intervient un technicien en entrant dans la pièce.

Dans la paume de sa main gantée, repose une touffe de poils noirs et brillants.

32

— Bonjour, j'aimerais m'entretenir avec la patiente de la chambre 202, s'il vous plaît.

Le ton est chaud, le sourire en coin, maîtrisé. De toute sa hauteur, Fidel a enfilé son masque le plus doux. Le caméléon qui sommeille en lui jubile. Cela lui avait manqué.

Lui rendant son sourire, la soignante qu'il a interpellée dans le couloir lui désigne une porte située quelques mètres plus loin.

— Elle n'est pas encore de retour, dit-elle en jetant un œil à la petite montre accrochée à son uniforme. Son taxi vient de la déposer, elle s'entretient avec le médecin. Mais vous pouvez l'attendre en chambre, si vous le souhaitez.

Joignant le geste à la parole, la jeune femme s'avance pour déverrouiller la porte.

— Vous êtes de l'hôpital ? demande-t-elle en posant les yeux sur le badge de son interlocuteur.

— Non, je travaille pour les œuvres sociales. Mon association a été contactée pour accompagner la patiente dans ses démarches administratives.

Nouveau sourire, nouveau battement de cils. Il incline légèrement la tête.

— C'est ma première mission chez vous, ajoute-t-il sur le ton de la confidence. Ne soyez pas surprise si vous me voyez errer dans les couloirs en cherchant mon chemin. C'est un véritable labyrinthe ici. J'ai de la chance d'être tombé sur vous.

Un soupçon de flatterie, une touche d'autodérision. La recette fait mouche. Elle glousse devant la plaisanterie.

— Demandez Sarah, je suis étudiante.

La stagiaire quitte la pièce. Fidel referme la porte sans un bruit. La petite chambre est totalement impersonnelle. Le lit, fait au carré. Un petit morceau de tissu gris dépasse sous l'oreiller. Fidel tend la main et le saisit. Le tee-shirt est large, imprimé d'une grosse fraise au visage enfantin qu'il observe un instant. Le fruit est grotesque, avec son large sourire étiré sous son regard globuleux. Probablement un don de l'hôpital pour les indigents.

Il porte le vêtement un peu rêche à son visage et inspire profondément. L'odeur discrète de rose emplit ses poumons, lui faisant instantanément monter les larmes aux yeux. Dieu, qu'elle lui manque. Son absence est un trou béant dans l'abdomen de Fidel. Un gouffre de douleur qui le torture depuis bien trop longtemps. Une seconde inspiration florale le ramène quelques mois en arrière.

Ils sont assis dans l'herbe, côte à côte, rêvant à un futur radieux, mais inaccessible. Leurs doigts se touchent presque. Fidel sent encore la tension monter en lui tandis que centimètre après centimètre, il puise au plus profond de lui le courage de lui prendre la main.

Une autre image assaille Fidel, balayant toutes les autres. Son beau visage, méconnaissable, figé dans une expression de dégoût, tandis que de ses lèvres s'échappe un flot de venin. La colère balaie la nostalgie en une fraction de seconde.

C'est de sa faute. Tout ça, c'est la faute de cette salope. Tout allait bien et elle a tout gâché. Elle lui a craché au visage, elle l'a obligé à en arriver là. Elle mérite que sa fureur s'abatte sur elle. Ses doigts crispés se referment sur le vêtement. Ses phalanges saillent, blanchies à l'extrême, prenant une teinte cadavérique. Dans sa poche, Fidel caresse du doigt le manche en bois du couteau qui servira à infliger le châtiment. Celui-là même qui, un jour, s'est retourné contre lui, le marquant à vie d'une cicatrice qu'il brandit aujourd'hui comme un talisman. Dans sa rage, la Bête avait surgi de nulle part et l'avait violemment attaqué. Il aurait pu mourir ce jour-là. Sa cicatrice était là pour le lui rappeler.

La porte s'ouvre. Sarah, toujours aussi affable, entre la première. Derrière elle, Victoire.

— Je vous la ramène, lance l'étudiante d'un ton léger, indifférente aux ondes qui font vibrer toute la pièce d'une énergie destructrice. Victoire, ce monsieur fait partie d'une association, il voulait vous rencontrer.

— Merci Sarah, je vous appellerai, si j'ai besoin de vous.

Le sourire forcé se veut rassurant. Pourtant, sa mâchoire serrée est celle du carnivore qui s'apprête à s'élancer. Il ignore s'il a réussi à faire illusion, toujours est-il que la jeune femme quitte la pièce en lui adressant un signe de la main.

Victoire, elle, n'a pas bougé. Les bras ballants, elle est restée debout à côté de la porte ouverte. Le regard un peu éteint, elle semble avoir à peine remarqué la présence de l'homme dans la pièce. Elle lève la tête vers lui, les yeux étrangement vitreux.

— Excusez-moi, dit-elle d'une voix lointaine. La matinée a été rude. Je viens de prendre un traitement… je n'ai plus vraiment les yeux en face des trous.

Amorçant un pas pour se diriger vers le lit, Fidel sent Victoire chanceler. Par réflexe, il se jette en avant pour la rattraper et saisit son bras avec fermeté avant qu'elle ne s'écroule. Une seconde plus tard, elle est assise sur le bord du matelas, une main posée sur le front.

— C'est la première fois que je prends ce médoc… pas la meilleure idée, visiblement.

Fidel ne répond pas. Le contact physique, furtif, lui a

fait l'effet d'une décharge électrique, tétanisant ses muscles l'espace d'un instant. Les secondes s'égrènent sans qu'il n'arrive à quitter des yeux ce corps chétif et décharné, ce crâne aux cheveux tondus, laissant apparaître de larges cicatrices encore fraîches, roses et boursoufflées. Qui est cette femme qui se tient devant lui ? Victoire n'est plus Victoire. À peine l'ombre d'elle-même. Pour reprendre contenance, Fidel attrape le manche du couteau dans sa poche, passe la pulpe de son doigt sur le bord tranchant. Le contact de l'acier contre sa peau ravive le sentiment de puissance. Le plan. Il doit s'en tenir au plan.

— Je ne pense pas que je sois en état de m'occuper de paperasse aujourd'hui, murmure Victoire d'une voix pâteuse. Désolée…

Elle s'allonge sur le dos, le visage tourné vers lui.

Le couteau pend au bout du bras de Fidel. Il inspire profondément, serpent dressé et prêt à attaquer. Elle lui jette un regard tandis que ses paupières, lourdes, s'abaissent peu à peu. Insouciante du danger, se laissant glisser dans la léthargie induite par les molécules, elle entrouvre les lèvres et murmure, dans un souffle, presque inaudible.

— Tu reviendras me voir, Sebastian ?

Fidel se fige, il observe les yeux de Victoire se fermer complètement. Il recule, son dos heurte le mur. Les mains tremblantes, Fidel rouvre la porte de la chambre à la volée… avant de s'enfuir dans le dédale des couloirs.

* * *

Assise contre le mur humide, Justine se demande s'il l'a oubliée. L'idée la terrifie autant qu'elle la soulage. Le laps de temps qui s'est écoulé depuis la dernière visite de Fidel lui semble plus long qu'à l'accoutumée. Son estomac gronde, affamé. Elle pensait que la faim lui ferait mal. En vérité, elle l'a simplement vidée de sa substance. Ses forces s'amenuisent. Elle ne fait plus les cent pas. Ses muscles sont raides, engourdis. Désormais, elle ne connaît plus que l'humidité glacée du matelas contre sa peau. La couverture offerte par Fidel s'est imprégnée d'une odeur de moisi qu'elle ne peut plus ignorer.

Malgré la peur qui ne la quitte plus, elle sait que sa survie dépend des visites que lui rend son geôlier. Alors, heure après heure, elle attend. La terreur que lui provoque chacune de ses apparitions n'a d'égale que l'angoisse d'imaginer qu'il pourrait la laisser mourir de faim et de solitude. Parfois, elle se dit qu'elle est chanceuse, qu'il ne lui fasse pas subir encore plus de violence. Quelle ironie. Elle devient complètement folle. Le silence de la pièce est assourdissant. À intervalles réguliers, elle perçoit des bruits dans les murs, les canalisations certainement. Les miaulements lui manquent. Avec ce chat derrière la porte, elle avait l'impression d'avoir un ami.

Lors de sa dernière sortie dans la salle de bains de fortune, en pleine lumière, elle a discrètement observé les ecchymoses sur ses bras. Les formes régulières et violacées qu'elle a entrevues sur sa peau lui ont donné la nausée. Depuis, elle y pense constamment. Elle ignore toujours ce qu'il advient d'elle lorsqu'elle boit le contenu de la petite fiole ambrée, sur ordre de Fidel. Sa seule certitude, ce sont les douleurs cuisantes qu'elle ressent à son réveil, l'impression d'être passée sous un bus. Brisée, anéantie. L'hypothèse qui la taraude lui coupe le souffle chaque fois qu'elle lui revient en tête. Une folie. Et pourtant… aucune autre explication ne lui vient à l'esprit. Il la mord. Les traces de dents sont nettement visibles sur sa peau couleur de lait. Rien que de l'imaginer, elle en a des frissons.

Alors qu'elle s'apprête à sombrer à nouveau dans le sommeil, un bruit se fait entendre, juste au-dessus d'elle. Justine se tend, les bras autour de ses genoux, recroquevillée sur elle-même. La boule qui ne quitte plus sa gorge enfle comme une bulle de savon. Elle ne peut plus respirer. Quelque chose cloche. Les bruits habituellement feutrés qui accompagnent les visites de Fidel ont été remplacés par un fracas sans nom. Justine ne sait si l'on claque des portes où si l'on renverse des meubles à l'étage du dessus. Chaque choc la fait bondir de terreur. Elle voudrait hurler, de peur, d'espoir. Peut-être la police est-elle enfin arrivée pour la délivrer de ce cauchemar ? L'épouvante que lui inspire le capharnaüm qui lui parvient la paralyse complètement. Alors, elle l'entend. Le bruit des portes que l'on ouvre puis que l'on claque se rapproche fatalement de la pièce dans laquelle elle est retenue. Enfin, l'abattant de sa geôle s'ouvre en grand, projeté contre le mur. Dans l'encadrement se tient Fidel, les yeux injectés de sang. Il la fixe d'un regard mauvais, haletant, écumant de rage. En quelques enjambées, il est au milieu de la pièce, lève les yeux vers le plafond et pousse un hurlement de damné. Le cri de bête est interminable, insensé. Sidérée, Justine n'a pas bougé d'un centimètre. À nouveau, il tourne vers elle ses yeux fous. Aucun d'eux ne peut détacher son regard de l'autre. Dans la paume de Fidel, un chiffon gris. En un éclair, il se jette sur elle, pressant le tissu contre sa bouche, son autre main enserrant sa gorge avec force.

— Enfile ça ! hurle-t-il à quelques centimètres de son visage, l'aspergeant de salive.

Justine tremble de tous ses membres. Le tee-shirt qu'il lui tend manque de lui glisser entre les doigts. Maladroitement, elle enfile le morceau de tissu par-dessus ses propres vêtements. À nouveau, il la saisit au cou.

Justine suffoque. Du coin de l'œil, elle perçoit un éclat métallique. De la poche de son jean, il a extrait un couteau qu'il tient fermement dans sa main droite.

— Ne te fous pas de ma gueule ! Tu enlèves tout le reste ou je t'ouvre le bide !

La pointe de la lame s'enfonce dans le ventre de Justine. Il ne bluffe pas. Il va la tuer. De ses grandes soucoupes bleues, elle implore l'homme qui se tient devant elle. Le souffle court, elle halète :

— Fais de moi ce que tu veux, mais je t'en supplie, laisse-moi m'endormir. Je ne veux pas avoir mal.

Elle le sait, c'est quitte ou double. Et elle comprend à l'expression de Fidel qu'elle a perdu son pari. Un large sourire fend son visage, laissant entrapercevoir ses dents immaculées dans une expression qui a tout perdu de son humanité. Alors il se jette sur elle et, de ses immenses poings serrés, la frappe, encore et encore. Avant de s'évanouir de douleur, les crocs enfoncés profondément dans sa chair, une dernière vision vint effleurer Justine. Celle d'une fraise rouge sang qui lui sourit.

33

Devant son clavier, Alexandre tape frénétiquement la fin de son rapport concernant leurs découvertes au domicile de Victoire. La fouille du logement les avait laissés, Marianne et lui, complètement perplexes. Le lieu était totalement vide, abandonné. Était-elle sur le point de déménager ? Le visiteur inconnu avait-il emporté des souvenirs avec lui ? Ou Victoire était-elle une ombre, glissant dans ce monde sans racines ni attaches ?

Les empreintes de pas et la boue qui maculaient le sol avaient été envoyées au laboratoire pour être analysées, tout comme la touffe de poils et les cheveux retrouvés dans le logement. Fouillé de fond en comble, l'endroit n'avait livré que peu de ses secrets à propos du passé mystérieux de Victoire. Les enquêteurs n'avaient retrouvé aucune photo, aucune trace de l'existence d'une famille ou même d'amis. À vrai dire, aucun lien privé n'avait pu être mis en évidence avec qui que ce soit.

Dans un tiroir, ils avaient découvert des articles de journaux concernant des offres d'emploi. Ses quelques vêtements, impeccablement rangés dans une penderie, étaient exclusivement constitués d'ensembles de sport et de tenues sans la moindre excentricité. Rien de bien croustillant.

Fort heureusement, leur visite n'avait pas été vaine. Marianne avait fini par mettre la main sur le véritable trésor, dissimulé sous le matelas. Dans une pochette en plastique, les policiers avaient découvert trois passeports, chacun établi sous une identité différente. Trois faux, plutôt crédibles, qui, au vu de leur qualité, avaient certainement déjà passé sans encombre quelques contrôles d'identité. Les deux premiers, impeccables, étaient aux noms de *Victoire Lamarres* et de *Victoire Dubreuil*. Le troisième, au nom de Mme Ferteux, avait attisé la curiosité des enquêteurs ; abîmé et troué par endroits, il était en piteux état.

— On dirait que le prénom de Victoire a été retiré partout où il aurait dû figurer, fit remarquer Alexandre en passant son doigt sur le papier carbonisé.

— Des brûlures de cigarette ? Ça semble trop précis pour être accidentel, ajouta Marianne en plissant les yeux. Tu as vu ? On dirait que Mme Ferteux a un faible pour les Balkans.

Un unique tampon estampillé *Serbia* ornait le document d'identité. Alexandre fit tourner les pages suivantes.

— Aucune mention n'indique la date à laquelle elle a quitté le pays. Vu la date d'entrée, elle devait être à peine majeure quand elle a commencé son voyage. Cela dit, le visa est peut-être un faux, lui aussi.

Les dates de naissance, elles non plus, ne concordaient sur aucun document. Pourtant, sur chacun des passeports, c'étaient bien les yeux de Victoire qui les fixaient en première page. Son regard de glace figeant son visage dans une moue sévère qu'aucun d'eux n'avait pu observer chez elle depuis qu'ils l'avaient rencontrée à l'hôpital.

— Oui, selon les dates de naissance, elle aurait actuellement entre vingt-six et vingt-neuf ans. Ça colle avec l'analyse du Dr Borel.

— L'un d'eux te paraît vrai ? avait demandé Alexandre en faisant tourner l'un des passeports entre ses mains.

— Aucune idée, il faudra qu'on envoie ça à l'équipe scientifique. Mais quelque chose me dit qu'elle a mis beaucoup d'énergie pour que personne ne perce à jour sa véritable identité.

La découverte de ces faux papiers ne simplifiait pas leur affaire. Désormais, Victoire pouvait être poursuivie pour faux et usage de faux. Mais la jurisprudence concernant les accusés victimes d'amnésie était une zone grise, un casse-tête juridique dans lequel eux-mêmes risquaient de se perdre. Mieux valait s'appuyer sur l'expertise de leur juriste avant d'entreprendre quoi que ce soit. Difficile pour eux d'amener Victoire à coopérer si elle se savait accusée d'un délit dont, *a priori*, elle ignorait tout. D'un commun accord et avec l'appui de leur supérieur, ils avaient décidé que leur priorité était de se concentrer sur le statut de victime de Victoire, la suite attendrait.

Dans sa maison, ils avaient mis la main sur quelques centaines d'euros en espèces et divers contrats bancaires, abonnements téléphoniques et documents locatifs. Tous souscrits sous le nom de Victoire Lamarres. En revanche, pas la moindre trace d'un ordinateur ou d'un téléphone dans la maison.

Tom devait se rendre sur les lieux, avec son matériel, pour tenter d'extraire des informations de la box Internet de Victoire. Les chances étaient minces, mais cela valait le coup d'essayer. Et puis, Tom avait une réputation à tenir.

Rien n'expliquait non plus la disparition du chat, introuvable dans le logement. La voisine avait pourtant affirmé que le félin était systématiquement enfermé en l'absence de sa maîtresse, ce qui supposait qu'il aurait dû s'y trouver lorsqu'ils avaient découvert les lieux.

Alexandre se redresse et s'étire bruyamment, repoussant ses mains jointes vers le plafond. Il se frotte les yeux, agressés et fatigués par la lumière des néons. Cette affaire lui fait l'effet d'être piégé dans des sables mouvants ; plus le temps passe, plus il se débat, plus il s'enfonce. Son regard glisse sur le mur d'en face. Les grands yeux bleus de Justine Landroux l'observent en silence. Sur le cliché, elle sourit. Sa peau pâle tranche avec ses cheveux ébène et ses lèvres roses.

Alexandre le sait, chaque heure qui passe les rapproche de la découverte de son cadavre. D'ailleurs, elle déjoue pour l'instant les pronostics. Jamais un corps n'a mis aussi longtemps à resurgir à la surface.

— Tu rêves ?

Marianne se tient devant lui, son ordinateur portable sous le bras. Il ne l'a même pas entendue entrer.

— Je pensais à la fille du préfet, soupire Alexandre. Je ne sais pas si je dois lui souhaiter d'être encore en vie.

— Arrête de souhaiter, réfléchis ! répond-elle en fronçant les sourcils. Je crois que j'ai trouvé un truc. C'est cette histoire de chat qui m'a fait tiquer.

Marianne pose son ordinateur sur le bureau.

— Tu avais capté que chacune des victimes avait un animal de compagnie, chien ou chat ?

Alexandre hoche la tête. Effectivement, le détail ne lui avait pas échappé. En revanche, l'animal avait disparu chez trois d'entre elles. Ils étaient introuvables chez Victoire et Anna. Le chien d'Émilie, lui, avait été retrouvé mort à son domicile. L'analyse toxicologique avait révélé un empoisonnement. Probablement le fait de Dracula, dont ils avaient supposé qu'il avait enlevé la jeune femme chez elle.

— Je n'y connais rien en bestioles, mais si on regarde les photos qu'on a récupérées chez les victimes… aucune d'elles n'est un chat ou un chien de race, si ?

— Tu penses qu'il les repère comme ça ? interroge Alexandre en réfléchissant. S'il travaille à la SPA, ça pourrait coller.

— C'est effectivement la réflexion que je me suis faite.

Marianne, sur l'écran de son ordinateur, ouvre et ferme des dossiers à la recherche de photos des animaux de compagnie des victimes. Un selfie de Charlotte, radieuse, embrassant un chiot couleur sable, s'affiche à l'écran. Marianne soupire.

— Putain… quel gâchis.

D'un clic, l'image disparaît. Nouveau dossier, nouvelle victime. Cette fois, c'est le visage juvénile de Maëva qui surgit devant leurs yeux. La jeune femme est assise sur un banc, vraisemblablement dans un parc. Un chien est allongé à côté d'elle, la tête sur ses genoux. Autre photo. Un gros chat noir au pelage luisant dort dans un panier, son crâne, singulièrement lisse, est surmonté d'une unique oreille. Alexandre se redresse brusquement.

— C'est quoi ça ? Je croyais qu'on n'avait retrouvé aucune photo chez Victoire !

— C'est le cas. Ce sont les clichés d'Anna.

Silence. Alexandre pointe l'écran du doigt.

— Marianne, ça ne peut pas être le dossier Enthoven. Ce chat correspond à la description que nous a fournie la voisine de Victoire. Un chat auquel il manque une oreille !

— Je t'assure que ce sont les photos récupérées chez Anna, insiste Marianne. Attends.

Elle fait défiler de nouvelles photos, puis, au bout de quelques secondes, finit par trouver ce qu'elle cherchait.

— Ah, tu vois ?

Sur l'écran, Anna est couchée à plat ventre, son nez collé contre le museau du chat noir à l'étrange asymétrie.

Les deux collègues échangent un regard dubitatif.

— C'est plutôt étrange comme coïncidence, non ? demande Alexandre.

Marianne hoche la tête, songeuse.

— De toute façon, il n'y a que deux solutions. Soit on a deux chats jumeaux estropiés perdus dans la nature…

— Soit il s'agit du même chat, conclut Marianne.

« Je n'ai jamais voulu donner à mes détracteurs la satisfaction d'une réponse. Ceux qui savent n'ont pas besoin de se justifier. Laissez la colère aux ignorants, la diffamation aux esprits faibles. Et puisque j'ai pour seul gouvernail la croissance de ce monde, j'accueillerai leurs excuses avec toute l'humilité que l'on attend des hommes de science. »

Dr Marius Clavin, *Équinoxe Magazine*,
entretien apparu dans le numéro spécial
« Avant-garde controversée »,
février 1998.

34

Le jour se lève à peine. Les premiers rayons du soleil s'infiltrent dans la chambre, dissipant pour de bon les ombres de la nuit. Ses lueurs matinales, venant frapper l'espace habillé de blanc, emplissent la petite pièce d'une clarté éblouissante. Hier soir, Victoire s'est effondrée de fatigue, à moitié anesthésiée par le sédatif prescrit par le médecin. Elle n'a pas eu le temps de fermer le volet de sa chambre. L'éclat chaud de l'astre vient caresser sa joue, l'extrayant lentement du sommeil profond dans lequel elle avait glissé. Victoire plisse fort les yeux sous les assauts dorés. Se retournant dans son lit, elle savoure les quelques instants qui précèdent le réveil et le retour à la réalité. Elle voudrait prolonger cette douce torpeur indéfiniment, repousser encore un peu le rythme infernal des soins et le retour des angoisses, inévitable.

Ce matin, pourtant, quelque chose a changé. Victoire ouvre les yeux. Tout est strictement à sa place. Les bruits familiers des femmes en blanc résonnent déjà dans les couloirs. Elle caresse les draps clairs en essayant de se remémorer son rêve. Elle revoit la danse des couleurs, ronde infinie qui la visite toutes les nuits sans qu'elle puisse en percevoir le sens. Mais aujourd'hui, tout semble différent. La boule au creux de son estomac est moins lourde, comme si elle s'était délestée d'un peu de son fardeau, hier, sur le pas de cette maison. À vrai dire, c'est son corps tout entier qui lui semble plus léger. Victoire se redresse et s'assied au bord du lit, encore vêtue de ses vêtements de la veille. L'infirmière de nuit aura eu la bonne idée de ne pas la réveiller. Victoire lui en est reconnaissante.

Sous la douche, la tête en avant, Victoire savoure la chaleur de l'eau qui glisse sur son crâne, ruisselle dans sa nuque et vient se perdre sur la cambrure de son dos. Les yeux clos, elle tente de saisir les quelques images qui lui sont revenues la veille, en présence des policiers. Un gros matou noir filant entre ses jambes. Le bruit de ses pas qui foulent le sol de la forêt en rythme cadencé. L'odeur rassurante de la terre humide sur ses mains. Ces bribes de souvenirs, aussi minces soient-elles, sont pour Victoire un trésor inestimable.

Des coups frappés à la porte la tirent de sa rêverie.

— Tout va bien ?

La jolie voix de l'autre côté de la fine cloison, c'est celle de Sarah, l'étudiante. Victoire apprécie ses visites. De par son statut, Sarah prend souvent plus de temps que les autres pour s'assurer de son bien-être. Elle perçoit avec une justesse troublante les angoisses qui submergent Victoire. Un lien particulier s'est créé entre elles.

— J'arrive !

Victoire achève de se sécher à la hâte, noue une serviette autour de sa poitrine et ouvre la porte. Sarah est encore plus éclatante, dans la pièce baignée de lumière. Elle lui adresse un sourire franc qui revigorerait un mourant.

— Je vous ai déposé vos traitements. Je voulais passer vous voir hier soir pour prendre de vos nouvelles après votre première sortie, mais vous étiez complètement assommée. Avec l'équipe, on s'est dit qu'on allait vous laisser tranquille, pour une fois.

— Merci, Sarah. J'en avais besoin, en effet.

— Vous avez reconnu votre maison ?

Victoire sourit devant l'empressement de la stagiaire.

Sarah n'avait pas pour habitude de tourner autour du pot. Sa fougue et son enthousiasme agissaient sur Victoire comme un véritable complément vitaminique. Le bénéfice de la jeunesse, certainement.

— Pas vraiment, mais certaines choses me reviennent. C'est étrange, mais pas désagréable.

L'étudiante l'observe avec une expression que Victoire ne lui connaît pas. Curieuse, un peu décontenancée.

— Vous êtes sûre que tout va bien ? Vous avez un drôle d'air, ce matin.

Le regard qu'elle pose sur elle est presque inquiet. Puis, soudain, les yeux de Sarah s'écarquillent, comme si elle venait de se remémorer quelque chose d'important. Un sourire en coin apparaît sur son visage malicieux.

— Cela dit… si c'était moi qui avais eu la visite d'un si bel homme, j'aurais probablement été de bonne humeur au réveil !

Victoire, sans comprendre, hausse un sourcil.

— Le lieutenant Ravoski ? Il n'est pas vilain, mais vu la nature de notre relation, j'ai du mal à l'envisager comme séduisant…

Sarah éclate de rire.

— Mais non ! Je parle du monsieur de l'association, votre visiteur d'hier après-midi !

Son sourire s'efface devant la mine incrédule de Victoire.

— Vous deviez être sacrément épuisée pour ne vous souvenir de rien… Personnellement, j'aurais eu du mal à l'oublier !

Sarah hausse les épaules.

— Avec un peu de chance, il reviendra…

L'étudiante amorce un pas vers la porte, avant de se retourner.

— Je vais prévenir le Dr Borel de votre réaction au médicament qu'il vous a prescrit hier. S'il vous provoque des épisodes d'amnésie à court terme, il faudrait éviter que vous le preniez. Ce serait dommage de tout saboter alors que vos souvenirs reviennent…

* * *

Il est un lion en cage. Dans le petit sas, Fidel tourne en rond. Il a complètement perdu pied. Il frotte l'une contre l'autre ses mains encore tremblantes et rougies par les coups. Le sang bat à ses tempes, assourdissant. L'adrénaline n'est pas encore tout à fait retombée.

Derrière lui, la porte de la geôle est restée entrouverte. À l'intérieur, il perçoit une respiration rapide et saccadée. Il ignore si elle est revenue à elle, mais au moins, il ne l'a pas tuée. Il s'en est fallu de peu. Ses longs doigts enserraient déjà sa gorge lorsqu'il est enfin revenu à la raison. Dans son esprit envahi par la rage, Victoire ne l'avait jamais quitté. Rendu aveugle par la fureur, plus rien d'autre n'avait compté que de démolir ce visage aux grands yeux bleus. Alors qu'il s'acharnait à abattre sa colère sur elle, Justine avait tenté de desserrer les phalanges enroulées autour de sa nuque. Le mouvement était maladroit, désespéré. Jusqu'à ce qu'il l'aperçoive. Le petit tatouage en forme de croix, délicat, à l'intérieur de son poignet. La vision furtive avait miraculeusement arraché Fidel à sa transe et il lui avait fallu déployer toute la volonté du monde pour s'extraire de la pièce. Elle n'était pas Victoire.

Fidel halète, fébrile. Son corps frémit de sensations nouvelles. La terreur qu'il ressent à l'idée d'avoir infligé des blessures irrémédiables à Justine se confronte à la sensation de délivrance qui a accompagné le déferlement de violence. Enfin, la tension était retombée. Enfin, il se sentait soulagé. Quelque chose en lui avait changé. Il l'avait soumise. Il n'était plus et ne serait plus jamais le second, l'exécutant.

Nouvelle plainte, nouveau gémissement. Fidel pénètre à

nouveau dans la petite pièce humide. Il marque un temps d'arrêt, hésitant. Son regard glisse vers Justine. Elle gît sur le sol, recroquevillée en chien de fusil. Son souffle est difficile, chaque inspiration, une lutte. Elle est à nouveau consciente, il le sent.

Fidel tente un pas vers elle pour évaluer les dégâts. Elle ne semble même pas le voir, ou alors a-t-elle déjà abandonné la bataille. Cette hypothèse l'électrise.

De toute sa hauteur, il observe la petite chose fragile couchée sur le sol, au bout de la chaîne. Les larges traces laissées sur sa peau forment un éventail écarlate. Sur les papilles de Fidel, le goût du sang continue à inonder son cerveau d'endorphines.

Il s'approche encore un peu et s'allonge à même le sol, face à elle. Elle ne le regarde pas, ses pupilles fixant l'invisible. Elle attend. Fidel passe un doigt sur les plaies encore béantes de ses bras. On dirait des petits ponts au-dessus de rivières d'hémoglobine. Il repense à la Bête, aux carnages auxquels il a assisté, jadis, depuis le hublot. Jamais elle n'a laissé les femmes vivre. Jamais le Monstre n'a pu profiter de ce moment de grâce, de partage avec leurs invitées. La Bête était faible, incapable de stopper ses pulsions à temps. Quelle erreur. Il était tellement plus fort que cela.

Pendant un temps infini, il passe la peau de Justine en revue, la caresse, scannant chaque centimètre carré de son épiderme. Elle est une marionnette sans fil, désarticulée, offerte à son regard. La palette de couleurs naissante sur sa peau blanche l'émerveille.

— Tu es encore plus belle, maintenant.

Justine frémit. Elle l'a entendu.

Il glisse ses bras sous son corps brisé. Il la soulève du sol, sans effort. Elle a maigri. Un gémissement de douleur s'échappe des lèvres ensanglantées. Avec précaution, il la dépose sur le petit lit.

Sous les draps, il s'allonge à ses côtés. D'un doigt, il repousse une mèche de cheveux collante derrière son oreille.

— Tu vas rester avec moi. Tu verras, on sera bien tous les deux.

Il franchit les quelques centimètres qui séparent leurs visages et colle ses lèvres contre celles de Justine. Le goût salé de ses larmes vient se mêler à celui, âcre, de son sang.

35

Leurs foulées font crisser les gravillons du parking désert. Le vent cinglant et le crachin forcent les deux enquêteurs à relever leurs cols, hâtant le pas pour échapper à la météo capricieuse.

Lorsque Alexandre et Marianne pénètrent dans le petit hall d'accueil, soulagés de pouvoir se mettre à l'abri, un carillon tinte, prévenant de leur arrivée. L'odeur animale, entêtante, les saisit immédiatement, mêlant les notes terreuses et musquées aux effluves chimiques et parfumés des produits d'entretien. Le petit espace est encombré. Des cartons s'empilent par dizaines à même le sol. Plusieurs présentoirs fatigués longent les murs, ornés de magazines et de prospectus divers. Sur le comptoir en bois qui leur fait face, sont placardées des affichettes à l'effigie de fugueurs de tous poils activement recherchés par leurs propriétaires.

Un gros chat roux somnole sur une chaise près de la porte. À l'arrivée des deux inconnus, il avait nonchalamment tourné vers eux sa grosse face lunaire aux yeux trop rapprochés. Il avait une expression étrangement humaine. Comme si le matou était profondément blasé par les allées et venues incessantes qui interrompaient trop souvent ses siestes. Lui, ne semblait pas particulièrement excité à la perspective de rejoindre un nouveau foyer.

D'instinct, Alexandre s'en approche et passe ses doigts

dans la fourrure épaisse. Un frémissement parcourt l'animal, immédiatement suivi d'un ronronnement de satisfaction. Pas si indifférente, finalement, la bestiole. Les respirations lentes et profondes sous la paume de sa main apaisent le policier l'espace d'un instant.

Marianne, manifestement bien moins à l'aise que son collègue, entreprend de lire les affiches accrochées sur les murs, à distance respectable de l'animal.

Un claquement de pas précipités résonne derrière la cloison.

— J'arrive ! s'exclame d'un ton sec une voix féminine.

Quelques secondes plus tard, une petite femme rondelette fait son entrée, poussant d'un coup d'épaule la porte située derrière le comptoir, les bras chargés de bidons de produits de nettoyage. Dans un soupir assumé, elle dépose son fardeau sur le sol, avant de se redresser. La femme est vraiment toute petite, se dit Alexandre. Trapue, mais minuscule, comme taillée dans un bloc de granit. Un brin essoufflée par l'effort physique qu'elle vient de déployer, elle n'en dégage pas moins l'aura d'une femme qu'il vaut mieux ne pas contrarier. La poignée de main qu'elle leur tend est ferme et puissante.

Après les présentations d'usage, Élisabeth, la femme qui les a accueillis, entreprend de leur faire faire le tour du propriétaire.

Les guidant d'un pas pressé vers le bâtiment adjacent qu'elle leur a désigné comme étant le chenil, ils traversent une large cour bétonnée sous une pluie diluvienne. Le vent cinglant fait danser la pluie fine, fouettant leurs visages et s'infiltrant partout, harcelant chaque centimètre carré de peau laissée à nue.

Alexandre se précipite à l'intérieur, fermant la marche. Trempé jusqu'à l'os, un frisson le secoue des pieds à la tête, tandis qu'une goutte glacée ruisselle sur sa nuque. Élisabeth, de marbre, semble à peine gênée par l'humidité ambiante.

Leur entrée dans le local est accompagnée du vacarme des aboiements surexcités provenant de box de part et d'autre de la coursive.

— Je suis désolée, j'étais en plein ménage, bougonne la femme en repoussant un seau qui leur barre le chemin.

Elle jette un regard las au matériel laissé à l'abandon sur le sol, puis ajoute d'un ton bourru :

— On n'est pas suffisamment nombreux pour s'occuper de tout, alors on court dans tous les sens.

Alexandre a vite compris qu'Élisabeth se serait bien passée de leur visite. Elle ne s'en était d'ailleurs pas cachée.

— On a de plus en plus d'animaux à héberger, de moins en moins de subventions et de nouvelles normes à respecter chaque année. La plupart d'entre nous sont bénévoles, on fait de notre mieux pour que tout roule et que les animaux ne manquent de rien.

Marianne n'a pas décroché un mot durant la visite, mais il n'a pas échappé à Alexandre qu'elle reste prudemment à distance des enclos. Elle arbore, depuis leur descente de voiture, une expression de dégoût qu'elle tente à peine de dissimuler. Alexandre la savait peu à l'aise avec le genre animal. Pour autant, il ne l'avait jamais vue en situation. Il fallait avouer que le spectacle valait le détour. Non que le policier soit insensible aux difficultés de sa collègue, mais voir l'inflexible Marianne, d'ordinaire imperturbable, horrifiée par quelques aboiements, avait de quoi nourrir le comique de la situation.

À la dérobée, il lui lance un regard narquois qu'elle ignore ostensiblement.

— Combien de personnes travaillent ici ? interroge Alexandre en pénétrant dans une nouvelle pièce, où des cages de rongeurs s'alignent le long des murs.

— Officiellement, nous sommes six. Parfois on nous refile des stagiaires, mais ils ne sont pas d'une grande aide, soupire Élisabeth en balayant du pied quelques brins de foin sur le sol.

— Pourquoi « officiellement » ? demande Marianne, un sourcil levé.

— Parce que les jeunes ne restent jamais longtemps. Ils arrivent avec des étoiles dans les yeux. Mais, quand ils comprennent que les caresses et le toilettage ne sont qu'une partie infime du quotidien, ils lâchent l'affaire. Ils s'impliquent beaucoup au début parce qu'ils aiment les animaux, comme nous tous.

Elle observe tour à tour les deux policiers, en particulier Marianne, comme pour la défier de lui affirmer le contraire. Mais cette dernière se contente de fixer son carnet de notes sans relever la pique qu'elle vient de recevoir à la volée.

Élisabeth soupire.

— Du coup, on passe notre temps à former des nouveaux. On perd du temps et on sait pertinemment que ce ne sera pas pérenne. C'est épuisant. En ce moment, il nous manque deux employés à temps partiel. Il y a un mois, Maddy nous a rejoints. Elle fait partie d'un système d'insertion pour des jeunes des quartiers, grâce à un partenariat avec quelques associations du coin. Elle est de bonne volonté, mais disons que rien que le fait de se pointer à l'heure est un défi pour elle. Ma sœur, elle, est salariée de l'association à plein temps depuis sept ans. Ses horaires sont partagés entre le refuge et un centre de soins dans le département voisin.

Par la fenêtre, Alexandre distingue une silhouette affairée à jeter de grands sacs dans une benne à ordures, de l'autre côté du parking. L'homme, vêtu d'un ciré noir, reprend la direction du bâtiment duquel il était sorti. Sa démarche est incertaine, comme s'il traînait sa jambe derrière lui.

Suivant son regard, Élisabeth désigne l'homme du menton.

— Lui, c'est Tony. On est les deux plus anciens ici. Il est

arrivé quelques mois après moi, il y a neuf ans. Vous n'en tirerez pas grand-chose, il est muet. Il souffre d'un retard mental, enfin... je crois. Pas facile à dire, vu qu'il ne parle pas. Mais il est hyper efficace. Personne ne lui arrive à la cheville, en termes de rendement. Il a un sixième sens avec les bêtes.

Elle marque une pause, observant l'homme s'éloigner sous la pluie battante avant de disparaître de leur champ de vision.

— Au début, quand il est arrivé de son centre médicalisé, c'était compliqué. Il faisait un peu peur aux autres. Mais il s'est intégré et maintenant, il est notre mascotte. Tout le monde l'a adopté.

Alexandre et Marianne échangent un regard. L'un comme l'autre savent que l'information vaut de l'or.

— Il a des troubles du comportement ? Des antécédents psychiatriques ? interroge Marianne en griffonnant dans son carnet.

— Aucune idée. On n'a pas accès à son dossier et je ne connais pas la langue des signes, répond Élisabeth. Quand on doit échanger, il nous répond sur son ardoise, avec des phrases simples. Il écrit mal, mais on arrive à se comprendre. De toute façon, on n'a pas vraiment le temps de jacasser.

— Dans quel centre est-il hébergé ? demande Alexandre.

— Il venait de l'établissement de santé des Chênes Bleus, à une dizaine de kilomètres d'ici. Mais depuis deux ans, il a été autorisé à avoir son propre logement. C'est le refuge qui lui loue un studio juste derrière.

Du doigt, Élisabeth désigne un petit bâtiment par la fenêtre.

— Il est capable de se débrouiller seul, malgré ses difficultés ? demande Alexandre, sceptique.

— Une infirmière passe le voir une fois par semaine pour vérifier s'il ne manque de rien et pour lui préparer ses traitements. Et, tous les quinze jours, un taxi l'emmène à ses rendez-vous médicaux. Je crois qu'il va faire des activités dans un hôpital de jour, si j'ai bien tout compris. Pour l'aider dans les gestes du quotidien.

Elle s'interrompt un instant, puis ajoute :

— En tout cas, ici, il n'a jamais vraiment posé de problème.

L'affirmation est un peu trop abrupte pour passer inaperçue. Alexandre sent bien qu'Élisabeth veut protéger son collègue, pour lequel elle semble éprouver une certaine tendresse ; pourtant, quelque chose dans son empressement à clore le sujet l'interroge.

Marianne, qui semble partager son intuition, prend la parole :

— Aucun de ses comportements ne vous a jamais interpellée ?

La femme marque une pause. Elle pèse ses mots.

— Pour être tout à fait honnête… il y a eu un incident mineur, il y a trois ans.

Elle scrute le regard d'Alexandre, comme pour jauger sa réaction. Lui, tente de ne pas laisser transparaître sa curiosité.

— Mais cela n'a entraîné aucune conséquence, s'empresse-t-elle de préciser en secouant la tête.

— Quel genre d'incident ?

Élisabeth hésite, le regard fuyant. Son assurance semble avoir fondu comme neige au soleil.

— Il a juste fallu que nous trouvions, disons… la bonne manière de lui expliquer certaines choses.

Elle laisse sa phrase en suspens. Si elle pensait qu'Alexandre et Marianne allaient se satisfaire de cette esquive, c'était bien mal les connaître.

Marianne ouvre la bouche pour insister, mais Élisabeth pousse un profond soupir.

— Oh et puis, à quoi bon en faire un secret ! Vous finirez par l'apprendre de toute façon.

La tête basse, elle paraît avoir encore perdu quelques centimètres.

— J'ai retrouvé un cahier qui lui appartenait, confesse-t-elle. Il l'avait égaré. À l'intérieur, il y avait les adresses et les noms de toutes les nouvelles familles des animaux qui avaient été adoptés chez nous depuis plusieurs mois.

Alexandre ne comprend pas vraiment où se situe le problème. Après tout, les dossiers informatisés contenaient déjà toutes ces informations. Le salarié y avait certainement librement accès.

— Et, en quoi cela a-t-il nécessité un recadrage ?

— Il n'y avait pas que les adresses. Le carnet comprenait aussi des photos des nouveaux domiciles de nos petits pensionnaires. Des détails sur les heures de sortie des chiens, des itinéraires de promenade des chats…

L'information fait l'effet d'une bombe dans le cerveau du policier. Derrière lui, il entend le crissement ininterrompu du stylo de Marianne qui gratte frénétiquement le papier.

— Vous êtes en train de nous dire qu'il a suivi ces personnes après les adoptions ?

Élisabeth rétorque, visiblement mal à l'aise :

— Je pense qu'il n'espionnait pas les adoptants… juste les animaux. Il a eu beaucoup de mal à saisir le problème. Pour lui, il veillait simplement à ce que les chats et les chiens qui quittaient le refuge soient correctement traités dans leurs nouvelles familles. Je crois que ça le rassurait de savoir qu'ils étaient entre de bonnes mains.

— A-t-il tenté d'entrer en contact avec ces personnes ?

— Non, je ne pense pas. Ce n'est pas son genre. C'est un type discret.

Élisabeth se frotte la nuque, l'air ennuyé.

— On a tout fait pour que cela reste entre nous, au refuge. Tony a fait d'énormes progrès depuis qu'il nous a rejoints, il était hors de question que cette histoire lui coûte sa place, d'autant plus qu'il n'y avait eu aucune conséquence.

Elle soupire à nouveau.

— Il se serait éteint, s'il avait perdu son job.

— Avez-vous la certitude qu'il n'a pas recommencé, par la suite ? intervient Marianne, d'un ton pressant.

— J'ai sa parole, ça me suffit. Il avait simplement besoin de comprendre que cela ne se faisait pas. Je pense que, d'une certaine manière, il a pris la mesure des enjeux de son comportement.

Sa loyauté semble à toute épreuve. Malgré tout, son regard va et vient entre les deux policiers, l'air inquiet.

— Vous n'allez pas ébruiter cette histoire, n'est-ce pas ? Ce serait terrible pour le refuge… et surtout pour les animaux. C'est déjà compliqué pour nous en ce moment.

Aucun des deux enquêteurs ne lui répond, bien conscients que ces informations pourraient tout changer.

Leurs pas les avaient ramenés vers l'entrée. Du doigt, Alexandre désigne l'ordinateur posé sur le comptoir. Il tend un papier à Élisabeth.

— Pourriez-vous vérifier si ces numéros d'identification correspondent à des animaux passés par votre établissement ?

Élisabeth s'exécute. Le cliquetis de ses doigts recopiant les codes sur le clavier emplit le petit espace, dans un silence pesant. Marianne se racle la gorge, provoquant le regard courroucé du gros chat roux, manifestement agacé. Quelques instants plus tard, Élisabeth hoche la tête.

— Le dernier, là, dit-elle en désignant du doigt une suite de chiffres sur le bout de papier, vient de chez nous. Un chiot croisé, cocker et épagneul probablement, couleur fauve.

Alexandre fait de son mieux pour ne pas manifester son soulagement. Justine Landroux était bien passée par ici, quelques mois plus tôt. Enfin, ils tiennent quelque chose. Le début d'une piste tangible.

Après avoir laissé le temps à Élisabeth de faire quelques recherches, Alexandre, devant l'ordinateur, réunit les différents documents officiels relatifs à l'adoption du chien de Justine. Marianne, elle, extrait de son porte-documents la photo du chat à l'oreille manquante, sur laquelle elle a pris soin de ne pas faire apparaître Anna. Elle la dépose sur le comptoir.

— Cet animal a disparu. Je ne possède pas son numéro d'immatriculation, mais peut-être l'avez-vous déjà croisé ?

Élisabeth secoue la tête d'un air navré en lui rendant le cliché. Alors qu'elle avait pris le temps de répondre aux précédentes sollicitations des enquêteurs, la salariée a à peine posé les yeux sur la photo.

— Désolée, mais on voit passer tellement de chats ici… je serais bien incapable de m'en souvenir.

La réponse est tranchée, un peu trop pour ne pas soulever un doute infime dans l'esprit d'Alexandre.

— Je vous laisse le cliché, dit Alexandre en reposant la photo du chat estropié sur le comptoir, peut-être l'un de vos collègues en aura-t-il un souvenir ?

* * *

Après avoir pris congé d'Élisabeth, les deux collègues rejoignent leur voiture au pas de course, pour échapper aux intempéries. La météo est cataclysmique. À peine sont-ils installés dans l'habitacle, tentant tant bien que mal de retirer leurs vestes ruisselantes d'eau, qu'un mouvement attire leur attention. Malgré la pluie battante et sa patte folle, Tony, vêtu de son imperméable noir, pédale à bonne allure vers la route principale. Alexandre l'observe s'éloigner en fronçant les sourcils.

— J'imagine que ce n'est pas le moment idéal pour une filature ?

— T'inquiète, lui répond Marianne d'un ton posé. On reviendra lui toucher deux ou trois mots.

Elle tend son téléphone à Alexandre, le planning d'équipe, photographié discrètement dans la salle de pause, est affiché sur le petit écran.

— Mardi matin, il bosse seul avec la nouvelle.

Alexandre fixe sa collègue un instant, amusé.

— Je t'ai déjà dit que t'étais un génie ?

— Non, mais je suis heureuse que tu l'admettes enfin, répond-elle avec un sourire au coin des lèvres, le bruit du moteur ronronnant dans l'habitacle.

36

Le délicieux sentiment de légèreté ne quitte plus Victoire depuis que ses souvenirs refont surface. *Souvenirs* est en réalité un bien grand mot. Ce ne sont pas des images nettes, plutôt des éclats diffus, des impressions fugaces qui lui rappellent que sa vie n'a pas commencé le jour de son réveil, dans la petite chambre d'hôpital.

Petit à petit, elle apprivoise ses propres contours, encore flous, tâtonnant à la recherche de son identité. Le terme *sensation* serait certainement plus juste pour décrire les vagues réminiscences qui l'assaillent plusieurs fois par jour. À chaque goût familier remontant à la surface, elle interrompt son mouvement et se fige. Comme si le temps lui-même pouvait suspendre son vol et lui laisser une chance d'attraper ce qui lui échappe encore.

Elle est la chasseuse sauvage et solitaire dont la survie dépend de sa capacité à pêcher un poisson à mains nues, glissant entre ses doigts à chacune de ses tentatives pour s'en saisir, mais dont l'odeur persiste sur la peau. Malgré les gouttes de mémoire qui filent, insaisissables, entre ses doigts, elle est désormais animée par la conviction absolue de se trouver sur la bonne voie.

Un raclement de gorge discret arrache Victoire à ses pensées.

— Alors, Victoire, pourriez-vous me décrire les flashbacks que vous avez évoqués avec les infirmières ?

Assis en face d'elle, le psychologue l'interroge sans lui jeter un regard. Son attention semble absorbée par son carnet, dont il a déjà commencé à noircir les pages avec une application frénétique. Le crissement sec de la plume emplit la petite pièce. Que peut-il bien griffonner ainsi, alors qu'ils n'ont échangé que quelques banalités ?

Alors qu'elle avait eu la détermination farouche de ne jamais rien livrer de personnel à l'homme qui se tient face à elle, Victoire avait décidé de modifier quelque peu sa façon d'aborder leurs entretiens. Car même si elle avait globalement été chanceuse de n'avoir pas gardé plus de séquelles de sa violente agression, il lui restait encore quelques marches à franchir sur le chemin de la guérison.

Lorsque son crâne avait heurté le sol, l'os abîmé s'était fracturé, projetant au passage des dizaines de fragments osseux dans le lobe pariétal de Victoire. La zone, qui jadis lui permettait de coordonner avec justesse les mouvements de ses mains, avait subi un choc tel que Victoire était encore incertaine quant à la possibilité d'une récupération complète de ses facultés. Elle le savait, elle devrait encore endurer de nombreuses heures de rééducation pour espérer retrouver un jour sa motricité d'avant. La conséquence directe de ce choc, et l'une des plus préoccupantes pour Victoire, était qu'elle était aujourd'hui incapable de tenir un stylo pour tracer quelques mots, de même qu'il lui était impossible de manger avec des couverts sans se retrouver couverte de nourriture dès la première bouchée. Tout lui échappe, littéralement. De ce constat, elle avait tiré la conclusion qu'en l'absence de possibilité de retranscrire ses sensations à l'écrit, il lui fallait les inscrire profondément dans sa mémoire toute neuve. Alors, comme une litanie, elle répétait encore et encore, à chacun de ses interlocuteurs, les soupçons du passé qui lui revenaient. Pour qu'ils puissent se graver profondément en elle et qu'enfin ils ne la quittent plus jamais.

— Ce ne sont pas vraiment des flashbacks, corrige Victoire. Plutôt des impressions. Des sons, des odeurs que j'arrive à identifier, comme une sorte d'écho…

Elle marque une pause, fouillant les recoins de son esprit à la recherche d'éléments tangibles.

— Ce matin, au petit déjeuner, j'ai eu un flash. L'odeur du pain chaud qui sort d'un four, celle du feu de bois, de la cendre…

— Vous avez une idée du contexte dans lequel vous avez déjà croisé ces odeurs ? l'interrompt le psychologue, relevant à peine les yeux vers elle.

— Pas vraiment, poursuit Victoire en soupirant, un peu agacée d'avoir été coupée dans son élan. Hier, c'était l'odeur de la lavande, le son du crépitement des braises aussi. Mais, plus j'y réfléchis, plus je me dis que ces souvenirs sont liés à mon enfance.

— Pourquoi cette impression ?

— Parce que…

Victoire hésite. Comment décrire une sensation ? Aucun mot ne semble adapté à ce qu'elle voudrait exprimer.

— Parce qu'à chaque fois, je suis envahie par une plénitude totale. Une sorte de joie pure. Comme un éclat d'innocence brute. Un adulte ne pourrait pas ressentir ça. Enfin, je ne pense pas…

Victoire suspend son explication. Ce qu'elle dit n'a aucun sens. De toute façon, elle ne peut se défaire de l'impression que l'homme en face d'elle serait incapable de comprendre l'ampleur de ce qu'elle tente d'exprimer, quels que soient les mots qu'elle emploierait.

— Et, parmi toutes ces sensations, aucune n'a fait remonter en vous de souvenirs désagréables ou douloureux ?

Victoire réfléchit quelques secondes. Les bribes de douceur

qui lui parviennent depuis les tréfonds de sa mémoire n'ont rien à voir avec l'accès de violence qui l'a saisie quelques jours plus tôt.

— Non. C'est étrange, mais tout semble en harmonie. À chaque fois qu'ils surgissent, j'ai l'impression d'entrer dans une sorte de transe où plus rien d'autre ne compte que le son ou l'odeur sur lequel je me concentre.

Sans s'en rendre compte, Victoire s'est levée et s'est approchée de la fenêtre. En contrebas, sur le parking, les silhouettes s'agitent sous la lumière orangée du crépuscule.

— Victoire…

Le ton du psychologue a changé. Victoire se retourne, surprise. L'homme a posé son carnet sur ses genoux et la fixe, le menton posé sur ses longs doigts entrelacés.

— Cela n'est qu'une hypothèse, mais… avez-vous envisagé que ces souvenirs n'en soient peut-être pas ?

Victoire le regarde sans comprendre. Il a prononcé les derniers mots avec prudence, comme s'il s'attendait à ce qu'elle lui bondisse au visage. Immédiatement, elle se tend.

— Comment expliquez-vous que cela ait commencé pile au moment où je suis retournée chez moi ? lance-t-elle, avec un ton plus véhément qu'elle ne l'aurait voulu. J'avais sûrement besoin de retrouver un endroit familier pour que mon cerveau recommence à fonctionner normalement.

— C'est possible, concède le psychologue d'un ton apaisant. Cependant, il est également envisageable que votre esprit tente de vous protéger. Parfois, lorsque la réalité est trop difficile à supporter, notre cerveau peut altérer ou adoucir les souvenirs. Ces mécanismes de défense sont inconscients et visent à atténuer la détresse émotionnelle.

Victoire se crispe, sentant la colère poindre au creux de son estomac.

— Je n'ai pas rêvé ces choses qui me reviennent en mémoire, ça vient forcément de quelque part ! Et puis, je me suis souvenue de mon chat, les policiers ont confirmé son existence.

— Je comprends, Victoire. Je ne suggère pas que vous êtes en train d'inventer ces souvenirs. Il est tout à fait probable que votre mémoire revienne progressivement. Mais cette sensation de rêve éveillé qui accompagne chacun de ces souvenirs m'oblige à considérer les faits sous un angle différent. Peut-être cela pourrait-il indiquer une forme d'adaptation de votre esprit, pour rendre les souvenirs traumatiques plus supportables et ainsi préserver votre énergie en vue de vous aider à guérir de vos blessures physiques. C'est une théorie comme une autre. Je vous invite à y réfléchir, tout en gardant à l'esprit que ce ne sont que des suppositions.

Dans la chambre, le silence est revenu. Victoire se rassied sur le fauteuil. Elle a besoin de quelques secondes supplémentaires pour digérer les dernières phrases du thérapeute. Les inspirations profondes détendent ses muscles et éloignent petit à petit la boule qui s'était installée dans ses entrailles. L'énergie qui l'habite depuis quelques heures semble la quitter, comme un filet d'air qui s'échapperait d'un ballon qu'on dégonfle.

— Qu'est-ce que je suis censée faire, alors ?

Victoire a murmuré sa question, désemparée. Depuis des semaines, elle met toute son énergie dans la reconstruction de son identité. À accrocher ces fragments de mémoire comme on enfilerait des perles sur un fil invisible. Et maintenant ? Doit-elle les ignorer, par crainte qu'ils ne soient que le fruit de son esprit malade ?

— Continuez d'accueillir le retour de votre mémoire comme vous le faites, mais ne faites pas trop d'hypothèses. Les détails vous reviendront d'eux-mêmes, avec le temps. Ce qui importe, c'est de ne pas mêler souvenirs et convictions. Si vous vous persuadez que ces souvenirs viennent de l'enfance, en vous appuyant uniquement sur votre perception, vous risquez de biaiser la réalité et de ne plus réussir à démêler le vrai du faux.

Victoire hoche lentement la tête. Entre ses ongles, elle a coincé un petit bout de peau, à l'intérieur de son poignet. La douleur aiguë et lancinante l'ancre dans le présent, repoussant les vagues d'émotions qui menacent de l'engloutir.

Le psychologue l'observe, puis reprend :

— Le Dr Marius Clavin, un psychiatre de la région, a mené des recherches fascinantes concernant les expériences dissociatives de patients atteints de syndrome de stress post-traumatique. C'était un homme controversé, certes, mais ses travaux ont marqué un tournant dans le domaine. J'ai eu la chance de pouvoir le côtoyer quelque temps. Si cela vous intéresse, je pourrais vous ramener quelques-uns de ces ouvrages. Ils pourraient vous offrir des perspectives intéressantes sur ce que vous vivez actuellement.

Victoire s'apprête à accepter, lorsque trois coups secs résonnent contre la porte.

Le psychologue traverse la pièce, abaisse la poignée et passe la tête au-dehors pour inviter le visiteur à patienter quelques instants.

— Voilà, Victoire, ce sera tout pour aujourd'hui, dit-il en jetant un coup d'œil à sa montre et en lui tendant une poignée de main pressée. Je reviendrai jeudi prochain, mais je reste évidemment joignable d'ici là si vous en ressentez le besoin.

En quelques enjambées, il rejoint la porte qu'il ouvre à nouveau en ajoutant :

— Je vous laisse en compagnie de monsieur…

— Correra, Fidel Correra, répond une voix aux accents chantants, sur le seuil de la porte.

37

Victoire saisit immédiatement que l'homme qui vient d'entrer est celui dont Sarah lui a parlé la veille. Grand, élégant, un brin intimidant... et surtout, fort séduisant. Pas étonnant qu'il ait laissé un souvenir impérissable dans l'esprit de la jeune étudiante. L'homme referme doucement la porte derrière le psychologue.

— Bonjour. Il paraît que vous êtes déjà passé, l'autre soir. Je suis désolée, mais je n'en ai pas le moindre souvenir, s'excuse-t-elle en haussant les épaules.

L'homme se tourne vers elle. Il est immense. Mais, au-delà de sa taille, c'est l'insondabilité de son regard qui surprend Victoire et la laisse interdite un instant. Deux iris noirs, profonds, campés dans des yeux en amande, la scrutent avec une intensité troublante. Il s'avance d'un pas mesuré et tend une main vers elle. Sa peau foncée est chaude sous les doigts de Victoire. Le contact est bref, mais elle perçoit une légère crispation, comme s'il avait voulu la retenir un instant de plus.

— Ne vous inquiétez pas, j'ai bien senti que ce n'était pas le moment de vous déranger. J'avais prévu de repasser vous voir.

Sa voix est profonde, veloutée et pourtant, l'accent léger qui ponctue ses intonations lui donne la légèreté d'une caresse. « Fidel... probablement un Latin... » songe-t-elle.

Elle jette un coup d'œil au badge épinglé sur sa chemise.

— Vous êtes assistant social, c'est ça ? Je vous préviens, la paperasse, c'est un peu compliqué pour moi. Je peine à tenir un stylo.

— Pas exactement, répond-il sans se départir de son sourire. Je travaille pour l'association Espoir Précarité. Nous intervenons auprès de personnes isolées et en situation précaire.

— Ça, c'est tout moi, ironise Victoire. Seule au monde et complément paumée.

L'homme lui adresse un regard compatissant.

— Je peux vous donner un coup de main pour vos démarches administratives, bien sûr. Mais mon rôle de bénévole, c'est avant tout de vous apporter une présence et un accompagnement différent de celui que les soignants peuvent vous proposer.

Victoire ne comprend pas vraiment où l'homme veut en venir. Elle se sent tellement seule depuis plusieurs semaines qu'il lui semble parfaitement incongru qu'un inconnu débarque dans sa chambre pour lui faire la causette. Cela dit, la présence de Fidel est bien moins déplaisante que celle du psychologue. Et son visage, bien plus agréable à regarder, cela va sans dire.

— Ne soyez pas vexé, mais si vous espérez qu'on papote pendant des heures, vous risquez d'être déçu, reprend Victoire avec une moue d'excuse. J'ai la capacité de concentration d'une huître.

Pour la première fois, l'homme lui sourit franchement. La froideur de son regard s'illumine d'une étincelle de malice.

— Soyons honnêtes, Victoire. Votre cas est tout à fait particulier. C'est la première fois que je suis confronté à un accompagnement comme le vôtre. À vrai dire, moi non plus, je ne sais pas vraiment par où commencer.

Victoire ne saurait expliquer pourquoi, mais la dernière

phrase, presque murmurée, lui provoque un frisson glacé qui glisse le long de son échine.

— Peut-être, suggère-t-il, pourrions-nous simplement commencer par faire connaissance ?

La phrase est anodine, pourtant, Victoire sent le poids des dernières semaines couler à nouveau sur ses épaules.

— On risque de vite tourner en rond, rétorque-t-elle. La seule chose que je connais de moi, c'est mon prénom. Et manifestement, vous le connaissez déjà.

À nouveau, l'homme la scrute.

— Vous êtes bien plus qu'un prénom, Victoire.

Ce n'est pas une question, c'est une affirmation.

Victoire, tâchant de sonder le regard du visiteur, est saisie d'un doute. Et si l'homme était un voyeur ? Un vendeur de ragots pour les journaux ? Et si, sous couvert d'une intervention purement charitable, il s'était présenté pour lui extraire des informations qu'il pourrait ensuite monnayer avec la presse ? Pire, et s'il était un détraqué, un tordu en quête d'affaires sordides ?

— Vous êtes au courant pour l'agression, c'est ça ? lance-t-elle d'un ton hésitant, à la limite de l'accusation.

L'homme, lentement, s'est déplacé dans la pièce. Sa démarche légère est parfaitement silencieuse. Il désigne du doigt le fauteuil pour demander à Victoire l'autorisation de s'y installer. Elle hoche la tête. Fascinée, inquiète. Il prend son temps avant de répondre.

— Évidemment, votre cas complexe nous a été résumé pour que nous puissions monter un dossier.

L'information percute Victoire. Qu'on puisse parler d'elle en son absence, livrer des détails intimes de son existence, lui fait l'effet d'un électrochoc. Cet inconnu était aujourd'hui entré dans sa vie avec presque autant d'informations sur elle qu'elle-même n'en possédait. Le fait que les soignants n'abordent jamais la question de l'agression lui avait presque fait oublier que d'autres, eux, planchaient tous les jours sur la question. Dans l'estomac de Victoire, les petits pois du déjeuner dansent la salsa. Une nausée puissante la saisit à la gorge, menaçant de tapisser le lino grisâtre de sa chambre de bile acide. Alors qu'elle se demande mentalement de combien de temps elle dispose pour se ruer dans la salle de bains pour éviter la catastrophe, soudain, elle l'entend. C'est d'abord un bruit sourd, qui reflue du fin fond de sa poitrine, vibrant et puissant. En rythme, le son augmente, puis diminue d'intensité, comme une vague qui s'approcherait du rivage avant de s'écraser sur les rochers. Sur son visage balayé par le vent, des gouttelettes fines et fraîches apaisent sa nausée. Victoire passe la langue sur sa lèvre inférieure. Le goût salé parfait le souvenir. Devant elle, la mer est agitée, déposant son écume sur le sable en contrebas. Victoire ne le voit pas, mais elle sait qu'elle n'est pas seule ; quelqu'un se tient à ses côtés. Des doigts viennent frôler les siens.

Hébétée, Victoire revient à elle. Le silence dans la chambre, les ombres dansant derrière les stores ; rien n'a changé. Son absence a dû durer quelques secondes, à peine. Pour elle, une vie entière s'est écoulée du haut de cette falaise. Elle cligne des yeux. Le bleu de l'océan s'évapore, inexorablement, comme de la fumée qui rejoindrait le ciel.

Fidel, lui, est toujours assis dans le fauteuil, la fixant de ses grands yeux sombres. A-t-il perçu que l'espace d'un instant, elle s'était évadée à l'intérieur d'elle-même ? Le souvenir qui vient de l'assaillir n'a aucune commune mesure avec ceux qu'elle a expérimentés les jours précédents. Au diable ce psychologue, Victoire refuse de croire que son esprit a créé de toutes pièces le moment qui vient de s'écouler. Elle voudrait sauter de joie, partager ce moment, là, tout de suite. Mais Victoire le sent, quelque chose la retient. Une intuition. Était-ce la voix chantante de Fidel qui avait inconsciemment invité son esprit torturé au voyage ? Dans le marasme des milliers de questions qu'elle se pose, Victoire entrevoit une toute petite faille. Une occasion qu'elle doit à tout prix saisir.

— J'ai une proposition à vous faire, monsieur Correra, lâche-t-elle dans un souffle.

Fidel hausse un sourcil, vraisemblablement intrigué. Il ne devait pas s'attendre à ce que l'entrevue tourne aux négociations. Victoire reprend :

— Je veux bien vous raconter ce que je sais, sur moi, sur ma mémoire. Vous en ferez ce que vous voudrez. En échange, je veux que vous me racontiez ce qui se dit au-dehors. Je suis coupée du monde ici. Je n'ai pas d'accès Internet, personne pour me parler de l'avancée de l'enquête.

L'excitation pulse dans ses veines, la tête lui tourne. De suspect, l'homme qui se tient face à elle lui apparaît de plus en plus comme un allié potentiel, ou du moins, un avantage à exploiter. Elle n'a peut-être pas le contrôle, mais elle peut au moins essayer de tirer son épingle du jeu. Elle le scrute, jaugeant sa réaction.

— Ce sont là toutes vos exigences ? ironise-t-il enfin. Je vous rappelle que je ne vous ai rien demandé, j'ai simplement proposé que nous passions un peu de temps ensemble.

Son regard s'attarde sur elle, pénétrant. Un peu trop.

— Mais, maintenant que vous mettez des termes au contrat, j'en rajoute un à la clause, murmure-t-il en passant ses doigts sur les bras du fauteuil. J'aimerais que vous m'appeliez par mon prénom.

Le regard qu'il pose sur elle la traverse de part en part. Un instant, elle hésite.

— Alors j'accepte, Fidel.

Un éclair passe dans ses prunelles sombres. L'homme se lève. Il est proche. Elle entend son souffle tandis qu'il la surplombe de toute sa hauteur. À nouveau, il lui saisit la main.

— Marché conclu, Victoire.

Une poignée de secondes plus tard, l'homme a disparu.

Alors que Victoire fixe la porte qui vient de se refermer sur ses talons, un frémissement glisse sur sa nuque. Quelque chose cloche. Elle ne saurait l'expliquer, mais une certitude l'envahit. Fidel lui a menti.

* * *

Du rouge. Du rouge. Du rouge.

Fidel referme la porte avec douceur. Il aurait voulu l'arracher de ses gonds.

Du rouge, encore.

Il hâte le pas, il voudrait courir. Fuir le plus loin possible. Disparaître pour de bon. Non. Ce qu'il voudrait vraiment, c'est faire demi-tour.

Du rouge, écarlate.

Faire demi-tour, fracasser cette porte et voir la terreur dans ses yeux. La faire revenir à elle. À eux. Retrouver Victoire.

Du rouge liquide, bouillonnant, dégoulinant.

Regarder ses grandes prunelles bleues se dilater tandis qu'elle le reconnaîtrait. Plaquer son oreiller contre son visage et lui arracher son dernier souffle.

Du rouge, ferreux, sur les papilles.

Fidel traverse le parking, aveugle, ignorant les silhouettes curieuses qui se retournent sur son passage. Une boule, énorme, enfle dans sa gorge. Il lève les yeux vers le troisième étage.

Une ombre se découpe derrière l'une des fenêtres. À travers la vitre, Victoire l'observe. Et le soleil de fin de journée qui descend en rase-mottes vient peindre son visage de mille nuances de rouge.

38

— Allez, on se réveille, les gars !

Tom débarque à grand fracas dans le bureau de Marianne, les extirpant sans ménagement, Alexandre et elle, de leur concentration. Son ordinateur portable à la main, il entreprend de se faire de la place sur le bureau encombré. D'un geste rapide et sans cacher son exaspération, Marianne rassemble ses documents avant que l'informaticien ne sème le chaos dans ses papiers méticuleusement triés. Tom sourit en coin, manifestement ravi d'avoir réussi à l'agacer. Silencieux, Alexandre observe leur manège. Des gosses. La tension finira par passer, il en est convaincu. Ou du moins, il l'espère franchement.

— J'ai enfin réussi à trouver quelque chose grâce à la box Internet de Victoire, annonce Tom en pianotant sur son clavier.

Alexandre se penche par-dessus son épaule. Sur l'écran, les lignes de codes ne lui inspirent rien d'autre qu'un vaste charabia.

— Tu nous traduis çà ?

— Même en l'absence d'appareil connecté, la box conserve un historique de connexion et des adresses IP, explique Tom. Le journal du routeur montre que jusqu'au jour de l'agression, deux appareils se connectaient régulièrement au wi-fi de Victoire : un ordinateur et un smartphone. Le téléphone a interrompu sa dernière connexion le 3 mars à 7 h 52, soit le matin même de l'agression.

— Ce qui est logique, intervient sèchement Marianne.

— Logique, mais on n'a retrouvé aucun téléphone sur la victime, corrige Alexandre. L'agresseur l'aura probablement emporté. Tu as pu retracer le parcours de Victoire ce jour-là ?

Tom hoche la tête, puis se lève pour rejoindre la carte affichée au mur.

— Son téléphone a borné sur les lieux identifiés grâce aux témoignages. Si elle avait son téléphone sur elle, Victoire était bien aux alentours du café et du musée des Beaux-Arts de Dole. Je perds le signal en fin d'après-midi, probablement lorsqu'elle entre en forêt de Chaux. La couverture réseau y est insuffisante.

Le silence s'installe entre les trois collègues, mais dans la tête d'Alexandre, c'est une vaste cacophonie. Il tente d'organiser le flot d'informations qui lui martèle le cerveau.

— Le téléphone n'a cessé d'émettre qu'à l'entrée dans la forêt ? demande-t-il, intrigué. Elle y serait entrée d'elle-même ?

— Elle était probablement partie pour une balade, ou un footing. Elle avait l'habitude de courir en forêt, non ? répond Tom.

— Ça change tout ! tranche Marianne. On a supposé que les autres victimes avaient été enlevées, séquestrées, puis déposées dans les bois une fois assassinées. Mais si Victoire est entrée de son plein gré dans la forêt, son agression pourrait n'être ni plus ni moins qu'une attaque opportuniste !

— En tout cas, ça colle avec notre hypothèse d'un imitateur, ajoute Alexandre, songeur.

Marianne approuve d'un signe de tête.

— Et l'ordinateur ? On ne l'a pas retrouvé non plus !

— Non, répond Tom en relevant la tête de son écran. Mais écoutez ça ; l'ordinateur a cessé sa dernière connexion wi-fi dans la nuit du 3 au 4 mars, à 1 h 54 du matin.

— Donc, la personne qui a pénétré dans le logement de Victoire a bien emporté des souvenirs, déduit Alexandre.

— C'est Dracula, lâche Marianne dans un souffle.

— Et il avait les clefs, ajoute Alexandre. Il les aurait volées à Victoire ?

Le policier ferme les yeux, presse les paumes de ses mains sur ses paupières, avant de répondre lentement à sa propre question :

— Tout ça ne tourne pas rond. Admettons qu'il ait agressé Victoire au hasard dans la forêt. Pourquoi serait-il retourné chez elle ensuite ? L'argent liquide était encore à sa place. Le mobile du vol ne colle pas. Et puis, le logement n'a pas été retourné. Il savait où chercher.

— Sans compter qu'il n'a jamais rien dérobé chez les autres victimes, ajoute Marianne, les yeux fixés sur la carte.

— S'il s'est introduit chez elle, c'était certainement dans le but de faire disparaître des indices compromettants. Je parie qu'il était déjà venu.

Tom a observé l'échange, une lueur d'amusement dans le regard. Alexandre aussi sent le sourire poindre au coin de ses lèvres. Voilà bien longtemps qu'ils n'avaient pas eu l'occasion d'associer leurs neurones pour faire des hypothèses ensemble. Leur enquête avance, son équipe va mieux et ça, c'est déjà une petite victoire.

— Je vous ai gardé le meilleur pour la fin.

Tom jubile derrière ses lunettes fluorescentes. On dirait un gamin à qui on vient d'annoncer que Noël arrive en avance.

— J'ai contacté le fournisseur d'accès Internet de Victoire, pour identifier les adresses IP des sites visités ces derniers mois. Je me suis d'abord préparé à un boulot interminable pour éplucher son historique, mais ça a finalement été plutôt rapide.

Alexandre, pendu aux lèvres de Tom, sent bien que

l'informaticien se délecte du suspense qu'il entretient auprès de ses deux collègues.

— Accouche, Tom ! s'impatiente Marianne.

— C'est bon, j'y arrive ! Ça n'a pas été long, simplement parce que votre Victoire n'utilise pas souvent sa connexion Internet, elle est absente des réseaux sociaux et navigue peu sur les moteurs de recherche. À vrai dire, elle ne semble utiliser son accès Internet que dans un but unique.

— À savoir ?

— Rencontrer l'amour ! répond Tom, en souriant largement.

— D'accord et en quoi cette nouvelle te met-elle autant en joie ? l'interroge Marianne en haussant un sourcil.

— Parce que le site sur lequel Victoire se connecte des soirées entières est le même que celui sur lequel Justine Landroux a rencontré son mystérieux inconnu juste avant de disparaître.

Alexandre et Marianne échangent un regard. Effectivement, c'était une bonne nouvelle. Parmi les milliers de profils disponibles en ligne sur l'application de rencontre se trouvait certainement le monstre sanguinaire qu'ils traquaient depuis des mois.

Alexandre se lève d'un bond et commence à faire les cent pas.

— Tu avais fait les mêmes recherches sur les appareils des autres victimes ?

— Yes. Aucune n'était présente sur ce site Internet, mais elles étaient actives sur les réseaux sociaux. Toutes avaient une forte visibilité en ligne, d'une manière ou d'une autre.

— Tu as pu accéder aux conversations et aux profils des hommes avec qui Victoire a échangé ?

Tom secoue la tête.

— Sans les appareils de connexion, impossible. La

problématique est la même pour Justine Landroux, dont on n'a pas retrouvé le portable.

Alexandre s'arrête. Tour à tour, il regarde chacun de ses collègues. Insidieusement, l'électricité qui avait agité ses membres et son cerveau afflue vers son estomac, comme aspirée. Une boule de colère enfle dans son ventre. L'implosion est proche. La tension permanente qui l'anime vibre au gré des avancées de leur enquête. Aujourd'hui, il est sur le fil, il le sent.

Le contact frais de la main de sa collègue sur son bras le fait sursauter. Il ne l'avait même pas entendue se lever. Marianne le connaît, elle a senti la tempête approcher.

— On va y arriver, Alex. Respire.

Alexandre soupire. En face de lui, Tom s'est dégonflé comme un ballon, soufflé par le changement d'attitude de son supérieur.

— Ça va aller, chef, intervient l'informaticien. On est sur la bonne voie. Je vais étudier les profils des types inscrits sur le site. Avec un peu de chance, on va trouver ce connard comme ça.

Alexandre détourne le regard et se laisse tomber lourdement sur sa chaise. Ses émotions le tuent. Avec l'épuisement, ce sont les montagnes russes permanentes. L'espoir et les déceptions s'enchaînent dans une course sans fin, l'adrénaline pour seul carburant. Ses réserves s'amenuisent dangereusement.

— Évidemment qu'on va le choper.

Il se frotte le visage. Les rayons du soleil percent à travers la fenêtre et agressent ses yeux fatigués. Dieu qu'il a sommeil.

— J'espère juste que ça arrivera avant qu'on découvre le cadavre d'une autre fille.

Silence. Alexandre pose un regard las sur ses collègues.

— Je vais prendre quelques heures pour me reposer, ça

vaut mieux pour tout le monde. Tu avais autre chose pour nous, Tom ?

— Oui. Un détail curieux. Victoire a téléchargé quelques films, des classiques pour la plupart. Mais une petite dizaine d'entre eux sont des longs-métrages de films serbes, en version originale et sans sous-titres.

— Elle a voyagé en Serbie au moins une fois, elle pourrait être bilingue, suggère Marianne.

— C'est possible, répond Alexandre, songeur.

Un doute, soudain. Son regard s'éclaire.

— Ou peut-être que ces faux passeports permettent de dissimuler ses origines. Ça pourrait être sa langue maternelle.

39

Il lui a fracassé le nez. Encore. Des côtes probablement aussi. Chaque inspiration l'enserre comme un étau. Elle est en pièces, vaste mosaïque de douleur et de désespoir.

Depuis qu'il l'a rouée de coups, l'autre soir, son attitude a changé. Elle ressent chez lui une sorte d'apaisement qui n'a rien pour la rassurer.

Ses visites se sont multipliées. Le temps qu'il lui accorde s'étire infiniment, transformant chaque seconde en sa compagnie en une éternité de supplices. Justine avait passé ses premiers jours de captivité à ne rencontrer son bourreau que pour pallier ses besoins vitaux. À l'époque, elle aurait donné n'importe quoi pour passer moins de temps seule dans le noir. Finalement, elle préférait les ténèbres.

Fidel avait fait d'elle sa poupée, la manipulant à sa guise, sans la moindre opposition. Terrorisée à l'idée que le monstre qui l'avait battue ne refasse surface, elle n'ouvrait plus la bouche que lorsqu'il l'interrogeait. Elle répond quand il la questionne. Elle s'immobilise quand il la touche. Un pantin. Même ses yeux avaient cessé de supplier.

Assise dans l'obscurité, Justine rumine, son dos en miettes appuyé contre le mur rugueux et froid. Le film des visites sordides de Fidel tourne en boucle dans son cerveau fatigué. Chaque caresse posée sur sa peau est incrustée en elle comme une brûlure au fer blanc.

Parfois, elle fixe le mur d'en face. Elle s'imagine, se jetant de tout son poids, la tête la première. Combien de temps durerait son agonie, étendue sur le sol poussiéreux, le crâne en sang, attendant que la mort vienne enfin la cueillir ? Et s'il la découvrait gisant là, pas encore morte, plus tout à fait en vie ? Elle n'aurait même pas le droit de crever en paix.

Il a retrouvé le sourire de leur rencontre. Celui qui l'avait séduite, autrefois. Charmant et rassurant. Son regard, lui, ne trompe personne. Justine ne plonge dans ses yeux que lorsqu'il le lui demande. Alors, elle la voit. L'étincelle de folie. La jouissance profonde de la savoir soumise et apeurée transparaît dans ses iris noirs. Le démon n'est jamais loin.

Justine tente de bouger, un simple frémissement sur le matelas plastifié. La douleur lui coupe le souffle, lui arrachant un gémissement. Hier, lorsqu'il lui a permis de se rendre dans la salle de bains, sous la lumière crue du néon, elle a entraperçu les larges ecchymoses violettes qui lardent son corps, dessinant des ombres menaçantes sur chaque saillie osseuse, chaque muscle meurtri. Justine avait laissé échapper un sanglot, tandis qu'elle essayait vainement de nettoyer son corps abîmé. « Attends, laisse-moi faire... » avait murmuré Fidel avec douceur, tout près de son oreille. Il avait pris l'éponge entre ses doigts. Ses gestes avaient été minutieux. Lents, beaucoup trop lents. Elle avait senti le plaisir qu'il prenait à exercer une pression inutile sur ses hématomes. Elle avait entendu sa respiration s'accélérer tandis qu'elle avait suspendu son souffle, de peur et de douleur. Il l'avait lavée, encore et encore. Profitant de son corps nu et vulnérable. Elle était sienne. Elle aurait voulu mourir.

Le grincement familier de la porte, de l'autre côté du sas, la fait sursauter. Déjà. Il est de retour. Pourtant, il n'entre pas tout de suite. Elle l'entend s'affairer derrière la porte. Le bruit de ses pas s'éloigne, avant de revenir quelques secondes plus tard. Justine sent la pression monter encore d'un cran tandis qu'elle attend, impuissante. Le manège lui semble durer une éternité.

Enfin, le visage souriant apparaît derrière le petit hublot, réveillant en elle cet instinct de fuite désormais trop familier. La poignée s'abaisse dans un claquement métallique, amplifié par la résonance de la chambre nue. Il entre.

La phrase, prononcée à voix basse dans l'entrebâillement de la porte, achève de la tétaniser complètement.

— Ferme les yeux, j'ai une surprise !

Ces mots, elle les a déjà entendus. Le soir de leur rencontre, juste avant qu'il ne la frappe et ne l'emmène. Jamais elle n'aurait dû lui obéir. Pourtant, cette fois encore, Justine s'exécute. Elle sait ce qui arrive aux désobéissants. Tout, sauf le réveil du monstre. Alors, allongée sur son lit, elle presse fermement ses paupières les unes contre les autres. Fébrilement, elle attend, le souffle court, de découvrir à quelle sauce elle sera dévorée. *Dévorée*. Elle déglutit.

Il continue à s'agiter. Elle a beau réfléchir, analyser les sons qui lui parviennent, elle ne comprend pas ce que ce remue-ménage peut bien signifier. Le bruit du froissement d'une étoffe, des lueurs nouvelles derrière ses paupières. Une odeur épicée, étrangère, vient effleurer ses sens.

— Tu peux ouvrir les yeux.

Justine obéit. Quelques secondes s'écoulent en silence. Son cerveau tarde à raccrocher les wagons. La scène est surréaliste. Fidel se tient debout face à elle, toujours souriant. Il a revêtu les mêmes vêtements qu'il portait le soir de leur rencontre. Dans une main, il tient une rose rouge. Dans l'autre, un paquet cadeau aux couleurs irisées.

Au centre de sa prison, une élégante petite table est dressée pour le dîner. Une mise en scène.

Il s'avance vers elle. La pièce est éclairée par le flamboiement dansant des bougies qu'il a installées aux quatre coins de la pièce. Son ombre immense et menaçante progresse sur le mur à la lueur des flammes vacillantes.

Étouffant un gémissement, Justine se redresse. En trois enjambées, il la rejoint. Avec délicatesse, il lui tend la fleur. Son effluve délicat caresse ses narines. Justine, tentant de contrôler les tremblements qui agitent ses mains, s'en saisit. Elle voudrait lui crever les yeux avec, lui retirer ce sourire insensé à tout jamais. Il s'est assis sur le lit, à ses côtés. Trop proche. Justine le sait, il observe, analyse, se repaît de chacune de ses réactions.

— Tiens, ouvre-le.

Justine dépose la rose sur le lit. Le paquet glisse entre ses mains tremblantes. Une tache rouge luit à la surface du papier brillant. Sur l'index de Justine, une perle de sang roule lentement. Le regard de Fidel a changé.

— Voilà ce qui arrive, quand on ne prend pas garde aux épines, susurre-t-il avec un sourire gourmand.

D'un geste, il s'empare du poignet de Justine. Il lui fait mal. Tétanisée, elle l'observe porter le doigt blessé à ses lèvres et lécher la goutte écarlate qui s'en échappe avec avidité.

Lorsque enfin il lui rend son doigt, Justine est au bord du malaise. Elle va vomir. Elle n'a pas remarqué qu'il a libéré son étreinte. D'un sourire qu'il veut engageant, il l'invite à poursuivre l'ouverture de l'emballage cadeau. Justine cligne des yeux, tente de reprendre contact avec la réalité. Sous sa peau, le tissu satiné et léger lui fait l'effet d'un voile. Du rouge, encore. Elle déplie l'étoffe, révélant une robe à bretelles, toute en simplicité.

— J'ai pensé que tu aimerais te faire belle, lui dit-il de sa voix mélodieuse.

Belle ? Justine frissonne. À quel jeu sordide ce taré compte-t-il la préparer ?

Il sort une clef de sa poche et déverrouille son poignet. Il la prend par la main, l'entraînant vers le petit sas. Elle le suit, tentant de suivre le rythme d'un pas maladroit et chancelant. Par deux fois, elle manque de trébucher. Son corps avance. Sa tête hurle. La main de Fidel dans la sienne est comme un étau.

Sur la chaise, devant l'évier, une caisse l'attend, savamment préparée. Des produits de beauté, des serviettes propres, du savon. Un petit miroir est posé à même le sol.

Justine ne bouge pas. Fidel recule d'un pas pour se placer dans son dos. Elle sent son souffle chaud sur sa peau, un baiser déposé sur sa nuque. Elle réprime un frisson.

— Prends le temps qu'il te faut, je serai à côté.

Un bruit de pas, puis un deuxième. Elle attend que le silence se fasse derrière elle pour se retourner. Fidel est parti. Il a légèrement refermé la porte derrière lui, probablement pour lui laisser l'illusion d'un semblant d'intimité. Jamais il ne l'avait laissée seule dans cette pièce. Un piège. Il la teste. Elle observe avec convoitise la porte fermée derrière la volée de marches, celle-là même qui avait probablement le pouvoir de la mener à la liberté. Combien de temps cela lui prendrait-il pour vérifier qu'elle est bien verrouillée ? Et si elle bondissait sur la porte pour enfermer Fidel dans la geôle ? Piégée dans son corps brisé, elle sait qu'elle n'aurait pas la force de le devancer. Elle n'aurait qu'un seul essai. Il l'en empêcherait. Il est rapide. Plus fort, plus vif. Qu'arrivera-t-il une fois qu'il l'aura rattrapée ? Justine frémit à cette idée. Son seul espoir de survie, aujourd'hui encore, est dans la coopération.

Elle tourne le robinet. L'eau chaude ruisselle dans un clapotis réconfortant. Bientôt, la vapeur envahit l'espace étriqué.

Justine retire un à un ses vêtements poisseux. Les larges taches de sang séché ont donné un aspect cartonné au coton. Elle passe précautionneusement le gant de toilette chaud sur ses côtes douloureuses. Elle a maigri. Elle, qui mène une bataille de longue date contre ses rondeurs, sent ses os poindre sur ses flancs. Les heures passées sur son tapis de course à tenter de perdre ses quelques kilos superflus lui semblent bien loin à présent.

De l'autre côté de la porte, Fidel ne fait pas un bruit. Justine l'imagine, observant, tapi dans l'ombre, se délectant de l'état d'incompréhension dans lequel il l'a une fois de plus plongée. Pour la première fois, elle prend le temps de laver ses cheveux. Après tout, c'est lui qui lui a dit de prendre soin d'elle. L'eau brune qui s'écoule dans l'évier, mélange de sang, de poussière et de sueur lui arrache un haut-le-cœur. Mais les quelques minutes qui lui sont accordées sont précieuses. Justine n'est pas dupe, elle a compris comment Fidel fonctionnait. Il y aura un prix à payer pour ce cadeau qu'il lui fait. Donnant-donnant, avait-il dit.

Justine jette un regard hésitant au nécessaire à maquillage, puis au petit miroir à main posé sur le sol. Dans sa poitrine, son cœur s'est emballé. Elle tend la main et saisit l'objet du bout des doigts, observant son reflet pour la première fois depuis des semaines. La vision lui fait l'effet d'une gifle. Rien, dans l'expression désespérée que le miroir lui renvoie, ne lui rappelle la femme pétillante qu'elle était encore il y a peu. Son nez, tordu, forme un angle étrange, perdu dans l'océan violacé qui ceint ses pommettes gonflées. Sa lèvre, fendue en deux endroits et déformée en un rictus ridicule, accentue encore l'aspect grotesque de son nouveau visage.

Sa main tremble. Autour du manche, ses doigts sont livides. Elle voudrait détourner ses grands yeux bleus de ce visage défiguré qu'elle ne reconnaît pas, éclater son reflet contre le sol. Justine inspire profondément. Elle doit garder son calme, ravaler ses sanglots. Il la battra encore si elle faillit. Il ajoutera de nouvelles marques, de nouvelles cicatrices qui, toute sa vie, ou du moins ce qu'il en reste, lui rappelleront son asservissement.

Alors, comme à l'époque de sa vie d'avant, elle saisit pinceaux et crayons, mécaniquement. Le masque prend forme, tandis qu'elle maquille sa peau avec application. Le beige recouvre le bleu, le rose atténue le violet. Qu'importe la quantité de produits qu'elle pourrait étaler sur son visage meurtri, les traces de coups laissées par Fidel sont des souvenirs indélébiles gravés à jamais dans son âme.

La robe rouge glisse sur sa peau. Le tissu léger épouse ses formes, caresse ses hanches, dansant autour d'elle à chacun de ses pas. Le satin virevolte sur ses cuisses en répandant derrière elle une délicieuse odeur de lessive. *Elle est attirante.* L'idée qu'il ait choisi cette tenue pour elle ravive la nausée au fond de sa gorge.

Dans le petit panier, elle attrape un flacon de parfum dont elle imprègne son cou et ses poignets. La brume alcoolisée enflamme ses plaies encore béantes. Un sifflement de douleur s'échappe d'entre ses lèvres. Ce connard sait ce qu'il fait. La senteur florale ravive en elle le souvenir de son arrivée dans sa prison. Le parfum de rose était présent partout sur elle, à son réveil. L'odeur de son emprisonnement. Justine repose le petit flacon, les doigts crispés autour du verre.

Elle abaisse la tête et lisse la robe courte sur ses cuisses. Elle s'est préparée pour un rendez-vous. Presque.

Et maintenant ? Quel genre de plan tordu lui a-t-il encore réservé ?

Sartre disait que *l'enfer, c'est les autres*. Pour Justine, il a un nom. Le diable s'appelle Fidel et elle s'apprête à le rejoindre.

40

Il est toujours là. Immobile. En la voyant s'avancer, un large sourire fend sa mâchoire dessinée.

— Tu es magnifique, tu sais.

Une sensation familière, tenace, provoque un frisson chez Justine. Elle n'arrive pas vraiment à se l'expliquer, mais elle a le sentiment qu'il répète un texte, encore et encore. Son regard est en parfaite dissonance avec la chaleur de sa voix, mélodieuse et chantante. Ses yeux hypnotisent, ses mains frappent, sa langue caresse. Justine le sait, malgré le velouté de sa voix, aucune émotion sincère ne peut habiter une âme aussi noire.

Sur le seuil de la porte, elle attend les ordres. La peur de commettre un impair l'entrave plus sûrement que ses chaînes.

Il s'approche d'elle et, du plat de la main, repousse lentement le battant métallique. Le *clac* de fermeture résonne dans le crâne de Justine. Les tremblements menacent de la secouer à nouveau, gagnant inexorablement son corps, s'insinuant dans ses os, faisant tressauter ses muscles. Dans son dos, il jouit d'une toute-puissance jubilatoire. Elle sent sa présence menaçante, à quelques centimètres seulement. Ses poils se hérissent sur sa peau trop légèrement vêtue. Sans crier gare, deux mains puissantes viennent la saisir par les hanches, enlaçant sa taille avec plus de force que nécessaire. Lui aussi vibre. Fébrile. Il transpire l'excitation par chaque pore de sa peau. Elle sent son visage se glisser dans sa nuque offerte, fourrager ses cheveux et prendre de profondes inspirations pour s'enivrer du parfum de fleurs. Elle n'existe plus que pour lui, elle est un corps dont il se nourrit.

Justine, elle, n'a pas esquissé le moindre mouvement. Elle attend que l'orage passe. Ou que la foudre s'abatte.

— Tu te souviens de notre rencontre ? murmure-t-il contre sa peau.

Comment oublier ces quelques minutes qui ont fait basculer sa vie dans l'horreur ? Elle acquiesce.

— Oui.

La réponse, étranglée, est à peine audible. Pourtant, Justine a l'impression de l'avoir hurlée.

— J'ai un aveu à te faire, reprend-il en glissant une mèche de cheveux encore humide derrière l'oreille de Justine. J'ai l'impression de ne pas vraiment avoir fait les choses comme il le fallait, ce soir-là. J'aimerais beaucoup me rattraper.

Un putain de piège. Les ondes qui électrisent l'air autour d'elle ne lui disent rien qui vaille. À pas feutrés, il contourne Justine et se place à côté de la petite table. Il tire une chaise. D'un geste de la main, il l'invite à venir s'asseoir. Justine s'exécute. Son regard glisse malgré elle sur une caisse qu'il a dû déposer en arrivant tout à l'heure. Elle déglutit difficilement, se forçant à ne pas faire de suppositions quant à son contenu.

— Je sais que tu auras du mal à y croire, dit-il avec douceur, mais j'aimerais que tu te sentes bien, ici, avec moi.

Ses mots rampent jusqu'à elle, visqueux, collants, nauséabonds. Comment peut-il imaginer une seconde qu'elle puisse un jour ressentir autre chose que du dégoût, de la terreur et une haine absolue ?

— Que dirais-tu de repartir sur de nouvelles bases ? Je t'avais proposé de venir boire un verre chez moi, n'est-ce pas ? Alors… voilà !

Un sourire éclatant sur les lèvres, il écarte grand les bras, manifestement fier de sa mise en scène. Avec une nonchalance déconcertante, il se détourne d'elle et se penche sur la caisse posée près de la porte. Lorsqu'il se redresse, une bouteille aux reflets écarlates luit entre ses doigts, à la lueur des flammes.

— Je nous ai choisi un malbec, pour fêter notre deuxième premier rencard, dit-il avec un clin d'œil. C'est un vin argentin. J'espère que tu l'apprécieras autant que moi.

Justine l'observe, méfiante, ouvrir la bouteille et servir deux verres généreux à la robe rubis. Un reflet argenté attire son attention. Le tire-bouchon traîne sur la table, accessible. Justine retient son souffle. À nouveau, la possibilité d'une échappatoire effleure son esprit. L'image fugace de son corps se jetant en avant pour attraper l'objet et le planter dans la jugulaire de son bourreau la traverse comme un courant électrique. Tendre le bras, sauter, transpercer, vriller. Elle imagine les litres d'hémoglobine qui s'écouleraient par la blessure sanglante de son cou et ses yeux, suppliants, tandis qu'elle l'observerait se vider de sa substance. Alors elle lèverait son verre et trinquerait à la mort de ce bâtard.

— À nous ! dit-il en tendant son bras vers elle.

— À nous, répond-elle à voix basse, laissant à regret s'éloigner la vision de Fidel étendu dans une mare de son propre sang.

Leurs verres s'entrechoquent doucement, petit carillon de cristal dans le silence suffocant de la cave humide.

Sous le regard insistant de son geôlier, Justine porte le liquide à ses lèvres. L'âpreté du tanin vient réveiller ses papilles endormies depuis des jours.

Fidel repose son verre, un sourire satisfait accroché sur son beau visage. Justine s'apprête à l'imiter, mais, d'un geste sec, il l'interrompt.

— Bois, ordonne-t-il.

Les yeux de Justine s'agrandissent. Les mains jointes, il

attend qu'elle s'exécute. La gorge nouée, elle porte à nouveau le verre à ses lèvres, docile.

— J'imagine que tu as des questions à me poser, susurre-t-il de sa voix veloutée en se laissant aller contre le dossier de sa chaise.

Désarçonnée, Justine hésite. La peur de réveiller le monstre l'incite au silence. *Pourtant*... Et si la possibilité de comprendre ne se présentait plus jamais ? Son cœur s'accélère. Est-ce l'adrénaline ou le vin se frayant un chemin dans son estomac vide qui réveille en elle ce souffle d'audace insensé ? Elle sent la vie couler dans ses veines, son esprit plus vif. Le moment est-il venu de tenter quelque chose, *n'importe quoi* ?

De toute façon, c'est lui qui fixe les règles du jeu. Alors, autant jouer. Et, ce soir, manifestement, il a envie de parler. C'est toujours mieux que les coups.

— Pourquoi moi ? demande-t-elle, repoussant aussi loin que possible les trémolos de sa voix.

Du bout des doigts, Fidel joue avec le pied de son verre, faisant courir la pulpe de son index sur le bord fin. Le sourire qu'il lui sert habituellement a disparu. Il semble chercher ses mots.

— Parce que tu me rappelles quelqu'un.

Nouveau silence. Il a hésité, laissant sa phrase en suspens. Justine sent bien qu'il attend d'elle qu'elle l'interroge.

— Une femme ? Avec qui tu as eu une relation ?

Le regard insondable de Fidel fixe avec intensité ses yeux clairs. Brûlant, intrusif, dérangeant.

— La seule personne que j'ai aimée de tout mon être. Une petite fleur aux yeux bleus, fragile et désespérée.

La voix chantante s'est assombrie, teintée de mélancolie.

Fidel se lève sans un mot. À nouveau, il plonge dans la caisse, dans un bruit de vaisselle qui s'entrechoque. Il revient avec deux plats fumants qu'il dépose sur la nappe blanche. Justine reconnaît l'odeur d'épices qui s'en échappe et qui lui avait chatouillé les narines un peu plus tôt. Il leur sert à chacun une assiette copieuse, dont le fumet aromatique vient torturer l'abdomen vide de Justine. Elle avait presque oublié le supplice de la faim.

— C'est une *feijoada*, précise-t-il en désignant le ragoût de haricots. Un plat typique de mon pays. L'un des seuls souvenirs agréables que j'ai emportés quand j'ai quitté le Brésil.

— Pourquoi es-tu parti ?

— Parce que je vivais sous une montagne de merde. Et que j'aurais préféré tuer mes parents de mes propres mains plutôt que de continuer à les accompagner à la messe. Leurs bondieuseries me filaient la gerbe. Mange, c'est meilleur chaud.

Justine ne se fait pas prier. Le plat est généreux et réconfortant. Sous le regard satisfait de Fidel, elle enchaîne les coups de fourchette pour faire taire les cris rageurs de son estomac sous-alimenté depuis trop longtemps.

— Alors, qu'est-ce que tu en penses ? demande-t-il, désignant l'assiette du menton.

— C'est bon, concède-t-elle entre deux bouchées.

Puis, comme un instinct de survie, elle ajoute :

— Merci.

Fidel incline légèrement la tête vers elle, en gentleman bien élevé. L'air suffisant qu'il arbore est insupportable. Justine sent pourtant qu'elle doit continuer à nourrir les confidences, à flatter son ego.

— Comment s'appelle cette femme dont tu m'as parlé ?

Fidel s'essuie les lèvres avec sa serviette.

— Sasha. Elle s'appelait Sasha.

— Elle est partie ?

Justine a posé la question avec prudence, redoutant la réponse qu'elle pressent. Une nouvelle gorgée de vin glisse sur sa langue.

— Elle est morte, c'était il y a longtemps.

Fidel repose ses couverts et marque une pause. Trop longue. Un sourire étrange flotte sur ses lèvres.

— Je ne suis pas une ordure, tu sais, souffle-t-il enfin. J'ai tout fait pour la sauver, pour la ramener avec moi. Mais, lorsqu'on touche le brasier du bout des doigts, on ne revient jamais tout à fait intact.

Son regard se perd dans le visage de Justine, les pupilles légèrement dilatées. Justine retient son souffle.

— Moi non plus, je ne suis plus vraiment le même depuis. L'ancien moi s'est consumé avec elle, ce jour-là.

Ce n'est pas à elle qu'il adresse ces mots dénués de sens. Ses yeux la regardent sans la voir. Ses lèvres, elles, continuent de remuer sans que Justine n'entende le moindre son sortir de sa gorge. Un silence épais s'installe, seulement troublé par le crépitement d'une bougie.

Puis, sans prévenir, Fidel saisit sa fourchette et se remet à manger. Il mastique lentement, marmonnant des paroles inaudibles entre chaque bouchée. Justine le regarde, incrédule, tétanisée. L'homme est fou à lier. Pas un dément qui hurle, qui menace ou qui grogne. C'est bien pire. Il rappelle à Justine ces grands fauves qui présentent des troubles du comportement dans les zoos, enfermés dans des cages trop étroites. Le regard vide, éteint, malgré une énergie sauvage et destructrice qui effleure la surface. Fidel, comme elle, est prisonnier. Les murs de sa prison sont faits d'os et de chair. Il est le captif de sa propre tête.

Aussi soudainement qu'il s'en était éloigné, l'homme reprend contact avec la réalité de leur simulacre de dîner aux chandelles.

— Excuse-moi, j'étais ailleurs. Ça m'arrive, soupire-t-il. Je crois que je ne dors pas assez.

Le ton de la conversation est celui d'un moment entre amis. Improbable après l'instant surréaliste qui vient de s'écouler. Le sourire charmeur aux dents immaculées a refait surface. Justine le sent, il s'attend à un échange.

— Tu es insomniaque ? demande-t-elle.

— Non, pas vraiment, répond-il en buvant une nouvelle gorgée de vin. Mais j'ai un chat bruyant. Enfin, ce n'est pas vraiment le mien. Il réclame sa maîtresse. Je ne sais plus quoi faire pour qu'il la ferme. La nuit, c'est infernal.

La menace sous-jacente arrache un tressaillement à Justine. Elle doit garder le cap.

— Tu gardes le chat de quelqu'un d'autre ?

Fidel pose son verre, le fait lentement tourner entre ses doigts.

— En quelque sorte. Sa propriétaire est à l'hôpital. Il fallait bien que je m'en occupe.

Une ouverture. Justine hésite, elle ne sait pas vraiment si elle peut se permettre des doléances. Mais l'intimité du moment semble propice. Jamais il ne lui a semblé si accessible.

— Tu sais, j'ai un bon contact avec les animaux. Tu pourrais peut-être le laisser avec moi ? Ça me ferait de la compagnie. Et ça te permettrait de dormir en paix.

Elle a tenté d'imiter le ton détaché de Fidel. Au-delà de sa tentative de lui paraître sympathique, son chien lui manque cruellement. Une présence chaleureuse dans cet environnement sordide l'aiderait probablement à survivre au désespoir de sa situation. Le regard malicieux qu'il lui lance la conforte dans sa prise de risques.

— On dirait que tu commences à prendre goût à notre collaboration, je suis content de voir que tu te projettes enfin !

L'impact est brutal. Elle étouffe. Il ne la laissera jamais partir. Le sadisme de ses mots tombe dans son estomac comme un couperet.

— Bois, dit-il en remplissant à nouveau son verre. Je vais réfléchir à ta proposition, mais ce n'est pas une mauvaise idée. Je te l'avais dit, si tu m'aides, je t'aiderai.

Saisissant son verre, elle s'exécute, faisant glisser le liquide fruité sur sa langue. Elle entend le martèlement de son cœur battre dans ses tempes.

— Qu'est-ce que tu attends de moi ?

Sa voix n'est qu'un souffle. La colère, la peur et le sentiment d'injustice brouillent ses pensées.

— Ce que j'attends de toi, Justine ? Que tu disparaisses, tout simplement.

Il se lève, le bruit de ses pas résonne comme une marche funèbre. Il s'est placé derrière elle. Ses mains glissent sur ses épaules nues, frôlent sa gorge. Du bout des doigts, il joue avec les fines bretelles de sa robe.

— Je veux qu'il ne reste plus rien de toi, que ton expérience ici transforme le moindre de tes atomes. Je veux que tu deviennes ma nouvelle Sasha.

Fidel se penche en avant, sa voix murmurée glisse dans son oreille, envahit son esprit comme un poison.

— Et lorsqu'on aura réussi, Justine, on te baptisera à nouveau. Tu verras comme le soleil est beau et resplendissant, quand on a réussi à changer de peau. Un jour, tu comprendras que ta place n'était nulle part ailleurs qu'à mes côtés.

Il est toujours derrière elle. Sa voix est un murmure qui se perd contre les murs couverts de moisissures. Justine, des tréfonds de l'horreur dans laquelle il l'a plongée, est reconnaissante qu'il ne puisse voir son visage. Ses traits se sont figés en un masque de stupéfaction. Elle qui est habituée à manier les mots, n'arrive même plus à penser. L'alcool qu'il l'a forcée à ingurgiter ralentit ses réflexes et ses capacités d'analyse. Depuis des semaines, elle cherche un sens au tour que le destin a mis sur sa route. L'évidence est sans appel, elle va mourir pour rien. Cette rencontre, c'est sa pénitence pour avoir vécu quelques années de légèreté et d'insouciance. Elle est la proie d'un malade attendant un syndrome de Stockholm qui n'arrivera pas.

Il saisit le verre de Justine et le lui tend, l'observant avec attention le vider de son contenu une fois encore. Elle l'a englouti, presque sans s'en rendre compte.

L'ivresse la gagne franchement maintenant. Cela faisait bien longtemps qu'elle n'avait pas bu autant. Elle sent ses paupières plus lourdes, ses mouvements moins précis. Ses dernières forces l'ont quittée, emportant ses rêves et ses espoirs. Même sa peur semble s'éloigner un peu.

D'un mouvement leste, il l'a soulevée de terre et ramenée sur le petit lit. Elle lui en serait presque reconnaissante. Elle flotte quelque part au-dessus de son propre corps, la chaleur du vin serpentant dans ses veines comme un poison lent. Elle n'aspire qu'au sommeil et à l'oubli. Dans son dos, le souffle chaud sur son épaule nue vient réchauffer sa peau. Elle sent le matelas qui s'affaisse et entend les ressorts grincer sous un poids qui n'est pas le sien.

— Te souviens-tu de notre premier soir ? Te souviens-tu des projets que tu avais pour nous ? Des mots que tu as envoyés à Lucie ?

Ses mains glissent sur sa peau, soulèvent le tissu léger qui la recouvre à peine. Elle sent ses baisers pressés et sa langue effleurer son cou. Il est un serpent géant dont les anneaux se referment sur sa proie, anéantissant toute possibilité de fuite.

— Ça faisait tellement longtemps que je l'attendais… notre première nuit d'amour, souffle-t-il à son oreille.

41

Rio de Janeiro, 20 décembre 1992.

Les pieds de l'enfant, dans leur course effrénée, effleurent à peine le sol. Ses enjambées légères frappent la poussière brûlante, laissant dans son sillage des nuages de particules ocre en suspension. Son corps long et chétif se faufile entre les passants, comme un courant d'air. Il est invisible. C'est son plus grand talent.

L'atmosphère, particulièrement étouffante en ce début d'été, pénètre avec difficulté ses poumons douloureux. La température avoisine les 35 degrés Celsius, une situation rare en cette période de l'année. Le jeune garçon hâte encore un peu plus son pas. Le bruit sourd des cloches lui parvient, comme un avertissement. Devant lui, la haute pyramide apparaît enfin. La seconde d'inattention vaut à l'enfant une salve d'insultes, lancées par un cycliste surpris et vacillant pour garder l'équilibre sur la chaussée instable.

Une foule, regroupée sur le parvis, pénètre en une longue procession dans la cathédrale São Sebastião, fierté architecturale de la ville. L'édifice, bâti dans les années 1960 dans un style purement moderniste, se voulait avant-gardiste, savant mélange entre passé et présent. L'enfant, dont l'allure avait enfin commencé à ralentir à l'approche du bâtiment, n'avait qu'un seul mot pour qualifier la cathédrale. Moche. Ses murs de béton avalant la lumière comme une prison. Un tombeau de foi aveugle. L'enfant la haïssait. Ses parents, eux, lui vouaient un véritable culte. Son saint patron, São Sebastião, était le protecteur de la ville. Vénéré par ceux qui, comme eux, reconnaissaient en lui un porteur de paix et de prospérité. La mère du garçon, ayant failli passer de vie à trépas lors de sa mise au monde, avait été convaincue que São Sebastião s'était tenu à ses côtés, alors même que la lumière blanche lui était apparue. Elle avait toujours eu à cœur de raconter à qui voulait l'entendre que son fils, alors qu'elle vacillait entre la vie et la mort, avait été béni par le saint lui-même. En son honneur, on nomma l'enfant Sebastião.

Aujourd'hui, Sebastião n'a rien d'un enfant saint. Accroupi derrière un buisson, le souffle court, il essuie d'un revers de main la sueur qui ruisselle sur sa tempe. Sebastião jette un œil furtif à la petite troupe encore présente sur la place. Ses parents sont là, scrutant les alentours d'un regard inquiet. Le temps presse. Ses doigts fébriles retournent les poches élimées de son short. Le maigre trésor glisse sur le sol ; une dizaine de piécettes en cuivre qu'il regarde d'un air navré. Plongeant sa main sous son tee-shirt, il en ressort un portefeuille en cuir râpé, qu'il ouvre avec avidité avant de le retourner. À son maigre trésor, viennent s'ajouter deux billets froissés aux couleurs pastel. Sebastião passe un index rageur au fond des petites poches et observe avec déception le minuscule tas brillant à ses pieds. Il serre les dents. Il n'a pas le temps de s'apitoyer sur son faible butin. D'un geste rapide, il fait disparaître la petite somme dans la doublure de son short, avant de repousser le portefeuille au fond du buisson.

Sebastião se redresse, passant négligemment la main dans ses cheveux pour discipliner sa crinière de jais. Il avance d'un pas souple vers la place encore animée. Arrivé à sa hauteur, Sebastião pose une main sur le bras de sa mère, marchant avec légèreté à ses côtés pour faire taire le cliquetis des pièces dans son short crasseux. Elle lui adresse un sourire, las et fatigué, manifestement soulagée par l'apparition de son fils. Ses doigts osseux, entortillés autour d'un chapelet patiné, effleurent la joue de l'enfant. De toute sa hauteur, son père, lui, le dévisage avec méfiance.

C'était tout juste. Avec un grincement sonore, les lourdes portes se referment dans leur dos, leur laissant à peine le temps de prendre place à l'extrémité d'un banc en bois, au fond de l'immense espace.

Sa mère lisse sa jupe froissée sur ses genoux, tandis que son père tend le cou pour apercevoir le prêtre par-dessus l'océan de crânes qui se dresse devant lui.

Sebastião déteste la messe. Il ne concède sa présence que pour échapper aux sermons imposés par ses parents. Chaque seconde passée entre ces murs était une torture à abréger au plus vite. Ses parents, eux, espéraient qu'il finirait par accueillir la foi et qu'enfin, il emprunterait le droit chemin qu'ils espéraient pour lui. La vérité, c'était que les bigoteries de ses parents ne lui inspiraient que mépris et dégoût. Il entretenait à l'égard de leurs croyances une aversion qui, jour après jour, creusait le fossé de leur incompréhension mutuelle.

À onze ans, Sebastião était en passe d'intégrer l'un des réseaux de trafiquants de drogue les plus étendus de Morro da Providência, la favela dans laquelle il avait passé le plus clair de son existence. Son aptitude à se fondre dans le décor avait attiré l'attention de personnes dont la plupart des Brésiliens auraient préféré se tenir à bonne distance. Sebastião, lui, y avait vu une opportunité. La violence et le danger étaient une aubaine, en comparaison de l'avenir morne et pathétique que ses parents entrevoyaient pour lui. Plutôt mourir dans un règlement de comptes que de pousser la charrette de son vieux père dans le dédale des rues poussiéreuses. Plutôt la prison que la honte.

Son père tirait fierté de sa petite échoppe ambulante, dont

le carillon annonçait la venue aux habitants du quartier. Le sourire radieux et la moustache lustrée de M. José, comme l'avait surnommé le voisinage, sillonnaient les rues dans le cliquetis des casseroles et des ustensiles de cuisine qui s'entrechoquaient.

La mère de Sebastião était couturière pour le compte d'une grande maison. Embauchée illégalement dans l'un des nombreux « ateliers de misère » que comptait la ville, elle se satisfaisait néanmoins de gagner son maigre gagne-pain d'une manière qui n'entrait pas en contradiction avec les valeurs chrétiennes qui guidaient chacun de ses pas.

Un coup à l'arrière de sa tête réveille brusquement l'enfant. Terrassé par la fatigue, il s'est assoupi sur le banc inconfortable. À sa gauche, son père le fixe d'un regard noir, la moustache frémissante de colère. Qu'il ait passé la nuit à l'extérieur était une chose, qu'il n'écoute pas la messe en était une autre. Sebastião reporte son regard sur le chapeau de la femme assise devant lui, attendant en silence la fin de son calvaire. Il pourrait tuer son père s'il ne craignait pas que sa mère en meure de chagrin.

Sebastião avait rapidement compris qu'elle était différente. Il se souvenait des crises, du sang et des larmes qui avaient ponctué leur vie comme un métronome. Ses attaques de panique secouaient les murs de leur petite maison de tôle, alertant le voisinage et alimentant les rumeurs. Les lendemains difficiles, elle arpentait les ruelles étroites, le visage teinté de nuances de bleu des blessures qu'elle s'était elle-même infligées. Son père avait appris à étouffer les cris et à éviter les blessures les plus graves. Les coups répétés à la tête avaient-ils émoussé sa vivacité d'esprit, ou sa mère avait-elle toujours été plus lente que la moyenne ? Sebastião n'en sait rien. Ce dont il est persuadé, c'est que malgré tout l'amour qu'il lui porte, il ne parviendra jamais à se départir de la honte profonde que le regard vide de sa mère suscite chez lui.

Sa seule chance de salut, c'est de faire ses preuves auprès du gang qui l'a repéré. Ils lui ont promis qu'il pourrait quitter ses parents et que sa nouvelle famille, vaste rassemblement de truands et de marginaux, l'accueillerait à bras ouverts. Donnant-donnant, lui avait-on expliqué. Telle était la règle, dans les favelas. Rien n'était jamais gratuit. En attendant et jusqu'à ce qu'il puisse s'extirper de sa condition, il fallait continuer à faire le dos rond.

Comme si quelqu'un avait soudainement augmenté le volume, la rumeur des conversations vient tirer l'enfant de sa torpeur. La main de sa mère se pose sur son épaule, tandis qu'elle se lève à son tour. Sans un mot, Sebastião et ses parents se faufilent à l'extérieur de la cathédrale bondée, traversant rapidement le parvis pour s'extirper de la foule agglutinée devant l'entrée. Au loin, une voix fluette l'interpelle. De l'autre côté de la place, une fillette lui fait de grands signes de la main. Sebastião amorce un pas dans sa direction, lorsqu'une main ferme le rattrape par le bras.

— Je peux savoir où tu comptes repartir comme ça ? siffle son père entre ses dents, une pointe de menace dans la voix.

Il a sur le visage ce drôle de sourire dont il ne se sépare plus. En public, il est M. José, le jovial, l'affable, pas celui qui soupçonne son fils de s'adonner à des activités illégales.

L'enfant désigne la jeune fille du doigt.

— Je vais voir Carla, on va au port, à Gamboa. Avec sa sœur. Il fait trop chaud aujourd'hui !

Le père de Sebastião hésite, son regard oscille entre son fils et la jeune fille, quelques mètres plus loin. L'argument devrait faire mouche ; la grande sœur de Carla était une jeune très active à la paroisse, suffisamment pour mettre les parents de Sebastião dans un état de confiance relative.

Sa mère passe une main distraite dans les longs cheveux noirs de l'enfant.

— Il a raison, José, il fait chaud aujourd'hui.

Son père soupire, exaspéré. Le peu d'autorité dont il arrivait à faire preuve était trop souvent saboté par l'amour aveugle que sa femme portait à leur unique enfant. Une aubaine pour Sebastião, qui finissait constamment par avoir gain de cause. Saisissant les doigts frais de sa mère, Sebastião y dépose un baiser, comme un remerciement qui se passerait de mots. Sans jeter un œil à son père, il se détourne rapidement d'eux et traverse la place en se retenant de courir. Cette fois encore, il avait gagné quelques heures de liberté. Au diable ce foyer qu'il ne supportait plus.

Carla l'attend, un large sourire campé sur les lèvres.

— On y va ? la presse Sebastião avec impatience, sentant le regard insistant de son père dans son dos.

— Attends. Fernanda arrive.

En quelques enjambées, une jeune fille les rejoint. Une moue sérieuse assombrit son joli visage. Une poupée de porcelaine au teint caramel. Elle leur adresse un signe de tête discret pour inciter les deux enfants à avancer. D'un geste de la main, accompagné d'un sourire resplendissant, Fernanda salue les parents de Sebastião. Son père, quant à lui, les suit des yeux d'un regard soupçonneux.

— Dis donc, tu lui as fait quoi à ton père pour qu'il te regarde comme ça ? demande-t-elle en fourrant un chewing-gum dans sa bouche.

Sebastião secoue la tête, tandis que le trio traverse la rue d'un pas pressé.

— Il n'a pas besoin qu'on lui donne une bonne raison. C'est un con, c'est tout.

Fernanda se contente de la réponse, haussant les épaules. Devant Sebastião, ses longs cheveux bouclés viennent caresser la cambrure de son dos, au rythme de ses pas chaloupés. Fernanda a dix-sept ans et, déjà, une réputation qui la précède auprès des jeunes du quartier. Son implication dans les œuvres caritatives de l'église et son visage angélique avaient, pour l'instant, réussi à détourner l'attention des adultes de sa renommée sulfureuse. Ceux d'entre eux qui étaient au courant de ses activités clandestines se gardaient bien de crier sur les toits qu'ils avaient déjà eu recours aux talents de la jeune fille.

Enfin, l'adolescente pénètre dans une ruelle déserte et se hisse sur un muret bas pour s'y asseoir, laissant pendre dans le vide ses jambes nues. Quelques mètres plus loin, deux chats de gouttière s'affairent à explorer un sac-poubelle éventré. Avec la chaleur étouffante, l'odeur des détritus pourrissants s'est répandue dans la ville en une traînée nauséabonde.

Accroupie par terre, Carla fouille dans la poche de sa jupe et en sort une petite boîte. D'un geste assuré, elle racle les dernières miettes de tabac qu'elle parvient à rassembler dans un morceau de papier journal. Après quelques secondes d'intense concentration, Carla observe sa cigarette de fortune avec satisfaction.

— On attend quoi ? interroge Sebastião, en jetant un regard qu'il veut discret aux jambes fuselées de Fernanda.

— Vous, je ne sais pas. Moi, j'ai rendez-vous avec Lucas, répond l'adolescente en ouvrant un bouton de son chemisier. Alors, on fait comme d'habitude. Si on vous demande, on était ensemble et on s'est perdu de vue, OK ?

Parfait, Sebastião n'en attendait pas moins. Même s'il l'avoue, il aurait bien aimé lever le voile sur les mystérieuses activités de Fernanda.

À côté de lui, Carla a disparu derrière la fumée épaisse du papier journal, toussotant et crachotant. Les regards des deux enfants se croisent et, avec un hochement de tête, ils se remettent en route. À sa droite, Carla lui tend la cigarette. La première bouffée lui arrache une quinte de toux. Carla rit. Elle aussi a onze ans. Ils avaient grandi dans le même quartier, mais contrairement à Sebastião, Carla et Fernanda avaient eu la chance de s'extraire de leur condition. Leurs parents étaient à la tête d'un restaurant situé juste à la sortie du bidonville. Une affaire florissante qui leur avait permis d'élever un peu leur rang social et qui suscitait l'admiration parmi ceux qui avaient assisté à leur ascension. Carla avait pu être scolarisée. Leurs parents, happés par la montagne de travail que représentait leur entreprise, ignoraient tout des passe-temps de leurs filles. Malgré leurs efforts pour les intégrer au monde, les deux sœurs étaient restées des enfants sauvages. Parfois, Sebastião avait l'impression que leur vie d'avant leur manquait cruellement. Au fond de lui, il les comprenait. Faire la plonge n'était pas vraiment l'idée qu'il se faisait d'une vie d'aventure.

Ils marchent le long des quais animés et bruyants, se faufilant parmi les dockers et leurs chargements. À l'angle d'une rue, trois hommes en vert, coiffés de bérets, les suivent des yeux avec méfiance.

— Tu vas faire quoi, toi ? demande Sebastião à voix basse en esquivant le regard des agents portuaires.

— Je vais tuer des rats, répond la jeune fille d'un ton désinvolte. J'ai trouvé une épicerie où ils sont envahis.

Sebastião observe Carla. De par son insouciance et sa légèreté, elle est toujours apparue aux yeux de l'enfant comme la personne la moins adaptée aux favelas qu'il ait connue. Elle ne devait probablement sa survie qu'à l'instinct de protection qu'elle déclenchait chez tous ceux qui avaient déjà entendu son rire cristallin fendre la poussière.

— Le patron me donne dix cruzeiros par rat mort, poursuit-elle. J'ai le coup de main, maintenant. Et puis, je garde les bébés en vie. Il ne faudrait pas que je perde mon travail trop vite, ajoute-t-elle en souriant.

— Tu ne voudrais pas faire autre chose ? s'étonne Sebastião. Je suis sûr que tes parents te donneraient plus, au restaurant.

Dépenser autant d'énergie pour si peu de bénéfices était un concept qui échappait complètement au jeune garçon.

— Ils ne veulent pas que je travaille, bougonne-t-elle. Tout ce qui les intéresse, c'est que j'apprenne la lecture et les mathématiques. Je sais compter les pièces qu'on me donne, ça me suffit.

Carla soupire. Depuis toujours, elle nourrissait le rêve de quitter le Brésil par la mer, avec comme souhait le plus cher, celui de s'offrir son propre bateau. Sebastião imaginait sans peine que chaque piécette gagnée par cadavre de rat lui permettait de faire grandir son rêve autant que son porte-monnaie.

— Et toi, tu vas faire quoi ?

Sebastião ne répond pas. L'espace d'un instant, il se dit que ce serait agréable d'aller traquer des rongeurs avec Carla. Ils rigoleraient bien. Son visage de lutin au sourire espiègle lui rappelait leurs années d'insouciance, avant que le goût de la poussière ne vienne définitivement enterrer ses propres rêves.

Carla n'insiste pas. Il sait qu'elle se doute de ce à quoi il occupe ses journées depuis quelque temps. Même s'ils sont amis, Carla sait que certains secrets sont trop dangereux pour être partagés. Quelques rues plus loin, elle s'éloigne d'un pas léger, lui lançant un dernier sourire avant de disparaître dans la foule.

Sebastião presse son pas. Il lui faut trente minutes pour rallier Morro do Pinto, le quartier où l'attend son contact pour récupérer le maigre butin de la veille et lui confier sa mission du jour. Il devra peut-être faire le guet quelque part. Ou suivre quelqu'un, qui sait ? Mais ce que Sebastião préfère, c'est voler. Pas tant pour obtenir quelque chose qui ne lui appartient pas, non, plutôt pour le défi que cela représente. Voir sans être vu.

L'enfant réduit sa cadence. Son instinct l'invite à ralentir. Quelque chose dans le paysage n'est pas à sa place. Là, dans l'allée qui mène au bidonville, s'offre à lui la plus étrange des visions. Un homme, vêtu d'un élégant costume de lin clair, lui fait face. Au milieu des passants qui le dévisagent d'un air avide, l'homme ne semble gêné ni par la crasse ni par l'odeur pestilentielle. Des cheveux châtains dépassent de son panama blanc. Un étranger, sans aucun doute. Probablement égaré dans les ruelles tentaculaires de la ville. Son teint clair est celui d'un homme peu habitué aux violents rayons de soleil de la région. L'homme pose son regard olive sur Sebastião, avec, dans les yeux, une curiosité dont la signification échappe à l'enfant. Lentement, l'homme sort la main droite de sa poche. Quelque chose scintille entre ses doigts. Une grosse pièce. L'homme, immobile, continue de fixer l'enfant et, d'un geste du menton, désigne la rue adjacente pour l'inviter à le suivre. Une fraction de seconde, Sebastião hésite. L'étranger tient entre ses doigts une pièce de mille cruzeiros. Il en détient certainement plus. Ce sera un jeu d'enfant de les lui dérober. Et, si ça devait tourner mal, il suffirait d'un cri pour que le cartel rapplique et fasse la peau à l'inconnu.

Sebastião s'engage dans la ruelle. Sur ses talons, il sent que l'homme lui a emboîté le pas. La curiosité est forte, à présent. L'appât du gain aussi. En quelques minutes, l'enfant s'extrait du dédale des ruelles. L'étranger, toujours sur ses talons, le suit sans dire un mot. Enfin, Sebastião arrive sur une placette animée dont la fontaine centrale attire les enfants du quartier, venus profiter de sa fraîcheur. Il s'assied sur un banc à l'ombre, aussitôt rejoint par l'homme. En silence, tous deux s'imprègnent de l'agitation qui règne sur la petite place. Sebastião ne parlera pas le premier.

— Je t'ai observé, tu sais.

L'inconnu s'exprime dans un portugais parfait. Il pose sur le banc la pièce cuivrée et la pousse vers l'enfant.

— Je m'appelle Marius, je suis médecin. Et j'ai un travail pour toi.

« L'histoire jugera mes méthodes à l'aune de leur efficacité clinique. Pas selon vos dogmes ni vos protocoles figés. Aucune de vos décisions ne freinera mes recherches. Aucune sentence ne saurait briser mon élan. Lorsque l'on est habité par la conviction et la passion, on ne s'encombre pas de textes d'un autre temps. On crée. On magnifie. Gardez donc votre entre-soi et vos pratiques en décomposition. C'est mon nom que l'histoire retiendra, tandis que les vôtres glisseront dans l'oubli, avec toute l'indifférence qu'ils méritent. »

Compte-rendu d'audience — Conseil
de l'Ordre des médecins, mai 2004.
Déclaration finale du Dr Marius Clavin.

42

Avec application, Victoire saisit une page du livre entre ses doigts. Le geste lui demande une concentration excessive qui la frustre et l'exaspère. Malgré ses efforts et sa rééducation quotidienne, elle n'a constaté aucune amélioration de ce côté-là. Pour le moment.

Le gros ouvrage, en équilibre sur ses genoux, lui apporte néanmoins une source de satisfaction et pas des moindres. Ses capacités cognitives semblent préservées et ça, c'est une foutrement bonne nouvelle. Ligne après ligne, Victoire dévore les concepts et les théories avec une facilité inespérée. Les sujets abordés lui semblent familiers ; elle ne s'étonne ni des analyses, ni des études de cas décrits au fil des chapitres.

Elle referme le volume et en étudie une nouvelle fois la couverture. La photographie en noir et blanc d'un arbre majestueux domine le titre, sans équivoque, *Les Racines du traumatisme,* par le médecin psychiatre et auteur Marius Clavin. La pulpe de son index caresse le papier, traçant une ligne invisible le long du tronc gris. Elle donnerait cher pour pouvoir sortir humer l'air humide de la forêt.

Victoire comprend mieux pourquoi l'homme avait suscité le débat et la controverse en son temps. Les méthodes décrites pour traiter les traumatismes de ses patients sont loin d'être conventionnelles, voire abruptes, même pour un néophyte. Les quelques pages qu'elle vient de parcourir ont certainement dû interpeller plus d'un lecteur. Le chapitre décrit la reconstruction jouée d'un passage à tabac au cours d'une séance entre le psychiatre et un patient traumatisé. Les détails sont crus, les mots couchés sur le papier particulièrement rudes. Le médecin, lui, semble convaincu par les méthodes employées. « Vaincre le mal par le mal… » écrit-il. Une véritable philosophie, à en croire ses théories.

Sur la table de chevet, trois autres ouvrages du Dr Clavin, déposés par le psychologue, semblent traiter de thèmes analogues. Avec curiosité, Victoire saisit le premier de la pile, *Le Traitement par l'isolement*, pour en lire la quatrième de couverture. Le livre n'est plus de première jeunesse. Le médecin y dissèque des cas concrets de patients atteints de syndromes de stress post-traumatique, traités par des techniques hypnothérapeutiques et méditatives. Malgré la technicité des propos, Victoire est surprise de la vitesse avec laquelle son cerveau traite l'information.

Elle retourne le livre. Une photo de l'auteur, en bas de la page, retient son attention. L'homme doit avoir trente-cinq, quarante ans peut-être. La mâchoire carrée, le regard intense, il se dégage du petit portait l'assurance d'un homme à qui l'on ne refuse rien. Plus elle fixe le visage du psychiatre, moins elle arrive à se défaire de son sentiment de déjà-vu. Déjà lu, peut-être ? Réminiscence réelle ou nouveau tour joué par son imagination ? Il faudra qu'elle demande aux enquêteurs si elle possédait des livres de ce genre dans sa bibliothèque.

Un coup sec la tire brutalement de ses pensées.

— Entrez, lance-t-elle, distraite.

Le visage de Fidel Correra apparaît dans l'entrebâillement de la porte. Victoire ne saurait l'expliquer, mais ses entrailles se tordent étrangement devant le sourire éclatant de l'homme. Douloureusement, presque. Sans un bruit, il referme la porte derrière lui.

Après une brève hésitation, Victoire se lève. Ses jambes lui paraissent plus lourdes qu'elles ne le devraient. Elle parcourt les quelques mètres qui les séparent pour le saluer. Fidel n'a pas bougé. De toute sa hauteur, il l'observe s'avancer vers lui avec une drôle de lueur dans le regard. Plus elle s'en approche, plus elle sent qu'elle perd de sa contenance. Elle ne l'avait pas compris lors de leur précédente rencontre, mais l'homme l'intimide. Ce n'est pas tant sa taille ou ses prunelles profondes qui la déstabilisent. C'est une présence diffuse, une force sourde. Il dégage une aura qui s'étend tout autour de lui, comme l'orage qui s'apprête à éclater. À mesure qu'elle progresse, Victoire sent qu'elle pénètre dans une bulle invisible, aussi hostile qu'attirante. Même la composition de l'air semble différente au contact de l'homme.

Et puis, il y a ce doute qui ne la quitte plus depuis leur dernière discussion. La conviction absolue qu'il n'est pas complètement honnête dans sa démarche. Pour le moment, elle n'a pas trouvé de meilleure option que de jouer l'idiote à court de mémoire. Une idiote prudente. Peut-être finira-t-il par dévoiler ses véritables motivations s'il la pense suffisamment vulnérable. C'est ce qu'elle espère du moins.

Il saisit sa main de sa paume immense. Cette fois, le doute n'est plus permis ; il a prolongé l'instant deux secondes de plus que ce que les convenances sociales autorisent habituellement. Victoire retire ses doigts et recule d'un pas, masquant son trouble derrière un sourire poli.

— Eh bien, je ne m'attendais pas à vous revoir si vite, lance-t-elle avec une assurance feinte.

— Je passais dans le coin. Et puis, j'ai préféré revenir avant que vous n'ayez le temps d'oublier mon prénom.

Le cynisme de la plaisanterie la surprend et la force à sourire. Lui semble satisfait d'avoir fait mouche.

— Vous êtes drôlement sûr de vous, pour vous permettre de vous moquer d'une amnésique. On vous apprend ça, dans votre association ?

— Ne faites pas l'offusquée, c'était drôle.

Malgré les familiarités évidentes que se permet son visiteur, Victoire sent la pression retomber dans la petite chambre. Un bref instant, elle a l'impression d'avoir retrouvé un vieil ami. Des rides discrètes apparaissent au coin des yeux de Fidel, tandis que son sourire s'élargit.

— Comment allez-vous, Victoire ?

Le prénom est prononcé avec une insistance qui n'échappe pas à la jeune femme. Elle hésite.

— Je ne sais pas vraiment, admet-elle en s'asseyant au bord du lit. J'essaie de recoller les morceaux, comprendre qui j'étais. C'est excitant quand j'arrive à retrouver des pièces du puzzle, épuisant quand je tourne en rond.

Fidel prend place dans le fauteuil, face à elle.

— Et à quoi ressemble le puzzle, pour l'instant ?

Victoire l'observe. Son intérêt semble sincère. Il pourrait être là pour l'écouter, vraiment.

— À vrai dire, c'est flou, répond-elle. La police ne me dit quasiment rien. Je ne sais pas si on me protège ou si eux-mêmes naviguent à vue. Quant aux médecins… je suis avant tout un cas clinique intéressant. La Victoire d'avant ne les préoccupe pas vraiment. J'ai l'impression de flotter entre deux eaux.

— Les enquêteurs ne vous révèlent rien à propos de l'avancée de l'enquête ?

— En ce qui concerne mon agresseur, je ne sais même pas s'ils ont le début d'une piste. Pour ce qui est de mon identité… ils distribuent les informations au compte-gouttes.

Victoire marque une pause. Elle n'a encore livré à personne ses états d'âme. Elle aimerait vider son sac, une fois pour toutes.

— La seule vérité qui compte, c'est que je n'ai l'air de manquer à personne, crache-t-elle. Personne n'a signalé ma disparition. D'ailleurs, malgré l'appel à témoins et les détails qui ont été livrés dans la presse, aucun membre de ma famille ne s'est présenté pour me retrouver.

Elle lui a vomi sa rancœur au visage, sans reprendre son souffle. Victoire sent l'émotion la gagner. Fidel la regarde sans rien dire. Elle lui en est reconnaissante. Sa présence seule, aussi énigmatique qu'elle soit, suffit en cet instant. La plupart des gens s'évertuent à prodiguer conseils et réassurance, quand le silence est souvent le meilleur des soutiens. Elle le sait et, manifestement, lui aussi.

Est-ce de la pitié qu'elle perçoit dans les deux iris sombres qui la fixent ? Victoire ne saurait l'expliquer, mais il y a quelque chose de l'ordre de la gêne dans le regard qu'il pose sur elle.

— J'imagine que les réponses à vos questions vous parviendront en temps et en heure…

Fidel interrompt sa phrase, le regard inquiet. Sans crier gare, il se lève et se penche vers elle, la surplombant de sa hauteur. Elle a bloqué sa respiration, une fraction de seconde, en le voyant s'avancer ainsi ; juste le temps pour elle de comprendre ses intentions. Il tend le bras et attrape l'ouvrage posé sur son chevet.

— Où avez-vous trouvé ça ? l'interroge-t-il, les sourcils froncés, en désignant la pile de livres sur le chevet.

Son intonation la surprend ; surprise et un brin hostile. Le cœur de Victoire reprend peu à peu son rythme habituel.

— Ce sont des lectures que mon psychologue m'a proposées, répond-elle avec méfiance. Il pense que je pourrais trouver là-dedans des pistes de réflexion intéressantes. Vous connaissez ?

— Si je connais ?

Fidel tourne et retourne le volume dans sa main, un drôle d'air sur le visage. Il manie l'objet sans la moindre délicatesse.

— Étrange, comme la vie peut parfois nous jouer des tours, vous ne trouvez pas ?

Sa voix s'est perdue en un murmure. Victoire l'observe sans comprendre.

— Je connaissais bien cet homme, répond-il en secouant le livre, répondant à l'expression perplexe de Victoire. C'est un drôle de hasard que vous commenciez à étudier les théories du Dr Clavin au moment même où nous nous retrouvons.

Se retrouver ? Leur dernière rencontre remontait à quelques jours à peine. L'expression est étrangement choisie. Victoire sent que le cours de la conversation lui échappe peu à peu. Et pourtant… cette facilité dans les échanges, ce sentiment de déjà-vu, l'interroge. D'autant plus que Fidel semble mettre un point d'honneur à distiller les sous-entendus.

— Vous avez connu l'auteur ? reprend Victoire en désignant le livre.

— Oh, mieux que ça. Nous avons vécu ensemble.

Victoire ouvre de grands yeux, haussant les sourcils.

— Marius m'hébergeait depuis mon arrivée en France. Il m'a gracieusement pris sous son aile. Il m'a enseigné le français et m'a permis de m'instruire. J'ai beaucoup appris à son contact. Malheureusement, il est décédé il y a quelques semaines.

Il s'est détourné d'elle pour regarder en contrebas les visiteurs s'affairer sur le parking.

— Je suis désolée, je ne savais pas. Ça a dû être compliqué de perdre un être aussi cher, murmure-t-elle dans son dos.

— Il a été un véritable père de substitution pour moi, un maître à penser, en somme, répond-il en fixant la fenêtre. Je n'ai plus le moindre contact avec ma famille biologique, au Brésil. Sa mort a été un choc, évidemment.

Fidel était donc, lui aussi, à sa manière, un orphelin. Un abandonné par la vie. Victoire ressent un élan de compassion pour cet étranger qui est devenu, en quelques phrases, son seul ami.

— Mais cela faisait trop longtemps qu'il se dégradait. Il était rongé par un mal dont il ne parvenait pas à se défaire. Il s'est éteint à petit feu.

Victoire observe le portrait, sur la couverture de papier. Une grande tristesse l'envahit tandis qu'elle détaille les traits du médecin. Une tristesse insidieuse, profonde. Quelle sorte de dragon avait bien pu terrasser un esprit aussi vif ? Quels démons s'étaient mis sur la route de cet homme, capable d'ouvrir sa porte à un parfait étranger pour le sortir de la misère ?

Victoire se racle la gorge, pour se donner contenance. Fidel, s'il avait été si proche du psychiatre, pourrait peut-être l'éclairer sur les méthodes alternatives du médecin. Dans sa tentative de réhabilitation, toute aide serait la bienvenue. Même si cela nécessitait de sortir des sentiers battus.

— J'ai parcouru quelques chapitres, ses théories sont passionnantes, lance-t-elle d'un air admiratif. Il n'y allait pas par quatre chemins pour essayer de guérir ses patients. Son approche frontale a eu l'air de porter ses fruits.

— Il avait la certitude qu'une rupture psychologique majeure pouvait être la clef pour reconstruire l'esprit.

Fidel lui tourne toujours le dos. Le soleil brille fort, au-dehors. Les rayons du soleil baignent sa haute silhouette. À contre-jour, il dessine une ombre étrange et fascinante contre la fenêtre, dont les contours semblent coulés dans de l'or.

Il passe un doigt sur la surface vitrée.

— Prenez l'image d'une vitre fissurée, impossible à réparer. L'idée fondamentale de Marius était qu'il semblait plus simple de recoller des morceaux qui avaient volé en éclats que de chercher à colmater des brèches superficielles. Recréer une version plus forte, plus solide, à partir d'une nouvelle base.

Victoire attend la suite, avide. Quelque chose, pourtant, l'interroge.

— N'y a-t-il pas de risque de fragiliser la structure avec de telles méthodes ?

Fidel lui fait face, un sourire sans joie au coin des lèvres.

— C'est effectivement un risque... qu'il acceptait de courir. Il n'y a rien qu'il n'aurait réalisé pour aller au bout de sa théorie.

— Vous avez dû avoir des conversations passionnantes. Vouer sa vie à essayer de comprendre les tréfonds de l'âme humaine... c'est quelque chose.

— J'ai assisté à certaines de ses séances. Marius me présentait comme son stagiaire. Les patients n'y voyaient pas d'inconvénients. Je m'asseyais au fond de la pièce et je prenais des notes, j'observais. J'étais son petit assistant, en quelque sorte.

Son expression s'est teintée d'un soupçon de nostalgie. Elle le sait, le film de ces bribes de souvenirs défile dans sa tête. Elle aussi parvient sans peine à imaginer la scène. À vrai dire, elle est surprise par la vitesse à laquelle galope son imagination. Dans son esprit, le petit garçon aux cheveux noirs est assis au fond d'un bureau élégant, un carnet à la reliure de cuir rouge sur les genoux. Le médecin, lui, s'adresse à quelqu'un qu'elle ne peut pas voir. Il chante, ou plutôt, il vibre. Lui aussi tient quelque chose entre les mains. Une photo. Victoire a beau se concentrer, elle est incapable de visualiser le visage, sur la photographie. En fait, plus elle l'observe, plus les traits lui échappent. Pourtant, quelque chose gratte à l'arrière de sa tête, comme pour lui rappeler l'importance de ne pas quitter le portrait des yeux. Des cliquetis et des raclements labourent sa boîte crânienne. À présent, c'est son corps tout entier qui tremble, au rythme des sons qui s'échappent de la gorge du médecin. Elle est allongée par terre. Ses yeux fixent le petit garçon au fond de la pièce.

Lorsque Victoire revient à elle, elle est allongée sur le sol de sa chambre. Sa tête repose sur la cuisse de Fidel, qui la regarde avec curiosité.

— Un souvenir ?

Victoire se redresse et frotte son front, du plat de la main. Elle constate que malgré son malaise, Fidel n'a pas jugé utile d'alerter les infirmières. Cela l'arrange autant que cela l'inquiète.

Comment pouvait-elle avoir le souvenir d'une séance entre le psychiatre et un patient ? Son cerveau était-il devenu tellement suggestible et perméable qu'il s'appropriait dorénavant la mémoire des autres ?

— Je l'ignore, ça semblait tellement réel.

— Qu'avez-vous vu, Victoire ?

La question ressemble à une injonction.

— Vous, il y a longtemps. J'étais présente avec vous lors d'une séance avec le Dr Clavin.

Son regard la transperce. Elle le dévisage sans comprendre. En cet instant, assis sur le sol de la chambre d'hôpital, eux aussi ressemblent à des enfants.

Un sourire en coin, espiègle, glisse sur ses traits.

— Et si je vous proposais de m'accompagner jusqu'au bureau de Marius ? Peut-être y trouverons-nous quelques pièces de votre puzzle ?

La question la foudroie. Victoire ne répond pas immédiatement. Malgré la crainte qu'il lui inspire, Fidel est la première personne qui semble disposée à lui livrer les indices précieux dont elle a besoin.

Elle le sait, elle n'a d'autre choix que de suivre les cailloux blancs laissés par ce drôle de Petit Poucet. Elle espère juste que l'ogre ne l'attend pas au bout du chemin.

43

Trieste, frontière slovène, novembre 1993.

À bord de la Peugeot 405, Sebastian décolle de son siège au rythme des nids-de-poule qui jalonnent la chaussée. Acheté à un revendeur juste avant le passage de la frontière italienne, le véhicule n'est pas des plus reluisants et ses suspensions laissent clairement à désirer. Les tissus sont encore imprégnés de l'odeur de poussière de son ancien propriétaire et l'adolescent doit sans cesse réajuster sa position pour esquiver les ressorts qui dépassent sournoisement de son siège.

Au volant, Marius garde le regard fixé sur la route, concentré, silencieux. D'ailleurs, il n'a plus décroché un mot depuis leur départ de Milan, à l'aube. Avait-il affiché cette même détermination, un an auparavant, en posant le pied au Brésil ?

Sebastian détourne les yeux vers le paysage qui défile à travers la fenêtre crasseuse. Cette fois encore, il a suivi Marius, animé par une confiance aveugle. Les explications finiront bien par arriver.

Sebastian avait abandonné son *ão* derrière lui, sur le tarmac de l'aéroport de Rio, comme un souvenir d'une vie qu'il préférait taire. Les prénoms originaux attirent les questions, les questions obligent aux réponses. Sebastian préfère le silence et de loin.

Derrière les immenses terres agricoles, s'étendant sur des kilomètres à la ronde, les premiers contreforts des Alpes juliennes, largement recouverts de forêts de conifères, imposent toute leur austérité. La météo ici n'est pas si différente de celle qu'ils ont laissée derrière eux, en France, quelques heures auparavant. Sebastian lève les yeux vers le ciel gris et bas d'un air morose. Parmi tous les défis qui s'étaient imposés à lui, en quittant son pays natal, c'était le temps qui l'avait le plus affecté. Le soleil brûlant lui manquait. L'air marin aussi. Pourtant, pour rien au monde il n'aurait souhaité traverser à nouveau l'Atlantique.

Marius avait passé quelques jours à ses côtés, à Rio. Il n'avait pas eu besoin de grands discours pour le convaincre. Sebastião avait immédiatement compris que le médecin représentait la chance de salut qu'il attendait depuis toujours. Peu importait le travail qu'il voulait lui confier, Sebastião était prêt. Lui, le garçon invisible de la rue, avait été choisi pour assister le psychiatre dans sa quête de savoir. Cela avait eu de quoi nourrir ses idées de grandeur.

Marius avait répondu à toutes ses interrogations, sans tabou ni langue de bois. Il s'était adressé à lui, d'homme à homme, car il avait compris que les chemins que Sebastião avait dû emprunter pour survivre l'avaient fait grandir bien plus vite qu'il n'aurait dû. Chaque jour, plusieurs heures durant, ils s'étaient retrouvés sur le petit banc, près de la fontaine. Marius avait des questions à lui poser. Des tas de questions. Était-il heureux ? Mangeait-il à sa faim ? Avait-il été battu ? Prostitué ? Avait-il déjà vu la mort ? Sebastião répondait sans ciller, son regard noir planté dans celui du médecin avec un air de défi. Marius remplissait les pages de son carnet des anecdotes de la vie de l'enfant, dans les favelas. Leurs entretiens se terminaient tous de la même manière. Marius déposait dans la petite main une grosse pièce de cuivre et tous deux se séparaient en se donnant rendez-vous le lendemain. Et, chaque soir, Sebastião repartait, partagé entre l'impatience de retrouver l'étranger et la crainte que leur prochaine rencontre ne soit la dernière.

Le cinquième jour, cependant, Marius n'avait pas sorti de pièce de sa poche. Il avait rangé son carnet dans sa sacoche en cuir et avait fixé Sebastião, avec, dans les yeux, une lueur de convoitise qui n'avait pas échappé à l'enfant.

— Tu vas venir avec moi, en France, avait-il déclaré. Je t'apprendrai ma langue et tu ne manqueras de rien. J'ai besoin de quelqu'un d'intelligent et de vif, comme toi, pour m'assister dans mon travail.

L'homme n'avait pas douté un instant de la réponse de l'enfant. D'ailleurs, il n'avait même pas pris la peine de s'embarrasser d'une question. Sebastião avait fixé, impassible, la fontaine et les pigeons qui venaient s'abreuver au ruissellement le long de ses parois de pierre. S'il n'avait pas été privé de joie pendant tant d'années, il aurait certainement été envahi par un énorme bonheur à l'annonce de son départ. Sebastião avait perdu l'habitude de ressentir autre chose que du dégoût et de l'ennui. Pourtant, dans sa poitrine, son cœur dansait la salsa. Une excitation nouvelle secouait ses entrailles. Il en avait le tournis. Il allait partir. Quitter pour toujours Moro da Providência et son odeur de merde qui le poursuivait partout où il allait. Il serait libre. Un rapide pincement l'avait surpris, lorsque le visage de sa mère avait surgi dans son esprit, furtif, aussitôt chassé par la voix profonde de Marius.

— Nous prendrons l'avion et pour cela, il te faudra des papiers. Tu connais les gens qu'il faut contacter pour ce genre de choses. Arrange-toi pour que je puisse les rencontrer.

Le jeune garçon avait obéi, comme habité par un nouvel élan de vie. Il n'eut aucun mal à trouver un gars qui s'était chargé de lui donner une nouvelle identité et de falsifier des documents d'adoption. Marius n'avait pas bronché devant le montant astronomique que le faussaire, flairant le bon filon, lui avait réclamé.

Ainsi, Sebastião avait embrassé une dernière fois sa mère et, sans se retourner, avait laissé derrière lui Carla, la cambrure de Fernanda, les plages de sable fin et la favela de son enfance.

* * *

Un choc soudain le propulse légèrement vers l'avant, arrachant Sebastian à ses souvenirs. Le moteur toussote, puis se tait. La Peugeot s'immobilise enfin. L'adolescent jette un œil au-dehors. Le véhicule est garé sur un parking de terre battue, à la sortie d'une petite ville. Un bâtiment austère aux murs nus s'élève devant eux.

Le médecin a déjà claqué la porte derrière lui. Sebastian l'imite, s'extirpe de la voiture et s'étire longuement. La nuit dans l'habitacle au confort sommaire avait ankylosé ses articulations et endolori ses muscles. Marius, lui, s'est déjà mis en mouvement. Les nombreuses heures passées derrière le volant semblent déjà envolées. D'un pas pressé, il se dirige droit vers la porte du bâtiment qui leur fait face.

Le café, d'inspiration communiste, est animé. Les conversations vont bon train au milieu des cliquetis des couverts et des bruits sourds des verres qu'on entrechoque. Marius échange quelques mots en anglais avec le serveur avant de se diriger vers une table dans le coin de la pièce. L'enfant lui emboîte le pas.

La pièce est sombre. La couverture nuageuse, dehors, plonge l'endroit dans une pénombre que les petites lampes aux ampoules fatiguées peinent à dissiper. Quelques secondes après s'être installés, une femme aux joues rondes et aux dents mal alignées dépose devant eux deux assiettes généreuses, dans lesquelles de gros morceaux de viande flottent dans une soupe marron. L'odeur réconfortante évoque à

Sebastian les ragoûts de sa mère, mijotés des heures durant sur la gazinière branlante.

L'homme et le garçon mangent en silence, noyés dans le brouhaha des éclats de voix. À leur droite, trois hommes en uniformes bleus gesticulent en slovène. Ils parlent fort, rient parfois, agitant leurs mains immenses, calleuses et noircies.

Enfin, au bout de quelques minutes, Marius pose ses couverts et s'essuie la bouche avec sa serviette.

— Il est temps que tu m'aides à passer au niveau supérieur, Sebastian.

L'adolescent arrête de mâcher, la fourchette suspendue quelques centimètres au-dessus de son assiette. Le médecin a détaché chacune de ses syllabes, son regard perçant vrillé sur Sebastian.

— Ta coopération et ton obéissance seront capitales, poursuit Marius. Je ne tolèrerai aucune hésitation. Tu m'as bien compris ?

Sebastian hoche la tête avec fébrilité, réprimant un frisson d'excitation. Pourquoi Marius se montre-t-il aussi insistant ? L'adolescent le sait autoritaire, mais il pense avoir démontré par le passé qu'il était capable d'exécuter les ordres sans les contester.

— Quand ? lâche-t-il.

— Demain, répond Marius en replongeant dans son assiette. Nous arriverons à Novi Sad dans quelques heures.

* * *

De retour dans la voiture, le regard du jeune homme se perd à nouveau au-dehors. La nuit est tombée. Les phares balaient la route cabossée. Sebastian regarde sans les voir les ombres fantomatiques projetées sur les bas-côtés. Une idée fixe l'obsède, entêtante.

Le niveau supérieur, enfin.

44

Mardi, 10 h 20. Sur la route qui serpente vers le refuge, Alexandre monte le son de la radio. *Creep*, de Radiohead, emplit l'habitacle. Il bat discrètement la mesure du pied et fredonne entre ses dents, savourant le paysage. Les récentes pluies torrentielles qui se sont abattues sur la région ont ravivé tout l'éclat de la forêt. L'écrin de verdure scintille sous les assauts des rayons du soleil. Une brise tiède s'engouffre par la fenêtre entrouverte.

Au volant, Marianne n'a l'air ni d'humeur à pousser la chansonnette, ni à s'extasier devant les couleurs chatoyantes des bois. Ses ongles pianotent sur le volant avec nervosité. Alexandre connaît cette gestuelle. Ce n'est pas de très bon augure. Ses soupçons se confirment lorsqu'elle dégaine un paquet de chewing-gums de sa portière, en déchire le papier avec exaspération et glisse trois dragées sur sa langue. Bingo. Une énième tentative de sevrage nicotinique. Le policier sent naître une pointe d'inquiétude. Il marche sur des œufs.

— Ça va ? demande-t-il prudemment en diminuant le volume.

— Mmh, lui répond-elle sans quitter la route des yeux.

— Des soucis ?

— Non. Ça va. J'espère juste qu'on ne fait pas tout ce chemin pour rien. Cet endroit est complètement paumé. Et glauque, soit dit en passant.

L'intuition d'Alexandre était bonne, il tente un brin d'ironie.

— Les animaux t'angoissent à ce point ?

Elle lui lance un regard assassin.

— Ça pue là-dedans, rétorque-t-elle sèchement. Mais ce n'est pas ça, le problème. Sérieusement, je peux savoir comment tu comptes interroger un mec muet et, qui plus est, souffrant d'un retard mental ?

Un silence s'installe entre les deux enquêteurs. Alexandre fixe le profil de sa collègue, stupéfait. C'était elle qui avait suggéré de revenir pour interroger Tony.

— J'ai peur que les réponses soient trop bancales pour être exploitables, poursuit-elle. Si le gars est sous tutelle et qu'on se fait choper en train de le cuisiner sans autorisation, on ne pourra rien présenter à un juge.

Il était donc là, le problème. Les procédures. Alexandre se laisse aller contre son siège en s'étirant.

— Fais-moi confiance, j'ai un bon pressentiment.

— Super, madame Irma, nous voilà sauvés, réplique Marianne avec rudesse. Moi, je te dis qu'on n'a pas assez anticipé. On aurait dû reporter.

— Aie confiance en mes talents d'improvisation…

— Non, Alexandre, le coupe-t-elle aussitôt. C'est loin d'être un don. Tu as juste un énorme poil dans la main qui t'empêche de te préparer convenablement. Heureusement que ton insupportable nonchalance est compensée par un cul sacrément bordé de nouilles.

Pan. Alexandre attrape la balle perdue à la volée. La remarque lancée par sa collègue ne l'atteint pas vraiment. Ce qui l'inquiète, ce n'est pas la pique en elle-même, mais l'état d'esprit de sa collègue avant leur entrevue avec Tony.

Alexandre a déjà eu affaire à du public en situation de handicap par le passé. Son père avait passé quelques mois dans un centre médicalisé, après le diagnostic de son Alzheimer précoce. La maladie avait surgi dans leurs vies trop tôt, trop vite. Combien de nuits avait-il passées à errer dans le village de ses parents, lampe de poche au poing, avant de retrouver son père à moitié nu et déambulant dans les rues désertes ? Il avait fini par installer un matelas devant la porte de leur chambre, campant pour éviter au fugueur de se blesser lors de ses pérégrinations nocturnes. L'homme qu'il admirait s'était évanoui dans un brouillard d'oubli, ombre perdue entre deux époques.

Le point de non-retour avait été atteint le jour où le patriarche avait giflé sa mère, alors qu'elle tentait de l'aider à se relever d'une chute. Ce jour-là, ils avaient compris. La décision de placement avait été un déchirement. Ni Alexandre ni sa mère n'avaient jamais évoqué le soulagement éprouvé lorsqu'il avait quitté la maison.

Alexandre avait alors découvert le monde du handicap. D'abord les cris, les odeurs qui agressent et les regards absents. Les allers-retours s'étaient multipliés. Avec le temps, les sens d'Alexandre étaient devenus moins sensibles. Les grimaces s'étaient transformées en sourires. Certains usagers de l'unité dans laquelle vivait son père étaient devenus des connaissances, qu'il saluait avec plaisir lors de ses visites hebdomadaires. Il avait appris, entre ces murs, que la confiance était fragile. Difficile à acquérir et pourtant si facile à perdre.

Tout était une question d'équilibre. Alexandre adresse une prière muette, formant le vœu que les manières frontales de Marianne ne réduisent pas à néant leurs chances d'obtenir des réponses. Aussi laisse-t-il le reste du chemin se dérouler en silence, espérant que sa collègue profite des quelques minutes qu'il leur reste pour redescendre en tension.

* * *

L'endroit est d'un calme presque irréel aujourd'hui. L'atmosphère oppressante de l'autre jour s'est dissipée, sans le martèlement de la pluie et les hurlements des chiens. Au grand soulagement d'Alexandre, Marianne a cessé de soupirer. Son visage, toujours trop sérieux, est marqué par la concentration.

Les bâtiments blancs se dessinent clairement dans la lumière pâle qui filtre au travers de la cime des arbres. Il n'avait pas vraiment pris le temps de les observer, la dernière fois, trop occupé à ne pas finir noyé sous les trombes d'eau. Des rosiers grimpants aux fleurs couleur crème enserrent la façade, tandis que des massifs de campanules bordent les allées, prodiguant au refuge un air de chaumière de vacances.

— On se sépare pour jeter un œil ? propose Marianne à voix basse en s'approchant de la porte d'entrée.

Alexandre tourne la tête vers elle, surpris. *Jeter un œil*, tel qu'il l'entend, flirte avec la limite de la procédure. Mais, avant d'avoir eu le temps de confronter sa collègue à ses incohérences, elle tourne les talons et disparaît à l'angle d'un mur. Alexandre esquisse un sourire. Au moins semble-t-elle avoir laissé sa mauvaise humeur dans la voiture. Malgré tout, il espère secrètement qu'il tombera sur Tony avant elle.

D'un pas léger, il longe le mur, attentif aux crissements du gravier sous ses chaussures. Tony devrait se trouver seul avec sa nouvelle collègue, ce matin. Et, effectivement il aperçoit, quelques mètres plus loin, la jeune femme affairée à plier des serviettes dans une petite buanderie. Alexandre parcourt quelques pas de plus, quand un claquement de porte soudain l'oblige à porter son regard sur la droite. Son cœur bondit dans sa poitrine. À l'autre bout du parking, Tony vient de sortir de chez lui en poussant une brouette de sa démarche claudicante. L'homme ne semble pas avoir remarqué la présence d'Alexandre, trop concentré à ne pas répandre le contenu de la brouette branlante sur le sol. Le policier longe le mur avec précaution, retenant son souffle.

Il est capital qu'il puisse s'entretenir seul à seul avec Tony. L'homme est-il suffisamment déséquilibré pour être mêlé de près ou de loin aux disparitions de la forêt de Chaux ? Après tout, il avait suivi certains clients du refuge, les avait épiés jusque dans l'intimité de leurs foyers. Jusqu'où était-il allé, au nom de son obsession pour ses petits protégés ?

Arrivé à l'angle du mur, Alexandre ralentit. Tony est à quelques mètres, occupé à vider son chargement dans de grands bacs bleus. Vu d'ici, son dos semble étrangement cabossé, tordu en un angle défiant toute logique anatomique. Malgré sa jambe raide et sa silhouette asymétrique, l'homme dégage une puissance physique indéniable. Ses gestes sont rapides et précis. Une ardoise pend contre sa cuisse, attachée à sa ceinture par une cordelette.

Alexandre s'apprête à s'avancer quand un mouvement discret sur sa gauche attire son regard. Accroupie derrière leur voiture banalisée, Marianne gesticule pour capter son attention. Du doigt, elle pointe successivement Tony, le refuge, puis elle-même avant de désigner l'appartement du soigneur. Alexandre fronce les sourcils. Marianne était une *aficionada* des procédures bien exécutées. Leur enquête devait avoir mis ses nerfs à rude épreuve pour qu'elle en vienne à contourner le règlement. Alexandre acquiesce d'un signe de tête, sans chercher à masquer sa surprise. Il réprime un sourire. La fin justifie les moyens… Et sous pression, même Marianne semble l'avoir compris. De toute façon, leur chef ne leur avait-il pas donné carte blanche pour retrouver la fille du préfet dans les meilleurs délais ? Et puis, aucun juge d'instruction ne leur aurait délivré de mandat de perquisition en l'absence d'éléments plus concrets. Au moins Marianne lui laissera le champ libre pour mener son interrogatoire, le temps pour elle de jeter un œil au studio de Tony.

Alexandre recule de quelques pas et se racle la gorge pour ne pas effrayer l'employé. L'homme se fige un instant.

Lorsqu'il se redresse, il tourne vers lui son visage aux contours irréguliers.

— Bonjour, excusez-moi de vous déranger. Élisabeth est là ?

Prêcher le faux pour savoir le vrai. L'homme secoue lentement la tête en observant Alexandre d'un air impassible. Sa face, burinée par le soleil, est creusée de rides profondes qui contrastent avec ses traits juvéniles. Mais, ce qui trouble Alexandre, ce n'est pas tant l'aspect de l'homme que son attitude de défiance. Il s'attendait à une réaction craintive de la part de celui qu'on lui avait décrit comme la mascotte du refuge. Le regard de glace qu'il reçoit à la place le désarçonne un instant.

— Vous vous appelez Tony, c'est ça ? Je suis le lieutenant Alexandre Ravoski. Je suis passé la semaine dernière. J'enquête sur la disparition d'animaux. Certains sont peut-être passés par votre refuge.

L'information est en partie correcte. Alexandre espère qu'elle lui permettra d'une part de noyer le poisson et d'autre part de s'attirer les faveurs de l'homme qui lui a été présenté comme un fervent protecteur des bêtes de tous poils.

Tony le jauge un instant, puis hoche lentement la tête. Le policier le sent, quelque chose cloche. Tony n'est pas dupe. Il s'était préparé à découvrir un homme mentalement diminué. Pourtant, dans ce regard qui le scrute, il perçoit une intelligence à laquelle il ne s'attendait pas.

— Pourrions-nous entrer ? J'aimerais vous poser quelques questions.

Dans une invitation silencieuse, l'homme dépose sur le sol le bac qu'il tient entre ses grandes mains calleuses et, sans un regard pour le policier, pénètre dans le bâtiment voisin. Alexandre lui emboîte le pas. La pièce est une grande remise dans laquelle est stocké un mélange hétéroclite d'outils, d'affiches, de matériel spécialisé et de produits d'entretien.

— Vous devez avoir beaucoup de travail, lance Alexandre d'un ton plus fort que nécessaire. Votre collègue m'a expliqué à quel point vous étiez indispensable au bon fonctionnement du centre.

Tony ne le regarde pas. Il plonge la main dans une poche de son pantalon de travail et en tire un feutre. Alexandre l'observe griffonner maladroitement quelques lettres sur son ardoise avant de lui mettre la plaque sous le nez. Le sens des mots, écrits en phonétique d'une main hésitante, tarde à faire son chemin jusqu'à l'esprit d'Alexandre.

Je sais pourquoi vous êtes là.

* * *

Le fouineur est revenu fouiner. Tony n'aime pas les fouineurs. Encore moins ceux qui le prennent pour un idiot. Le policier l'observe avec surprise. Bien. Tony est heureux de lui avoir cloué le bec. Le lieutenant Machinski s'est présenté avec la suffisance de celui qui s'adresse à plus bête que lui. Tony le demeuré. Tony le crétin. Ils pensent tous la même chose, de toute façon. Ce qu'ils ne savent pas, en revanche, c'est qu'à défaut de parler, Tony pense beaucoup. D'ailleurs, si quelqu'un voulait vraiment l'écouter, Tony pourrait livrer ses secrets. Mais ils n'écoutent pas. Ils font semblant de ne pas comprendre. Alors, il a appris à ignorer le monde. Et puisque personne ne se soucie de ce qu'il a à dire, il se tait. Pas de questions, pas de problèmes. Sauf avec les fouineurs. Comme ce policier. Comme Élisabeth la fouine. C'est d'ailleurs pour ça que le lieutenant est venu l'interrompre dans son travail, parce qu'elle lui a parlé du carnet.

Tony plonge son regard dans celui du policier. Il se demande où est passée la femme qui l'accompagnait l'autre jour. Celle qui n'aime pas les animaux. Il l'a observée, à travers les vitres, pendant qu'Élisabeth leur faisait visiter le refuge. Il n'a pas beaucoup aimé la façon qu'elle avait d'observer les cages.

Tony se racle la gorge et crache par terre. Le policier hausse un sourcil, incrédule. Mais Tony s'en moque.

Non, décidément, les fouineurs sont de la pire espèce. Mais Tony est bien embêté. Depuis leur venue, Élisabeth ne cesse de murmurer à propos de la photo. *Malo*. Le chat d'Anna. Elle a fait les cent pas, répétant qu'ils auraient des problèmes si les enquêteurs faisaient le lien entre l'affaire Enthoven et le carnet. «Je t'avais pourtant demandé d'arrêter, Tony. Tu m'avais promis.» Tony avait joué à l'imbécile. C'était toujours la solution la plus simple. « Pardon, avait-il écrit sur son ardoise. Je ne recommencerai plus. » Élisabeth avait maugréé que, de toute façon, elle n'était pas responsable de lui et qu'elle ne pourrait pas le défendre si la police venait à l'interroger.

Pour qui se prenait-elle, celle-ci ? À cause de sa tendance à mettre son nez dans les affaires de Tony, il avait dû redoubler de vigilance pour qu'elle n'ait pas de soupçons. Elle n'avait aucune idée de l'importance de sa mission. Elle se satisfaisait du départ des animaux, comme si chaque adoption lui ôtait une épine du pied. Elle comptait les places libres, le coût des repas et les heures de nettoyage. Elle aurait aussi bien pu ranger des packs de lait dans les rayons d'un supermarché. Tony, lui, donnerait sa vie pour ses protégés.

— J'aimerais que vous me parliez du carnet que vous teniez il y a quelques années. Celui où vous preniez des notes sur les nouvelles familles des animaux.

Tony ne bronche pas. Il n'a pas perdu de temps pour entrer dans le vif du sujet, celui-là. Le policier s'exprime à voix basse maintenant. Tout à l'heure, il hurlait presque. Il a dû se souvenir que Tony n'était pas sourd. Il croit certainement qu'il gagnera la confiance de Tony en lui parlant comme à un enfant. Peut-être le prend-il lui aussi pour une bête curieuse à apprivoiser.

Tony continue de le fixer. Dans sa tête, c'est le chaos. La vérité, c'est qu'il a besoin d'aide. Pas pour lui, pour Malo, le petit chat à l'oreille manquante.

Tony se souvient de lui comme si c'était hier. Malo, avec sa drôle d'infirmité, n'attirait ni les enfants, ni les vieilles dames en mal de compagnie. Déposé par un inconnu un jour de pluie, Tony s'était immédiatement pris d'amour pour le chaton noir, si vulnérable. Semaine après semaine, Malo avait vu ses compagnons de galère partir vers de nouveaux horizons. Et Tony, les jours passant, ne savait plus vraiment s'il préférait que le chat le quitte ou qu'il reste avec lui.

Et puis, elle est arrivée. Anna. Avec son drôle d'accent et ses colliers colorés. Elle ne s'était pas adressée à Tony comme à un idiot. Elle n'avait pas détourné les yeux de Malo, le vilain petit chat. Anna aimait les choses cassées, celles qui ne peuvent être réparées. Pourtant, à son contact, Tony se sentait un moins cabossé, un peu moins abîmé.

Elle et Malo s'étaient reconnus, comme une évidence. Elle était revenue plusieurs fois, pour finaliser son adoption et demander des conseils à Tony. Il s'était senti fort, important. Elle riait à ses sourires. Ils n'avaient pas besoin de mots pour se comprendre.

Puis, un jour, il avait fallu dire adieu. Le cœur de Tony avait saigné, déchiré entre la tristesse de devoir quitter Malo et Anna, et le bonheur de les savoir heureux ensemble.

Pourtant, un drôle d'événement était venu bouleverser leurs au revoir. Alors que Tony et Anna venaient de pénétrer dans le sanctuaire des chats pour récupérer Malo, une femme était entrée. Elle avait posé son regard sur Anna, avec une telle intensité que Tony avait senti ses poils se dresser sur sa nuque. Elle s'était approchée d'eux et, avec un sourire, avait caressé la tête de Malo, lové dans les bras de sa nouvelle maîtresse. Tony avait cru voir double. Les mêmes yeux bleus, les mêmes longs cheveux noirs tombant en cascade sur leurs épaules. Elles s'étaient observées en silence quelques secondes. Anna, par sa gentillesse et sa bienveillance naturelles, avait engagé la conversation avec la douceur qui la caractérisait. Tony avait observé l'inconnue. Quelque chose, dans son regard, l'avait profondément angoissé. Une froideur de glace aux antipodes de la merveilleuse chaleur d'Anna. La femme avait fini par repartir comme elle était venue, adressant à Anna un sourire que Tony n'oublierait jamais.

L'anecdote, à elle seule, n'aurait sans doute pas retenu l'attention du policier. Seulement voilà, l'histoire ne s'arrêtait pas là. Des années s'étaient écoulées depuis qu'Élisabeth avait découvert le fameux carnet. Tony, loin de l'abandonner complètement, avait simplement appris à être plus discret. Désormais, il se contentait de suivre les adoptions les plus suspectes, celles qui méritaient une attention particulière. Tony s'était convaincu qu'après tout, il ne s'agissait ni plus ni moins d'un passe-temps comme un autre. Lui aussi avait le droit de se distraire.

Lorsque Malo était parti, il n'avait pu se résoudre à les abandonner totalement, Anna et lui. Alors, non pas pour s'assurer qu'il était bien traité (car sur ce point-là, aucun doute n'était permis), mais plutôt par nostalgie, Tony avait pris pour habitude de venir régulièrement dans le quartier où elle partageait une petite maison avec sa mère, juste pour jeter un œil. Quel plaisir pour lui, de se faufiler entre les arbres, au fond de leur jardin et d'observer le chat noir déambuler sur la petite terrasse et étirer ses pattes au soleil. Il grandissait bien, tout était parfait.

Mais un jour, un coup de tonnerre avait retenti dans le ciel sans nuages de Tony. À la télévision, on parlait d'Anna. Son corps retrouvé dans les bois. Nue. Sauvagement assassinée. L'hébètement avait fait place à un chagrin immense. Un monstre avait pris la vie de la créature la plus merveilleuse que Tony ait jamais rencontrée.

Il avait immédiatement songé à Malo. Qui allait s'occuper de lui désormais ? La mère d'Anna, terrassée par le chagrin, n'aurait certainement pas l'énergie de prendre soin du félin. Tony n'avait pas réfléchi bien longtemps ; enfourchant son vélo, il avait pédalé aussi vite que sa jambe raide le lui permettait. Il s'était demandé s'il allait avoir le courage de sonner à leur porte et de faire face à la mère endeuillée. Mais lorsqu'il était arrivé sur place, des voitures de police étaient alignées le long du trottoir. Par la porte d'entrée grande ouverte, des hommes en combinaisons blanches entraient et sortaient, les bras chargés de cartons. Tony connaissait trop bien le petit chat pour savoir qu'il avait dû fuir l'agitation du domicile. Il avait entrepris de faire le tour du quartier, à la recherche de la petite tête asymétrique. Alors qu'il s'attendait à le retrouver apeuré et tapi sous un buisson, Tony avait cru perdre la tête, l'espace d'un instant. Il venait de s'arrêter quelques secondes au niveau d'un arrêt de bus pour en étudier le plan, lorsqu'elle avait surgi. Ses longs cheveux sombres se balançaient au rythme de ses pas légers. Une voiture noire avait déboulé et s'était arrêtée brusquement au milieu de la rue. La jeune femme avait traversé la chaussée sans voir Tony, dissimulé sous l'abri de plexiglas. Dans ses bras, Malo dormait paisiblement. Alors qu'elle montait dans la voiture dont le moteur avait continué à tourner, elle avait, dans son empressement, fixé Tony sans le voir. Les deux grands yeux bleus de la jumelle diabolique l'avaient glacé jusqu'au sang.

* * *

Tony ne veut pas aider le fouineur. Ce qu'il veut, c'est retrouver Malo. Alors, il prend son ardoise. Sa main hésite une seconde. Puis, d'un geste décidé, il trace lentement les lettres.

J'ai une histoire à vous raconter.

45

— C'est complètement dingue.

Dans le bureau de Marianne, Tom parcourt une fois de plus les pages noircies par Tony. Il relève la tête vers Alexandre, sceptique.

— Vous êtes sûrs que ce n'est pas du flan ?

— Pourquoi mentirait-il ? réplique le policier. Il sait qu'il a commis des actes répréhensibles, alors pourquoi attirer l'attention sur lui ?

Marianne est adossée contre le mur du fond, bras croisés. Elle observe la scène en silence. Tom, lui, secoue la tête.

— Je ne sais pas. La dernière fois que tu m'en as parlé, tu m'as dit que ce gars-là avait un sérieux handicap. Sa parole est peut-être à prendre avec des pincettes.

— Je n'ai fait que te rapporter les éléments que m'avait confiés Élisabeth, sa collègue du refuge. Mais en réalité, Tony m'a paru bien plus lucide qu'elle ne le laissait entendre. Regarde son écrit. J'admets que le français est approximatif, mais c'est bourré de détails. Il a écrit ça d'une traite, sans s'arrêter. Il était sacrément déterminé !

Marianne fronce les sourcils.

— Pourquoi Élisabeth nous a-t-elle fait croire qu'il était complètement limité ?

— Elle avait peut-être peur d'être impliquée dans cette histoire de carnet, suggère Alexandre. Ça décrédibilisait le discours de Tony et ça minimisait son propre rôle. Ou alors, elle ignore réellement de quoi il est capable. Après tout, leur relation a l'air de se limiter au partage des tâches quotidiennes, ça m'étonnerait qu'elle ait déjà pris le temps de philosopher avec lui.

Tom fait les cent pas, fixant le papier qu'il tient entre ses mains.

— Donc, on a affaire à un type qui joue les idiots, mais qui est prêt à se foutre dans la merde juste pour retrouver un chat qui n'est même pas le sien ?

Tom s'arrête, les regarde tour à tour et retire ses lunettes pour se frotter l'arête du nez.

— Je ne sais pas vous, mais moi, ce gars va me filer un mal de crâne. Il est ici ?

— Oui, répond Alexandre. L'artiste arrive dans une demi-heure pour réaliser le portrait-robot.

Tom plisse les yeux, derrière ses cils presque invisibles. Sans ses lunettes, son visage paraît encore plus étrange, animal. Une créature des profondeurs, translucide, irréelle. Il retourne lentement les feuilles entre ses mains.

— Attends, attends… quel portrait-robot ? Je n'ai pas fini de déchiffrer ses pattes de mouche, moi !

— Alors, le génie ? Tu tapes des lignes de code toute la journée, mais tu es moins rapide quand il s'agit de faire un peu de lecture !

Le ton de Marianne est moqueur. Alexandre n'est pas dupe. Leur relation a changé. Depuis quelque temps, les échanges sont plus cordiaux. En fait, Alexandre les suspecte d'avoir pactisé dans son dos, après ses aveux de faiblesse des derniers jours. Voir leur supérieur flancher alors qu'il avait toujours fait preuve d'un optimisme sans bornes leur avait certainement forcé un peu la main. Leur collaboration était peut-être née dans la douleur, n'empêche que, contre toute attente, cela semblait fonctionner. Façon amour vache, mais quand même.

— La lettre de Tony est une mine d'informations, reprend Alexandre. D'abord, il y a cette femme, qu'il a vue à deux reprises. Avant et après le décès d'Anna. Les caractéristiques physiques de cette inconnue sont les mêmes que celles de toutes les victimes de Dracula et de son imitateur. Anna, Émilie, Maëva, Charlotte, Victoire et enfin Justine, toutes sont de type caucasien, ont des cheveux foncés et des yeux bleus.

— Pourquoi ne pas considérer Tony comme un suspect ? insiste Tom en regardant les photos des victimes sur le tableau en liège. Il essaie peut-être de brouiller les pistes pour nous emmener ailleurs.

Il désigne les photos des victimes, sur le mur.

— Si ça se trouve, c'est lui qui a un faible pour ce type de femmes. Après tout, il avait l'air dingue d'Anna. Et c'est la première qu'on a retrouvée. Un crime passionnel, ça colle.

Alexandre secoue la tête.

— Pourquoi en aurait-il tué d'autres, dans ce cas ? Et quel rapport avec les morsures infligées aux victimes ?

— Je n'en sais rien… le type a peut-être vrillé. Ce ne serait pas le premier tueur en série à entendre des voix ou à être persuadé de devoir buter des nénettes pour je ne sais quelle raison mystique, répond Tom en haussant les épaules. Et cette histoire de portrait-robot, alors ?

Marianne désigne la lettre du menton.

— Regarde la deuxième feuille.

Tom fronce les sourcils, ses iris noirs balayant l'écriture brouillonne. Ses yeux s'écarquillent soudain.

— Attends… il a aussi suivi Justine ?

— Oui, confirme Alexandre. Il était là le jour où elle a adopté le cocker, il y a six mois. Il a dit qu'elle lui rappelait Anna. Il l'a suivie jusqu'à chez elle, au bas de son immeuble. Il y est revenu plusieurs fois pour l'observer, pendant qu'elle promenait le chiot.

— L'ennui, poursuit Marianne, c'est que Tony s'est vite

rendu compte qu'il n'était pas le seul à suivre la fille du préfet. Il a décrit un homme qui semblait vouloir lui aussi rester hors de vue de Justine.

— Vous pensez que c'est notre gars ?

— Possible, admet Alexandre. On compte sur toi pour poursuivre le travail de recherche sur les sites de rencontre. Quand tu auras découvert des profils correspondants, on sera peut-être en mesure de définir un portrait fidèle du tueur.

Tom hoche la tête, l'air grave. Lui aussi semble avoir repris du poil de la bête depuis quelques jours. Derrière ses lunettes bleu électrique, un léger sourire vient chasser la mine sérieuse qu'il arbore depuis quelques minutes.

— Alors Marianne, tu entres chez les suspects sans perquisition toi, maintenant ?

Elle lève les yeux au ciel et jette un regard en coin à Alexandre.

— Je vois que les nouvelles vont vite. En fait, si tu veux tout savoir, je ne suis pas entrée. J'ai juste jeté un coup d'œil par la fenêtre.

Tom s'esclaffe.

— Ça me rassure ! J'aurais eu du mal à y croire. Tu dois être la flic la plus à cheval sur les règlements que je connaisse !

Marianne s'empourpre, visiblement ravie qu'on lui reconnaisse sa rigueur exemplaire.

— Du coup, tu as pu voir quelque chose d'intéressant ?

Elle secoue la tête, son visage reprenant peu à peu sa teinte naturelle.

— Rien. Le logement était impeccable. À part un goût prononcé pour les posters de femmes très légèrement vêtues, je n'ai rien constaté qui ait piqué ma curiosité.

Tom ricane, Alexandre se racle la gorge pour recentrer la discussion.

— Ça n'apparaît pas dans sa lettre, mais Tony nous a livré

une autre information capitale. Mais, pour en révéler tout le potentiel, on va avoir besoin de tes talents.

Tom le fixe avec attention.

— Tony nous a parlé d'une voiture. Celle qui a embarqué le chat d'Anna et l'inconnue. Il se souvient du modèle... et d'une partie de la plaque.

— J'avais donc raison, concernant le mal de tête, soupire Tom.

* * *

Les ronronnements de Cerbère emplissent la petite chambre. Son oreille unique tressaille à chaque craquement résonnant dans la grande demeure. Affalé sur le lit impeccablement tiré, il s'abandonne aux rayons du soleil qui filtrent à travers le vitrail. Les drôles de couleurs l'apaisent.

Dehors, le vent soulève doucement les branches de l'arbre, projetant sur le parquet ses ombres dansantes.

Cerbère s'étire, bâille puis descend de son perchoir. Ses pattes de velours viennent heurter le sol sans bruit. Pendant quelques secondes, il reste assis là, captivé par les nuances de bleu et de vert qui tourbillonnent sur le parquet en chevron.

L'oreille de Cerbère se dresse à nouveau. Dans la pièce voisine, il a perçu une respiration. La curiosité l'emporte. Le chat passe la tête par l'encadrement de la porte. L'homme est allongé sur son lit. Sa respiration est lente et profonde. D'un mouvement leste, Cerbère se dresse sur ses pattes arrière et bondit sur le matelas.

— Viens, murmure l'homme.

Le chat renifle les longs doigts avant de s'installer sur la poitrine immobile. Les ronronnements reprennent de plus belle. Une main immense vient caresser le sommet du crâne de l'animal.

L'homme se redresse. Cerbère, toujours blotti contre lui,

sent les bras qui l'enserrent tandis qu'ils quittent la pièce. L'homme descend lentement les escaliers. Dans ses bras, le chat ferme les yeux, bercé par la chaleur du corps contre lequel il est lové.

Le changement de température l'invite à rouvrir ses paupières endormies. L'homme le tient toujours fermement contre lui, traversant le jardin à grandes enjambées. Il ouvre une porte, puis une deuxième. Cerbère ne dort plus à présent. La dernière fois que l'homme l'a emmené ici, il est resté enfermé seul pendant des jours. Cerbère n'aime pas être seul.

Une ultime porte s'ouvre en pivotant sur ses gonds. La pièce est plongée dans la pénombre. Une odeur puissante, lourde, imprègne l'air.

— Je t'ai ramené de la compagnie, comme convenu, souffle l'homme.

Les grandes mains déposent Cerbère sur le sol. Dans la pièce, rien ne bouge. Le chat aimerait faire demi-tour, repartir d'où il est venu. Mais, un instant plus tard, la porte s'est déjà refermée et l'homme a disparu. Ne reste de lui que l'écho de ses pas qui s'éloignent et le claquement des portes sur son passage.

Là, dans l'obscurité, un drôle de sifflement émerge du coin de la pièce. Cerbère, prudemment, s'approche de la masse informe allongée sur le petit lit. La chose bouge à peine. Sa respiration est rapide et saccadée. Un bras se tend vers le chat, fragile et incertain, déclenchant les grincements du vieux sommier. Du bout des doigts, la créature effleure le poil soyeux de l'animal. Sa peau a la fraîcheur d'un ruisseau.

Alors, Cerbère, sans l'ombre d'une hésitation, bondit sur la poitrine tremblante et se met à ronronner.

46

Fidel ne s'est pas attardé. Il a déposé la bestiole avant de tourner les talons. Peut-être le chat réussira-t-il à insuffler un nouvel élan vital à Justine. Même s'il essaie de s'en convaincre, il n'y croit pas trop.

Fidel s'assied sur les marches du perron, devant la maison. Dans sa main, il tourne et retourne un paquet de cigarettes à l'emballage froissé, déniché au fond de son armoire. Le tabac et lui, c'est une longue histoire. Il ne se souvenait même plus de l'âge qu'il avait lorsqu'il avait grillé sa première cigarette.

Du bout des doigts, il en extrait une, la porte à ses narines et la fait glisser lentement sous son nez. L'odeur s'est nettement atténuée, avec les années. Le discret parfum herbacé excite ses sens, affole ses neurones dopaminergiques et active son système de récompense. Cela fait si longtemps qu'il garde le paquet de secours en réserve, si longtemps qu'il ne s'est pas laissé tenter.

Fidel porte le filtre entre ses lèvres. Une légère émanation de fumée accompagne le craquement caractéristique de l'allumette. La première longue inspiration emplit ses poumons dans un crépitement incandescent.

Fidel ferme les yeux. Quelle connerie de se priver d'un truc aussi bon. Demain, il pourrait passer sous les roues d'un bus, avec un demi-paquet planqué derrière ses chaussettes. C'est complètement con.

C'était la Bête qui l'y avait obligé, il y a quelques années. L'odeur du tabac provoquait chez elle un dégoût qui l'éloignait de Fidel. L'odeur qui subsistait sur sa peau déclenchait immédiatement chez elle une série de critiques acerbes accompagnée de haut-le-cœur à peine exagérés.

Il ne pouvait pas se le permettre. Il ne pouvait pas risquer de la perdre. Pas pour un peu de nicotine. Il avait déjà fait trop d'efforts pour que la Bête ne lui échappe pas. Lequel avait été captif de l'autre ? Il n'avait jamais vraiment su. L'œuf ou la poule.

Mais ça, c'était avant. Avant qu'il ne décide de passer maître à bord de son bateau. La Chose n'était plus. Il avait fait un choix que jamais il n'aurait pensé regretter.

Et pourtant… il avait beau essayer de se convaincre qu'il avait pris la meilleure décision de sa vie, il comprenait aujourd'hui à quel point il était compliqué d'avancer seul.

Elle avait fait de son passé un enfer. Par son absence, son présent est devenu un cauchemar. De loup solitaire, dominant par essence, il était devenu l'un de ces êtres asservis qu'il méprisait tant.

Et puis, il y avait Sasha. Revenue d'entre les morts. Plus tout à fait elle-même, pas vraiment une autre non plus. Il avait tout de suite vu, dans son regard océan, qu'elle était de retour. Malgré ses tourments et ses démons, elle portait toujours en elle la douceur et la légèreté qui l'avaient bouleversé dès leur première rencontre.

Il inspire une nouvelle bouffée, qu'il savoure avec délectation. La Bête aurait su que faire de Justine. La situation est en train de prendre un tournant que Fidel n'avait pas imaginé. Il avait fantasmé pouvoir façonner la jeune femme comme une statue d'argile, sculptant les contours, lui insufflant ses désirs et ses peurs. Mais Justine est complètement brisée. Il l'a détruite. Il a poussé le curseur plus loin que ce que son esprit était capable de tolérer.

Depuis quelques jours, elle ne réagit plus à ses visites. Elle n'est plus qu'un tas de chair amorphe. Elle n'a pas compris le grand projet qu'il avait pour elle, n'a pas cerné l'importance qu'elle aurait dû avoir dans sa vie. Lui l'aurait extrait de cette existence insipide qu'elle cherchait à pimenter à coups de rencontres sans saveur. Elle aussi avait en elle cette douceur à laquelle Fidel ne pouvait pas résister. Elle l'aurait guéri. De Sasha, de la Bête. De cette ombre qui plane au-dessus de sa tête depuis qu'il a croisé le chemin du Dr Clavin à l'autre bout du monde.

Poupée inanimée et silencieuse, Justine attend la mort. Le problème, c'est que la Faucheuse tarde à venir.

Fidel n'a jamais tué de ses mains. Pas de sang-froid, en tout cas. Il avait porté le coup fatal, autrefois. Mais ce n'était pas pour lui-même. Ce jour-là, une ombre avait murmuré à son oreille.

Avec Justine, c'est une autre histoire. Il s'est demandé s'il ne devrait pas simplement lui couper les vivres, cesser d'aller la voir quelques jours. Laisser la faim et l'abandon faire leur œuvre. Attendre qu'elle s'éteigne à petit feu.

Mais la vérité, c'est qu'il en est incapable. Fidel est, et a toujours été, un homme d'espoir. Sans résignation, il avait toujours su passer les épreuves avec la légèreté de ceux qui savent qu'il existe une solution à chaque problème. Comment aurait-il pu survivre à cette vie, sinon ?

Alors, tuer Justine de ses mains, ou même par négligence… non, il n'était pas prêt à s'y résoudre. Pas encore.

Du bout du pied, il écrase la cigarette dans l'herbe fraîche et en glisse une nouvelle entre ses lèvres. Il a besoin de bouger, de remettre son corps en marche pour clarifier ses pensées.

La rue est calme ce matin. Le quartier résidentiel s'est vidé de ses braillards habituels, occupés sur les bancs de l'école en ce mardi ensoleillé. La quiétude des lieux est à peine perturbée par le rugissement lointain de la tondeuse à gazon d'un voisin consciencieux.

Fidel contourne la bâtisse. La peinture écaillée des lattes de bois blanc, sur la façade, mériterait un bon rafraîchissement.

Du regard, il balaie le terrain qui s'étend jusqu'en lisière de forêt. L'endroit est en friche. Les haies qui délimitent les lieux déploient leurs branches de façon anarchique. Les hautes herbes, bonheur des hérissons et autres musaraignes, évoquent plus un terrain vague que le jardin d'une bourgade cossue. Fidel sait qu'il va devoir faire preuve de plus de rigueur pour éviter d'attirer les curieux, mais pour l'instant, il ne peut pas se permettre de faire intervenir un inconnu. Pas tant que Justine restera enfermée quelques mètres sous le sol de la dépendance et que le garage débordera des affaires volées chez Victoire.

Fidel se fige. Son regard s'accroche à la porte du garage dissimulant la Polo noire. Entre ses doigts, la cigarette se consume lentement. Une minuscule étincelle vient de jaillir dans son esprit. Justine et Victoire. Deux problèmes. L'étincelle grandit dans l'esprit de Fidel, se transformant en flamme, dévorant ses idées comme un gigantesque brasier.

Un sourire étire ses lèvres. Dans l'air limpide du matin, il relâche une volute de fumée vers le ciel bleu.

Elle est là. L'idée de génie. La solution.

47

Le grand portrait, placardé sur le panneau de liège, fixe Alexandre de ses yeux sombres. Le policier scrute les pupilles noires, comme s'il s'attendait à percer le secret caché dans les coups de crayon de l'artiste.

— Putain Marianne, on a déjà vu ce type, j'en suis sûr ! rugit-il en pointant le visage de l'homme d'un doigt accusateur.

L'enquêtrice est assise sur son bureau. Elle aussi scrute les traits de cet inconnu que pense avoir aperçu Tony, au bas de l'immeuble de Justine Landroux. Le nez droit, la mâchoire carrée, les boucles ébène… Non, décidément, cela ne lui dit rien.

Elle secoue la tête.

— Je ne sais pas, Alex. Ça pourrait être n'importe qui.

Il détourne les yeux et ferme les paupières. C'est là, quelque part dans sa mémoire. Il pourrait se gifler. La privation de sommeil et l'excès de stress ont grillé ses neurones. Sans compter les somnifères qu'il s'enfile comme des bonbons dès qu'ils lui passent sous la main.

— C'est notre gars, c'est évident. Tu as lu comme moi les rapports de Tom !

L'expert informatique avait enfin remonté la piste des sites de rencontres. Les profils du tueur présumé collaient en tout point à la description de Tony. Les photos ne révélaient que peu d'éléments, mais ils avaient réussi à cerner le suspect ; un homme grand, d'une trentaine d'années, aux cheveux sombres et à la peau basanée. C'était une avancée énorme.

Alexandre rouvre les yeux, son regard fixé sur le tableau d'affichage.

— Il faut qu'on retourne voir Victoire, qu'on lui demande si elle a déjà vu ce type.

Marianne arque un sourcil.

— Tu crois ?

— Peut-être que voir le visage de son agresseur fera remonter ses souvenirs à la surface.

— Aux dernières nouvelles, elle n'a toujours pas retrouvé la mémoire. Et son envie de collaborer me semble… limitée. Je pense qu'on perd notre temps avec elle.

Il soupire.

— Je sais que tu ne lui fais pas confiance, mais on n'a pas le choix.

Marianne a déjà ouvert la bouche pour répondre lorsque la porte s'ouvre à la volée, dévoilant un Tom surexcité. Son regard fébrile glisse tour à tour sur Marianne et Alexandre.

La policière se lève d'un bond, comme si son bureau avait soudain pris feu. L'excitation de Tom a chargé l'atmosphère d'électricité.

— Tu as trouvé quelque chose ?

Évidemment. Alexandre le sent. Tom frétille, la bouche entrouverte, comme un poisson hors de l'eau. Il cherche ses mots. Il referme la porte derrière lui avant de poser son ordinateur sur le bureau.

— Un truc de fou, vous n'allez pas me croire !

Tom ramène à lui l'une des chaises alignées contre le mur et se met à pianoter sur les touches de son ordinateur.

— J'ai planché comme un dingue sur cette histoire de plaque d'immatriculation.

Sur l'écran, des dizaines de clichés de véhicules noirs s'affichent.

— J'ai dû remonter dans les souvenirs de Tony sur l'enlèvement du chat. Pour être tout à fait honnête, je n'y croyais pas une seconde. Ce mec me fait flipper.

Alexandre retient son souffle. L'envie de secouer son collègue pour qu'il en vienne aux faits le démange. Marianne, debout à côté de lui, est en apnée.

— Il a immédiatement pu me parler d'une citadine noire, une Volkswagen. J'ai essayé de lui faire cracher le nom d'un modèle, mais rien à faire. Je pense qu'il est plus calé en races de chats qu'en bagnoles.

— Il se déplace à vélo, précise Marianne avec justesse.

Tom l'ignore et poursuit.

— Une fois qu'on avait éliminé un certain nombre de véhicules, je me suis lancé dans la recherche de la plaque d'immatriculation. Et ça, c'était pas du gâteau, croyez-moi.

— Pourtant, Tony nous a dit qu'il s'en souvenait, intervient Marianne.

— En partie seulement, précise Tom. Il n'avait mémorisé que quatre caractères sur les sept que compose une plaque classique. Après avoir recoupé les données avec la marque de la voiture, j'avais encore une centaine de véhicules dont l'identité des propriétaires devait être vérifiée.

Alexandre croise les bras.

— On le sait que tu es doué, Tom. Crache le morceau.

Tom sourit.

— L'un de ces véhicules est une Polo noire au nom de Victoire Muller.

Marianne fronce les sourcils.

— Victoire ? Mais on n'a retrouvé aucun papier au nom de Muller chez elle.

— Pourtant, c'est bien elle. Le véhicule est enregistré à

Pouzelle-le-Bas, impasse des Marronniers. Et Victoire n'a jamais déclaré le vol de sa voiture.

Alexandre cherche le regard de Marianne. Il a beau avoir entendu l'information, il a l'impression que son cerveau refuse de faire les liens.

— Victoire aurait connu Anna ? Et elle serait venue chercher son chat après sa mort ?

— Ça colle avec la description physique que Tony nous a faite de l'inconnue…

Alexandre comprend, au ton de voix de sa collègue, qu'elle non plus ne parvient pas à mettre le doigt sur le fil conducteur.

— Il y a autre chose, poursuit Tom. Un truc vraiment pas net. J'ai récupéré le contrat de vente du véhicule. La transaction a été réalisée au nom de Marius Clavin.

Alexandre plisse les yeux.

— J'ai déjà entendu ce nom.

— Il y a eu quelques articles de journaux il y a quelques semaines. Un suicide dans son cabinet. Le gars était psychiatre, et pas du genre recommandable, manifestement.

— Ce n'était pas ce type qui avait été épinglé pour avoir malmené ses patients ? demande Marianne.

Tom approuve d'un signe de tête. Alexandre l'observe sans ciller, décontenancé.

— Donc, Victoire s'est fait financer une bagnole par un toubib avant d'aller piquer le chat d'une morte ? C'est un canular, c'est ça ?

Tom ignore la remarque et enchaîne.

— La bonne nouvelle, c'est que j'ai déjà contacté les autorités pour qu'une alerte soit mise en place *via* le système de reconnaissance des plaques. Si la voiture passe devant une caméra, qu'elle soit publique ou privée, je serai au courant, quasiment en temps réel.

Alexandre se dirige vers le portemanteau, tendant son

blouson à Marianne. Assommé par l'incohérence des dernières révélations de Tom, il peine à remettre les mots dans le bon ordre.

— Merci Tom, c'était un boulot de titan.

Il se tourne vers Marianne.

— On doit retourner voir Victoire. Maintenant.

Marianne saisit la veste et hoche la tête. Mais, avant que celui-ci n'ait eu le temps de mettre la main sur la poignée, la porte s'ouvre à la volée, pour la seconde fois en quelques minutes.

Leur supérieur, le sergent Lompard, se tient dans l'encadrement de la porte, essoufflé, livide. Alexandre et Marianne le savent, peu de choses sont capables de lui faire quitter son bureau du quatrième étage. Si l'incursion de Tom les avait électrisés, celle de leur supérieur leur fait l'effet d'une brique tombée au creux de leurs estomacs.

Alexandre aurait pu craindre d'avoir fait une connerie si, pour la première fois, il n'avait pas perçu une once de panique dans les yeux du sergent.

— Victoire a disparu.

Un silence écrasant épaissit l'air, les clouant au sol.

— La police a été contactée par la direction du centre hospitalier de Dole. Elle a échappé à la vigilance de l'équipe soignante et a quitté l'établissement. Elle a été aperçue par les caméras de sécurité montant de son plein gré du côté passager d'un véhicule de type Polo noire.

Pendant une demi-seconde, l'information fait l'effet d'une déflagration dans le petit bureau. Puis, un bruit strident déchire l'air, comme une vitre qui volerait en éclats. « Ding, ding, ding. » Quatre paires d'yeux se tournent vers l'ordinateur de Tom. Par dizaines, des notifications s'affichent à l'écran.

Le véhicule de Victoire s'est mis en mouvement.

48

République fédérale de Yougoslavie, Novi Sad, novembre 1993.

Les doigts fins décrivent de larges cercles sur le sol poussiéreux. Bientôt, les arabesques entourent la petite fille, comme une prison invisible. Pourtant, aucun endroit sur Terre ne lui procure une telle liberté. Sur le toit du bloc qui lui sert de refuge, elle s'est créé une bulle de calme. Personne ne connaît l'existence de cet endroit. Des gravats jonchent le sol de béton, recouvrant la surface d'une fine couche de poudre de ciment. La pulpe de ses doigts s'était d'abord abîmée, creusée, avant de durcir et de s'épaissir au contact de la poussière corrosive. Elle tousse moins, désormais. Son corps s'est adapté. Tout n'est qu'une question d'adaptation. L'enfant a cette capacité. Tomber, ramper puis se relever.

Du haut de ses neuf ans, Sasha a déjà tout vu. La crasse, la peur, la mort. Une toute petite vie construite dans la violence qui, comme ces énormes quartiers en ruine qui lui servent de maison, se craquèle et se fragilise, un peu plus chaque jour.

Cet endroit, entre le gris du béton et les nuages bas gorgés de pluie, c'est son repaire. Loin du bourdonnement incessant des générateurs électriques et des cris, elle goûte le silence avec délice. Parfois, elle songe à en parler à ses frères et sœurs. Eux aussi auraient bien besoin d'un peu de paix. Mais rien ne reste secret bien longtemps, à Novi Sad.

Déjà, le ciel s'assombrit. Des torrents de pluie ne vont pas tarder à se déverser des gros nuages menaçants qui patientent au-dessus de la ville. Une tempête approche.

Sasha soupire et s'arrache à la contemplation de son œuvre éphémère. D'un dernier regard, elle embrasse l'océan d'immeubles qui s'étire jusqu'à l'horizon.

Dans un coin reculé du toit, une fissure large et irrégulière, vestiges d'années de négligence et d'abandon, offre un passage secret que seule Sasha connaît. Elle se glisse au travers de l'ouverture, veillant à éviter les barres d'armature rouillées qui saillent çà et là. Les éclats de béton s'effritent sous ses mains, laissant de larges marques blanchâtres sur sa peau. L'enfant sait la dangerosité de ces ascensions. Ici, personne ne la retrouverait si elle venait à s'empaler sur l'un des pics acérés qui encadrent la lézarde. Le trou étroit, irrégulier, pourrait passer pour une ombre, aux yeux d'un observateur qui en ignorerait l'existence. Dans un quartier où les hurlements des enfants retentissent plus souvent que les éclats de rire, elle sait que ses appels à l'aide resteraient sans réponse.

Sasha se faufile entre les décombres et s'extirpe de la brèche en veillant à ne pas ajouter une nouvelle déchirure à ses vêtements.

L'endroit est désert. Les guerres de Yougoslavie et l'effondrement économique qui en découlait avaient laissé la ville en piteux état. Les structures communistes, autrefois imposantes, n'avaient cessé de tomber en ruine, faute d'entretien. Le quartier dans lequel vit Sasha est de ceux qui ont été oubliés après le conflit. Les sanctions économiques internationales et l'afflux de réfugiés avaient enlisé la population dans une précarité dont personne ne semblait plus se soucier.

Les premières gouttes de pluie forcent Sasha à se mettre en mouvement. De larges flaques d'eau apparaissent dans les nids-de-poule de la route. Les murs gris qui l'entourent sont recouverts de tags et graffitis aux messages antigouvernementaux.

Sasha les connaît par cœur. Les mômes du quartier avaient pris l'habitude de colporter les rumeurs, tissant des histoires autour des symboles mystérieux et des messages codés laissés par la résistance. Elle ne savait pas vraiment en quoi consistait le travail de l'ombre et, à vrai dire, aucun de ses camarades de jeu ne semblait véritablement au courant. Ce que Sasha savait, c'était que sa vie était assez compliquée pour ne pas chercher encore plus d'ennuis.

Sixième enfant d'une fratrie qui en comptait sept, elle peine à se projeter plus loin que le repas du soir. C'était d'ailleurs son estomac vide, plus que l'humidité ambiante, qui l'avait poussée à quitter son toit.

La tête enfoncée dans les épaules, elle se dirige vers l'ancienne usine de fabrication de matelas. Les entreprises avaient été nombreuses à mettre la clef sous la porte, dans le contexte important d'instabilité politique et de crise économique. Depuis un an, l'endroit a été reconverti en vaste marché clandestin dans lequel Sasha et sa famille ont leurs habitudes.

Sasha se faufile entre les tables branlantes, veillant à ne pas écraser d'orteils sur son passage. Au-dessus d'elle, la pluie tambourine sur le toit de tôle, rythmée par les bourrasques qui s'engouffrent dans les fissures béantes du gigantesque hangar.

Des hommes en uniforme patrouillent dans les allées. Vêtus de vert, képis vissés sur le crâne, ils arborent ostensiblement leurs armes à la ceinture. Sasha baisse la tête. Glaner dans les étals sous les yeux de la patrouille est un exercice qu'elle n'est pas prête à tenter aujourd'hui. Ces hommes qui paradent depuis des mois n'ont rien d'une police de proximité qui aurait à cœur les intérêts de la population. À la solde des truands qui se disputent le quartier, ils assurent la domination d'un gang contre un autre. Même si ces gars-là ont sûrement d'autres chats à fouetter que de traquer des enfants dans les marchés, Sasha avait, comme d'autres, entendu les rumeurs. Les on-dit à propos du sort réservé à certaines victimes de ces brutes faisaient froid dans le dos. Des hommes qui avaient été battus à mort, des femmes retrouvées ensanglantées, pour avoir contrarié ces bandes sans foi ni loi. Non, vraiment, Sasha n'avait aucune envie de s'y frotter. Tant pis pour les cris rageurs de son abdomen.

— Encore toi ?

Sasha se fige et retient sa respiration. Derrière l'étal le plus proche, une vieille femme l'observe, les sourcils froncés. Sa peau est creusée de sillons profonds, labyrinthe de rides qui serpentent sur son visage et viennent se perdre dans son col. Baba Kruharka est la boulangère du marché. Une femme sévère que les enfants évitent presque autant que les hommes de la milice. Derrière elle, l'odeur envoûtante du pain chaud se mêle aux relents de moisissure et d'humidité. Sasha évite son regard, aussi gris et argenté que ses cheveux aux reflets de lune. Le besoin de fuir la prend à la gorge. Du coin de l'œil, elle aperçoit le groupe armé, quelques mètres plus loin. S'enfuir à toutes jambes serait, à coup sûr, un moyen stupide de se faire repérer. L'enfant serre les poings, se concentre sur sa respiration. Dans la foule oppressante, sous le regard impitoyable de Baba Kruharka, elle sent le sang battre violemment à ses tempes. Les passants la bousculent sans la voir. Sasha le sait, les mouches qui volent devant ses yeux n'ont rien de réel, la chute est imminente.

* * *

Lorsqu'elle revient à elle, Sasha est allongée sur le sol. La tête et le flanc douloureux, elle devine qu'elle a dû s'évanouir au milieu des badauds.

Une lampe est braquée sur son visage, tandis qu'on lui assène de légères claques sur les joues. Plissant les yeux sous l'assaut de lumière, elle constate avec horreur que Baba Kruharka et plusieurs hommes en uniforme sont penchés sur elle. Un frisson la traverse.

— Tu viens d'où ? aboie une voix.

L'homme qui l'interroge a le visage sombre, ses yeux sont profondément enfoncés dans leurs orbites.

Sasha peine à comprendre qu'il s'adresse à elle. Son crâne est lourd et un furieux mal de tête se diffuse de part et d'autre de son front.

— C'est ma petite-fille, répond la voix sèche de Baba.

D'un geste brusque, elle saisit Sasha par le bras pour la forcer à se relever. L'enfant vacille. Elle peine à se hisser sur la chaise bancale, les paupières toujours baissées sous la lumière brûlante de la lampe de poche. Elle lève une main pour protéger ses yeux clairs.

— Comment tu t'appelles ? hurle l'homme.

Une haleine rance lui fouette le visage. La fillette voudrait répondre, mais la crainte de déverser un jet de bile sur les rangers du militaire l'incite au silence.

— Elle est débile, ou quoi ? grogne une autre voix derrière elle.

— Je vous dis que c'est ma petite-fille, répète la vieille femme d'un ton ferme. Elle est malade. Je l'emmènerai se faire soigner, après le marché.

Sasha entend les hommes chuchoter. Même eux ne semblent pas d'humeur à se frotter de trop près à la matriarche. L'enfant retient son souffle. Finalement, la lampe s'éteint. Sasha cligne des yeux. Déglutissant péniblement, elle lève son regard vers Baba.

— Tu m'as fait perdre du temps et de l'argent avec ton cinéma, grogne-t-elle d'une voix sourde, tandis que les hommes armés s'éloignent, lançant des regards suspicieux par-dessus leur épaule.

La fillette ne répond pas, tout ce qu'elle veut, c'est partir loin d'ici. Mais la boulangère vient de lui sauver la mise. Elle supportera bien quelques remontrances. En l'absence de papiers d'identité et avec son allure de vagabond, la jeune fille est une proie facile. Elle courbe l'échine sous le poids du regard sévère de la vieille femme.

— Merci.

La voix de Sasha se perd dans le brouhaha de la foule qui résonne en écho sous le toit métallique. La pluie semble avoir cessé, au-dehors. Baba soupire.

— Tu n'as que la peau sur les os, pas étonnant que tu ne tiennes pas debout.

Sa voix est rauque, teintée d'une fatigue qu'elle peine à masquer.

— Je n'ai peut-être plus la même vue qu'autrefois, mais je te vois souvent traîner par ici, avec ta dégaine d'affamée. Tu voles, c'est ça ?

— Non ! proteste Sasha, outrée.

— Tiens donc, elle parle ! raille la vieille. Reste tranquille, je n'ai pas envie de te ramasser encore une fois. Mon vieux dos ne le supporterait pas. Alors, qu'est-ce que tu fais là, à te promener toute seule si tu ne voles rien ?

— Je prends ce dont les gens ne veulent pas. Je ne suis pas une voleuse.

La vieille la fixe d'un air étrange, avant de lui tourner le dos et de plonger la main dans un grand sac en papier. Lorsqu'elle lui fait face à nouveau, elle tient dans sa main un krofne encore luisant, qu'elle tend à l'enfant.

— Je n'ai pas d'argent, répond Sasha en détournant le regard du beignet gras et gorgé de crème.

— Tu as dit que tu prenais uniquement ce dont les gens ne voulaient pas. Tiens, je ne veux plus de cette cochonnerie.

Sasha saisit l'anneau frit recouvert de sucre. La première bouchée fond sur sa langue. Ses pupilles explosent, dilatées par le plaisir et l'assaut de sucre dans son sang. L'enfant ferme les yeux. Cela fait bien longtemps qu'elle n'a pas dégusté quelque chose sans être obligée de partager en sept. La culpabilité, amère, ne parvient pas à chasser la douceur qui se répand sur chacune de ses papilles.

— Apprends à voler, ma petite.

Sasha lève la tête, interdite.

— Ou alors, trouve un moyen de partir d'ici. Tu ne tiendras pas longtemps, crois-moi.

Un moyen... Baba la fixe, implacable. Un tressaillement agite le coin de sa lèvre.

— Ta mère te raconte des histoires, gamine ?

Sasha hausse les épaules. Sa mère n'avait jamais été de ce genre-là.

— Non, pas vraiment.

La vieille femme reste silencieuse un instant, le regard perdu dans la cohue du marché. Puis, elle prend une grande inspiration.

— Il y a longtemps, dans un village misérable, vivait une jeune fille sans or ni titre. Elle n'avait que son esprit. Cette jeune fille s'appelait Jelena.

Elle marque une pause, son regard braqué sur Sasha.

— Un jour, le tsar entend parler d'elle. Et, comme tu le sais sûrement, les rois, les tsars, ils n'aiment pas ça, les gens plus malins qu'eux.

Sasha dévisage la vieille femme, silencieuse. La voix profonde la berce. Cela faisait bien longtemps que personne n'avait pris le temps de lui conter quoi que ce soit.

— Alors, le tsar la fait venir dans son palais et lui lance un défi. « Si tu es aussi maligne qu'on le dit, alors, tu sauras répondre à mes trois énigmes. » S'il gagnait, elle partirait en exil. Mais, si elle réussissait, elle pourrait lui demander ce qu'elle voudrait.

L'enfant retient son souffle, captivée.

— Le tsar voulait l'humilier, la briser. Évidemment. La

première énigme était un piège. « Combien y a-t-il d'étoiles dans le ciel ? » lui demanda-t-il.

Baba gratte son menton ridé.

— Jelena s'est agenouillée, a ramassé une poignée de sable et lui a dit : « Autant que de grains de sable dans ma main, grand tsar. Compte-les et tu sauras. »

Sasha pouffe.

— Il n'a pas dû aimer ça !

— Pas du tout. Il ne pensait pas qu'elle réussirait à répondre à la première énigme. Alors, de rage, il lui crie : « Fais un trou dans l'eau ! » Jelena ne réfléchit pas. Elle prend un bâton, le plante dans la rivière et, quand elle le retire, elle montre l'eau qui se referme.

Baba lance un regard espiègle à la fillette.

— Ça non plus, ça ne lui a pas plu. Mais le tsar a serré les dents, il avait promis trois épreuves. Alors, pour la dernière, il se déguise en paysan, dissimule son visage et lui demande : « Sauras-tu me reconnaître ? » Mais Jelena… regarde tous les hommes devant elle et reconnaît immédiatement celui qui a le dos trop raide pour un homme du peuple et le menton levé comme si le monde lui appartenait.

Sasha l'interrompt, essuyant ses doigts collants sur son pantalon.

— Alors elle a gagné ? interroge-t-elle, excitée. Qu'est-ce qu'elle a demandé ? Des terres, un château ?

Baba secoue la tête.

— Le tsar, impressionné par l'esprit de la jeune fille, lui demanda sa main et Jelena l'accepta. En échange de sa victoire, elle lui a fait promettre une chose. « Si un jour tu me chasses, alors tu devras me laisser emporter ce que j'aime le plus dans ce palais. »

Sasha hausse les sourcils.

— Oui, gamine. Comme toi, le tsar a trouvé cette demande étrange, mais il a accepté, convaincu que pour une fois, Jelena avait fait preuve de bêtise. Quelques années plus tard, comme elle l'avait prévu, le tsar se lassa de Jelena et lui demanda de quitter le château. Mais, avant de partir, Jelena l'a fait boire, jusqu'à ce qu'il tombe endormi.

Baba plante son regard dans les yeux de Sasha.

— Quand il s'est réveillé, le tsar était dans une charrette, sur la route. Il a voulu hurler, ordonner qu'on l'arrête. Mais elle était là, devant lui, plus tranquille que jamais. Elle lui a tendu l'acte écrit, signé de sa main, quelques années auparavant.

Un sourire fugace se dessine sur les lèvres de la vieille femme.

— « Tu m'avais dit que je pourrais emporter ce que j'aimais le plus, lui a-t-elle dit. Et c'est toi que j'ai pris. »

Un silence s'installe. Sasha réfléchit, indifférente à l'agitation alentour. Baba tend une serviette à l'enfant.

— Tu vois, dit-elle. Les idiots utilisent leurs poings, les faibles baissent la tête. Mais les plus malins, eux, trouvent un moyen.

L'image de Jelena, victorieuse, sur la route, tarde à quitter l'esprit de Sasha. Elle lève les yeux vers la vieille femme.

— Et vous, vous êtes déjà partie ?

— Quelque temps, répond Baba, le regard toujours vrillé sur l'enfant. J'ai un peu vu du pays.

Sasha la dévisage avec stupeur.

— Pourquoi êtes-vous revenue, alors ?

Devant la surprise de l'enfant, la vieille femme esquisse un sourire léger, au milieu de la mer de vagues qui creuse son visage. Un drôle d'éclat illumine son regard.

— J'avais trouvé un moyen… mais on ne quitte jamais vraiment Novi Sad, mon enfant.

49

L'endroit empeste la sueur, le tabac et l'odeur âcre de l'alcool mal digéré. Le claquement des chaussures cirées de Marius vient se perdre en écho contre les hauts murs de béton. Des silhouettes, ombres furtives aux orbites profondément creusées, sillonnent les couloirs délabrés. En dépit du nombre de personnes qu'il croise sur son chemin, un silence pesant règne sur les lieux, brisé parfois par les cris d'un nourrisson ou les aboiements d'un chien.

Malgré son apparence impeccable, personne ne semble s'interroger sur la présence de l'homme dans ce bloc désaffecté. À dire vrai, lui aussi a l'impression d'être passé du côté des spectres, depuis qu'il a pénétré dans cet antre de misère. Derrière chaque cloison, le même spectacle de désolation. Des montagnes de déchets s'amoncellent, répandant leur odeur nauséabonde. Des rats, à peine gênés par la présence de l'inconnu, fouillent les décombres à la recherche de restes alimentaires à l'abandon.

C'est le troisième immeuble qu'il arpente, dans sa quête de la perle rare. Des hommes, des femmes, des familles entières peuplent ces habitations de fortune. La plupart d'entre eux, avachis sur des matelas crasseux, expirent leur lassitude. Dans la lumière blafarde qui filtre à travers les volutes de fumée, le temps s'étire, indifférent. Le linge accroché çà et là se balance paresseusement au rythme du vent qui pénètre par les vitres brisées.

Derrière une porte de plexiglas, l'atmosphère opaque laisse deviner l'enchevêtrement de corps enlacés, dont les grognements laissent peu de place au doute quant aux activités de ses occupants.

Marius passe son chemin, progressant encore dans les entrailles du monstre de béton. Alors, il l'entend. Le son est léger et cristallin, frais comme une brise. Il crève l'atmosphère épaisse, inondant furtivement les lieux d'une couleur inattendue. Le rire discret d'un enfant résonne à l'étage du dessus. L'oreille tendue, Marius lève la tête avec espoir. Il scrute le plafond à la peinture écaillée, comme s'il avait soudain été capable de voir au travers.

Une pression sur son bras le ramène au présent. Un vieillard, le visage couturé de cicatrices, tend une main tremblante vers lui. Les larges balafres s'étendent tel un labyrinthe sur la peau tannée et fatiguée. L'espace d'un instant, Marius songe au témoignage que l'homme pourrait faire de sa vie, aux traumatismes profonds qui l'ont certainement marqué dans sa chair. Une existence réduite à des stigmates et une paume tendue. Marius jette un regard vers le plafond. Il n'aura pas assez d'une vie pour explorer les tréfonds de l'âme humaine. Il soupire et plonge sa main droite dans la poche de son veston, dont il tire un gros billet qu'il dépose entre les doigts fripés du vieil homme.

À nouveau, le son aigu retentit au milieu des courants d'air glacés. Comme happé par le haut, Marius s'engage dans les escaliers sans accorder un regard supplémentaire au mendiant. La petite voix flûtée a sur lui l'effet d'un charmeur de serpents. Pourtant, l'enfant doit être jeune. Trop jeune. Malgré tout, cela vaut la peine d'y jeter un œil, juste pour être sûr. L'excitation gagne le médecin tandis qu'il gravit les dernières marches. Guidé par les petits cris et les murmures, Marius progresse en silence. Il voudrait observer avant d'être vu.

À pas feutrés, il gravit les dernières marches. À l'étage, la lueur orangée du crépuscule lèche les murs défraîchis. Marius se fige. Un bambin a surgi sur sa gauche. Pieds nus, bras tendus, la démarche hasardeuse, il traverse le corridor en riant. Progressant sans bruit, Marius jette un œil à l'ouverture par laquelle l'enfant vient de disparaître. La pièce, faiblement éclairée, sert visiblement de chambre à plusieurs personnes. Des matelas posés à même le sol emplissent l'espace. Une forte odeur chimique de plastique brûlé imprègne les lieux.

Le petit garçon doit avoir un peu plus d'un an, à peine. En quelques enjambées chancelantes, il s'allonge à côté d'une femme, étendue sur l'un des lits de fortune. Peu vêtue, ses vêtements légers laissent deviner un corps chétif et fatigué. Marius s'interroge sur l'état de conscience de la femme, tandis que le petit se love contre elle. Le bras décharné se soulève légèrement. Du bout des doigts, elle passe une main dans les cheveux épais de l'enfant. L'effort semble démesuré. Le bambin, lui, ferme les yeux de plaisir.

Le froissement d'une étoffe interrompt l'homme dans sa contemplation. Une jeune fille vient d'apparaître en haut des escaliers. Son regard oscille entre Marius et la porte ouverte, une expression apeurée sur le visage. À nouveau, les gazouillis de l'enfant résonnent entre les murs froids. L'hésitation qui transparaissait un instant plus tôt dans les yeux de la fillette disparaît aussitôt. Elle dépasse Marius d'un pas pressé et se rue dans la petite pièce. Du sac en toile sur son épaule, elle extrait une miche de pain, qu'elle rompt pour en donner un morceau au bambin. Le regard de l'enfant s'agrandit et un nouveau sourire fend son visage lorsqu'il le saisit. La fillette soulève l'enfant de ses bras fluets et dépose un baiser sur sa joue. Du pied, elle repousse la pipe à crack qui gît sur le sol.

La main de la femme allongée par terre retombe mollement

sur le sol. Lentement, elle ouvre les yeux. Bleus. D'un bleu qui perce, qui dévore. Une couleur qui ne devrait pas exister ici, dans ce monde de gris et de suie. Des iris profonds comme l'océan qui contrastent férocement avec son teint maladif et ses cheveux d'un noir de jais. Ce regard, ce sont les abysses. La transition entre la beauté de l'eau et la terreur des ténèbres, là où la lumière se dissout et où la noirceur est reine.

Quelques secondes s'écoulent avant que Marius ne se rende compte que toutes deux le fixent avec attention. La femme, comme sortie de sa léthargie, pose sur lui un regard intense et curieux. Marius l'ignore, captivé par la fillette qui serre le bébé contre elle dans un mouvement défensif. Elle ressemble à sa mère ; frêle, les cheveux ébène et le nez droit. Ses yeux tristes évoquent à Marius un ciel nuageux sans soleil. La fillette respire la solitude et l'abnégation. Elle doit avoir huit ou neuf ans, à tout casser. Il la contemple, fasciné.

Elle est parfaite.

50

Dès l'instant où l'homme avait franchi le seuil, Sasha avait su que quelque chose d'important était sur le point de se produire. Pourtant, jamais elle n'aurait pu imaginer la tournure que les événements allaient prendre.

— Bonjour, on peut discuter ?

L'accent de l'homme est inconnu à Sasha. Malgré quelques défauts légers de prononciation, son serbe est fluide. Il fixe du regard la mère de la fillette, que l'intrusion de l'étranger a brusquement fait sortir de sa transe. Elle se redresse, vacillante, tanguant légèrement sous les effluves acides de la pipe à crack. Avançant vers l'homme à petits pas, elle ondule, en phase avec une musique dont les notes ne résonnent que dans son esprit. Elle tend un doigt vers la poitrine de l'homme, posant sur lui un regard aguicheur qui en dit long sur ses intentions. Ses cils dansent au-dessus de ses cernes violets, provocants. Elle aurait pu être belle, dans une autre vie.

Sasha ne veut pas connaître la suite. Elle se penche, attrape l'ours en peluche crasseux qui traîne par terre et, sans un bruit, quitte la pièce à reculons. Son petit frère, toujours niché contre son cœur, mâchouille son morceau de pain en silence.

Elle doit s'éloigner. Trouver un coin tranquille en attendant que l'homme disparaisse et les laisse reprendre le cours de leur vie.

Au bout du couloir, une porte-fenêtre mène sur un petit balcon abrité du vent. La jeune fille a besoin d'air frais. La tête lui tourne. Elle abaisse la poignée. Le froid mordant lui fait du bien. Le petit corps faiblement vêtu se raidit dans ses bras.

— Attends, Ivan… viens.

Elle soulève son gilet épais, constellé de miettes humides, pour abriter l'enfant. Le contact de la peau chaude du garçonnet contre la sienne lui arrache un sourire. Sasha glisse l'ours en peluche sous son gilet et sent les petites mains de l'enfant qui s'en saisissent avec avidité.

La fillette s'adosse au mur et se laisse glisser contre la façade. La pluie a cessé. Les nuages menaçants se sont déplacés, déversant leur colère sur le sud de la ville. Les trombes d'eau forment un rideau opaque, au loin, sur la ligne d'horizon.

Le bruit des gouttes qui s'écrasent dans les gouttières de zinc résonne en une mélodie métallique. Dans ses bras, Ivan ne bouge plus. Sa petite tête repose sur l'épaule de sa sœur, sa poitrine se soulevant doucement au rythme de ses respirations. Sasha pose sa joue sur les cheveux clairs de l'enfant endormi et y dépose un baiser. Ivan mérite mieux que cette vie-là. Souvent, elle s'imagine l'emmener loin d'ici. Quelque part où il pourrait s'épanouir dans la chaleur d'une famille aimante. Il aurait un ourson propre et un lit rien qu'à lui.

Mais l'enfant ne peut pas quitter sa mère. Jamais. Sasha l'a compris ce jour-là. Le jour où elle l'avait retrouvée à moitié inconsciente, gisant dans sa propre urine. L'enfant, âgé de quelques semaines à peine, hurlait à pleins poumons à côté du corps inanimé.

Sasha avait senti une haine profonde s'insinuer dans ses veines, envahir chacune de ses cellules. Elle aurait pu tuer sa mère. Jamais, elle n'avait éprouvé autant de mépris. Elle avait attrapé Ivan et s'était ruée à l'extérieur. Il fallait partir, le plus loin possible.

Mais Ivan n'avait pas cessé de pleurer. Sasha avait tout essayé pour le calmer. La peau du nouveau-né, à force de s'époumoner, avait pris une teinte bleuâtre qui avait fait paniquer la petite fille. Ivan n'avait consenti à s'endormir qu'après que la fillette, démunie, avait fait demi-tour pour retourner auprès de leur mère.

À leur retour, la femme était revenue à elle. L'odeur d'urine avait disparu de la petite pièce. Sans un regard pour sa fille, elle avait pris le bébé de ses bras et l'avait serré contre elle. Elle l'avait bercé jusqu'à ce qu'enfin, secoué de sanglots, il finisse par s'endormir, épuisé mais serein. Puis, elle l'avait posé et Sasha avait reçu la pire correction de sa vie. Si Ivan ne pouvait pas quitter cet endroit, Sasha ne le pouvait pas non plus.

Le haut de son crâne repose sur le mur froid derrière elle. Les paupières de Sasha se ferment progressivement, apaisées par les inspirations lentes d'Ivan et la douce chaleur qui émane de sa peau. Elle voudrait que ce moment dure toujours. Si seulement tout pouvait s'arrêter maintenant.

* * *

— Viens, entre.

Sasha sursaute. D'instinct, elle porte les mains à son gilet. Le petit garçon est toujours là, profondément endormi. Elle lève la tête. L'inconnu se tient devant elle. Il lui fait signe de le suivre.

Le couloir est silencieux. Le cœur de Sasha tambourine dans sa poitrine. Arrivé à hauteur de la porte de la petite chambre, l'homme s'arrête, l'invitant à passer devant lui. Sasha voudrait partir en courant. Mais l'homme bloque le passage et il pourrait blesser Ivan si elle tentait de s'enfuir malgré tout. Elle franchit le seuil. Sa mère est là, assise sur un matelas. Dès qu'elle les voit entrer, elle se lève d'un bond et tend les bras pour récupérer son fils. Sasha déboutonne fébrilement son gilet et, avec précaution, extrait l'enfant pour le rendre à sa mère. L'homme n'a pas bougé. Sasha sent sa présence dans son dos. Quelque chose ne va pas.

La fillette lance un regard à sa mère. La femme s'est rassise sans un mot, serrant Ivan contre elle. Une minute s'écoule, dans un silence assourdissant.

— Tu vas partir avec ce monsieur.

La phrase a fendu le petit espace comme un coup de fouet. Sasha cligne des yeux. Son cœur, qui galopait furieusement une seconde auparavant, manque de s'arrêter. Elle tourne la tête vers l'homme dans le couloir, puis à nouveau vers sa mère. Sa gorge est sèche.

— Tu vas rentrer en France avec lui, c'est un grand docteur. Il s'occupera de toi.

Sa mère ne la regarde pas. Sasha, elle, a la sensation d'avoir rejoint un spectacle grotesque. Tandis que les mouches réapparaissent devant ses yeux, un souvenir lui vient en mémoire. C'était il y a quelques mois. Dans la salle bondée du centre communautaire de son quartier, elle cachait ses yeux derrière ses mains. Sur la toile tendue, la fameuse scène du magicien Houdini se débattant dans une cage de verre remplie d'eau avant de se noyer l'avait plongée dans l'effroi.

Aujourd'hui, elle a l'impression d'avoir pris sa place dans l'aquarium. Et c'est sa propre mère qui s'assure de sceller le couvercle. Ses mots restent bloqués au fond de sa gorge. Même l'air peine à y trouver un chemin.

— Pourquoi ?

— Parce qu'il est riche et qu'il m'a donné beaucoup d'argent pour t'avoir.

Elle a l'impression d'observer la scène derrière une vitre sale. La même vitre à travers laquelle les spectateurs avaient observé la noyade de l'illustre magicien sans esquisser le moindre geste. Elle est Houdini, coincée dans le bocal. Elle va se noyer.

Sasha ne tient plus. L'épuisement, la tristesse et la colère font exploser le cœur de la fillette. Un torrent de larmes surgit de ses yeux clairs. Tout ça est surréaliste. Sa mère se lève d'un bond et, sans crier gare, la gifle avec force. L'enfant se fige sous le choc.

— Tu vas partir sans faire d'histoire pour que j'aie une chance d'offrir une meilleure vie à ton frère. Un jour, tu reviendras. Maintenant, fais ce que je te dis.

Dans le dos de Sasha, l'homme se racle la gorge. C'est le signal. D'un revers de manche, la fillette essuie son visage ruisselant de larmes. Elle regarde autour d'elle. Que pourrait-elle bien emporter ? Elle ne possède rien. Son regard glisse sur l'ours en peluche, abandonné sur le sol. Il est tombé quand elle a rendu Ivan. Sasha le saisit et le serre entre ses doigts. Elle s'approche de son frère, sous l'œil méfiant de sa mère et dépose la peluche contre le garçonnet. Elle passe un doigt sur sa joue tiède. Il aurait été plus simple de lui arracher les entrailles que de lui demander de quitter Ivan.

Sasha se détourne, il faut qu'elle quitte cet endroit, et vite. Avant que les flots salés n'inondent à nouveau son visage.

Sur le seuil de la porte, quelque chose la retient, l'espoir peut-être, le désespoir plus probablement.

Lorsqu'elle lui fait face pour la dernière fois, sa mère tient entre ses mains une liasse de billets. Ses longs cheveux, couleur corbeau, encadrent son visage émacié. La femme lève la tête. Le dernier regard qu'elle lance à sa fille achève de sceller le destin de Sasha. Un regard bleu abyssal qui la tourmentera pour le restant de ses jours.

51

Le moteur ronronne, avalant le ruban noir de la départementale. Dès qu'il l'a pu, Fidel a quitté la ville et les chemins trop fréquentés. Il ne peut pas risquer un contrôle de police. Pas aujourd'hui. À l'heure qu'il est, l'hôpital a dû s'apercevoir de l'absence de Victoire. L'alerte a certainement déjà été donnée. Après tout, elle était probablement la patiente la plus surveillée de l'établissement. De combien de temps disposait-il avant de devoir s'inquiéter ? Fidel jette un œil prudent dans le rétroviseur, une fois de plus. Pas l'ombre d'un gyrophare à l'horizon. La voie est libre. Pour le moment.

Sur le siège passager, Victoire fixe la route, les mains sur les genoux, muette. Elle est tendue. Il la connaît par cœur. À deux reprises, il l'a vue pincer l'intérieur de son avant-bras, juste au-dessus de son poignet, là où il a laissé l'empreinte de sa mâchoire. Ce geste qu'il l'a vue répéter des centaines de fois, imprimant profondément la marque de ses ongles dans sa chair, signe le début d'une bouffée d'angoisse. La crise ne tardera pas. Tant mieux. Elle sera plus facile à guider si elle se sent perdre pied. Jusqu'à un certain point au moins.

Elle n'a pas décroché un mot depuis qu'elle l'a rejoint devant l'hôpital, vingt minutes plus tôt. Il l'a vue traverser le parking d'un pas déterminé, avant de s'engouffrer dans la voiture noire qu'il lui avait décrite la veille. Sans la moindre hésitation, elle avait ouvert la portière et s'était glissée à ses côtés, transcendée par la promesse de révélations tant attendues. L'habitacle s'était empli du léger parfum de rose qu'elle répandait autour d'elle partout où elle allait. Cette même odeur qui l'avait toujours rendu fou. Fou de rage, de douleur et de désir. Aujourd'hui, enfin, l'histoire allait connaître son épilogue. D'une manière ou d'une autre, Victoire ne le ferait plus jamais souffrir. Elle l'ignore encore, mais les cartes sont entre ses mains. Plus que quelques heures.

Tenant le volant d'une main, Fidel se penche sur elle. D'une main, il tire un petit écrin nacré de la boîte à gants.

— Ouvre-le.

Victoire tourne le regard vers lui, surprise. Le métal froid et léger glisse sur sa peau. Elle retourne la gourmette argentée entre ses doigts. *Victoire.*

— Je te l'ai offerte un jour. Je voulais la garder, en souvenir. Mais elle est à toi.

Fidel jette un œil à la boîte à gants encore ouverte.

— L'enveloppe aussi est pour toi.

Elle suit son regard. Le papier brun, froissé, encore scellé, semble avoir été souvent manipulé.

Victoire le retourne dans ses mains. L'écriture fine et penchée provoque un sursaut dans son esprit. *Sasha.*

Fidel a les yeux rivés sur la route.

— Ne l'ouvre pas maintenant, on aura tout le temps d'en reparler plus tard.

Victoire, à regret, glisse l'enveloppe dans la poche arrière de son jean. Tout cela n'a aucun sens. À côté d'elle, Fidel prend un malin plaisir à faire monter la pression, aucun doute là-dessus.

— Depuis quand me connaissez-vous ?

Fidel esquisse un sourire, imperceptible. *Ça y est.* Elle a mis les doigts dans l'engrenage et ne les en sortira que lorsqu'il l'aura décidé.

— Depuis toujours, Victoire. Toi et moi, nous nous connaissons depuis notre naissance.

À sa droite, le silence revient. Elle retient sa respiration. Il l'entend presque compter mentalement les secondes, essayant de ralentir les battements de son cœur. C'est lui qui le lui a appris, il y a longtemps. C'était dans une autre vie.

Elle est totalement immobile, comme un lièvre pris dans les phares d'une voiture. Qu'il est jouissif d'être le seul maître à bord, d'être craint et respecté. Elle boit ses paroles. Il est tout-puissant. La dopamine abonde dans son cerveau, décuplant sa confiance en lui.

Le plan se déroule à merveille. À vrai dire, il ne l'a jamais connue si docile. C'en est presque perturbant. Elle est tellement différente de celle qu'il a abandonnée sur le sol de cette forêt.

Comme pour calmer la légère euphorie provoquée par l'afflux hormonal, une autre sensation vient s'insinuer dans les entrailles de Fidel. Le désarroi de Victoire réveille en lui l'instinct de protection naturel qu'il a toujours eu à son égard, écartant temporairement ses pulsions de prédateur. L'envie de la serrer contre lui le saisit sans crier gare, provoquant dans son abdomen la cavalcade furieuse de ses intestins.

Il pourrait tout arrêter, stopper sa course meurtrière et choisir la vie. Ils pourraient quitter le pays et vivre heureux, loin d'ici. Fidel laisse son esprit dériver un instant vers d'autres contrées où, loin de l'emprise et de la folie de Marius, leur amour aurait enfin une chance de s'épanouir en paix.

Du coin de l'œil, il perçoit à nouveau Victoire pincer férocement sa peau déjà abîmée. Non. Point de salut pour eux deux. Ils ont plongé bien trop loin dans les ténèbres. Il ne pourra pas se faire l'économie de la vérité, pas s'il espère la libérer des démons qui la hantent. Vaincre le traumatisme par le traumatisme, tel était le credo du vieux cinglé.

Le temps est venu de mettre ses théories en application.

— Vous… c'est toi qui m'as attaquée, n'est-ce pas ?

La question le surprend. Fidel lance un nouveau regard dans son rétroviseur. La lucidité de Victoire l'a toujours impressionné.

— Oui. C'était moi.

— Tu vas me tuer ?

Son souffle est à peine audible. Fidel soupire.

— Non, sauf si tu m'y obliges. Le plan a changé.

Nouveau silence. Il aimerait la regarder, mais fixer la route est infiniment plus aisé que de risquer de croiser son regard bleu et apeuré. Il serre ses doigts sur le volant.

— Où est-ce qu'on va ?

C'est une bonne question. Cabinet, foyer, prison, sanctuaire, purgatoire ; les mots qui pouvaient désigner la grande demeure étaient nombreux. Il lui avait déjà parlé du bureau du médecin, il pouvait lui en dire davantage.

— Chez nous, répond Fidel dans un murmure, les yeux toujours rivés sur le bitume. Là où tout a commencé.

52

Fidel bifurque à gauche, s'introduisant sur le terrain d'une vaste propriété. Il ralentit son allure. Les pneus crissent sur l'allée gravillonnée.

Enfin, Fidel coupe le contact devant la porte d'un garage défraîchi. Sans un regard pour sa passagère, il ouvre sa portière.

— Terminus, annonce-t-il à voix basse en sortant du véhicule. Attends-moi dehors.

Le ton est suffisamment menaçant pour être dissuasif. Victoire s'extrait par la portière, attentive aux faits et gestes de Fidel qui, l'ignorant toujours, entreprend de garer la voiture. Rien, dans son attitude, n'indique qu'il vient d'avouer sa responsabilité dans l'agression de Victoire. Il le sait, elle ne tentera pas de s'enfuir. Où pourrait-elle aller ?

Avec avidité, Victoire s'empresse de scruter les lieux à la recherche d'une piste, d'un indice et, le cas échéant, d'une issue de secours. Si ce qu'il lui a dit est vrai, cette bâtisse renferme probablement la clef du mystère de son identité. Elle a beau savoir qu'elle se rend dans le cabinet du Dr Clavin, elle n'arrive pas à comprendre en quoi cela pourra l'aider à faire remonter ses souvenirs à la surface.

Elle lève les yeux vers les hautes fenêtres, plissant les paupières sous les assauts du ciel clair. La bâtisse doit dater du XVIIIe siècle, à en juger par son architecture. Les pierres de calcaire beige reflètent le soleil tiède du début du printemps. Le regard de Victoire est attiré par un miroitement, un peu plus loin, sur l'angle de la grande demeure. De magnifiques vitraux aux couleurs chatoyantes ornent les murs de l'étage.

Le craquement d'une allumette retentit trop fort dans le silence glacé du jardin, l'obligeant à se détourner du spectacle fascinant des scintillements colorés. Fidel se tient là, deux mètres derrière elle, expirant de grandes volutes de fumée en la scrutant de ses yeux sombres. Il balaie du regard l'immense jardin laissé à l'abandon.

— Bienvenue, lance-t-il d'un ton sarcastique.

— Je n'ai aucun souvenir de cet endroit, confesse Victoire, à contrecœur.

Elle espérait qu'elle serait saisie par un élan de vérité, comme lorsqu'on l'avait emmené chez elle, quelques semaines plus tôt. Un flashback, une sensation. Rien.

— Ça va venir. J'ai une surprise pour toi.

L'intonation de sa dernière phrase arrache un frisson glacé à Victoire.

Il passe devant elle et remonte l'allée. Devant la façade claire, un immense saule pleureur se dresse avec majesté. Ses lianes verdoyantes ondulent dans la brise au-dessus d'un minuscule ruisseau, délimitant la propriété.

La lourde porte de chêne bascule sur ses gonds dans un grincement sonore. Malgré l'angoisse qui la gagne, Victoire franchit le seuil. Si proche du but. Elle tente d'ignorer le bourdonnement qui enfle dans ses oreilles. « Pourvu que je ne m'effondre pas… » supplie-t-elle dans une prière silencieuse.

Du bout du pied, Fidel écrase son mégot sur le perron, puis referme la porte derrière eux. À l'intérieur, l'air est gelé, incisif. Elle sent son regard vrillé sur son dos tandis qu'elle inspecte le grand hall. Il retient sa respiration. Victoire perçoit sa fébrilité et son impatience. Elle ne comprend ni ce qu'il ressent à son égard, ni la relation qui les lie. Il agit avec elle comme s'il voulait l'aider, avec une bienveillance aussi glaciale que l'est cette grande maison sans âme. Victoire frissonne, percutée par la violence de la réalité ; il a tenté de l'assassiner avant d'abandonner son corps meurtri en pleine forêt. Alors pourquoi diable s'évertuer à la faire venir ici, au risque de se faire arrêter par la police ? Plus tard, elle s'inquiètera plus tard.

Le regard de Victoire se pose sur l'escalier en bois massif, imposant, qui mène à l'étage supérieur. Avec curiosité, elle passe ses doigts sur la rampe sculptée. Elle reconnaît la sensation. Un courant électrique remonte le long de son bras.

Le raclement de gorge de Fidel l'arrache à son sentiment de déjà-vu. D'un signe de tête, il l'entraîne dans un petit couloir, à gauche du hall. À la suite de Fidel, Victoire pénètre dans un vaste bureau. D'immenses bibliothèques en bois sombre sont alignées le long des murs. Un bureau massif tapissé de cuir vert trône au milieu de la pièce.

Le souvenir lui revient comme un coup de fusil, lui coupant le souffle. C'est dans cette pièce que son dernier flashback l'a projetée, quelques jours plus tôt. Ici qu'elle a revu Fidel, enfant, et l'éminent médecin en pleine séance de psychanalyse. La curiosité l'emporte sur la peur.

Se dirigeant vers les rayonnages, Victoire parcourt les couvertures des gros volumes. Pour la plupart, des traités de médecine, de philosophie, de psychanalyse et de sociologie ornent les étagères.

Fidel s'est glissé à côté d'elle. Victoire sent son souffle près de son oreille.

— Alors ?

— Je me souviens de ce bureau, admet-elle en balayant l'endroit du regard.

Elle fronce les sourcils.

— Il a changé de place.

Fidel sourit et frappe dans ses mains, en un applaudissement forcé.

— Rien ne t'échappe ! Pourtant, ça fait des années que tu n'as plus mis les pieds ici. Mais tu as raison, poursuit-il en levant les yeux, un sourire au coin des lèvres, on a eu besoin de monter sur le bureau, pour le décrocher.

Victoire suit son regard. Accroché à une poutre du haut plafond, un morceau de corde sectionné pend dans le vide, vestige silencieux de la fin tragique du médecin.

— Le vieux s'est foutu en l'air, explique Fidel, répondant au regard perplexe de Victoire. Lui qui a joué avec le feu toute sa vie, il doit être ravi de passer le reste de l'éternité en enfer.

Fidel rit, d'un rire sans joie. Victoire tressaille devant le cynisme morbide de la réflexion.

— Je m'asseyais là, dit Fidel en désignant un fauteuil crapaud dans le coin de la pièce. En retrait, discret comme une ombre. Il voulait que je voie ses patients sous un angle différent du sien. Il avait beau avoir étudié pendant des années, avalé plus de bouquins que la plupart des hommes de ce monde, il était bien conscient qu'il lui manquait un ingrédient majeur pour mener à bien ses recherches.

Victoire lève les yeux vers Fidel. L'image du bel homme sur la couverture, avec son assurance et son regard déterminé, lui revint en mémoire. Ces deux-là avaient beau ne pas partager de traits physiques, elle voyait un peu du médecin, dans les expressions de Fidel.

— Qu'est-ce qu'un enfant avait à apporter à un homme comme lui ?

— L'expérience, évidemment. Lui, gosse de riche élevé dans une pseudo-bourgeoisie, n'avait pour connaissances de la douleur que les récits des pauvres gens qui défilaient dans son cabinet. Marius n'aurait jamais pu s'en contenter. Il était jusqu'au-boutiste, trop certainement. Il est allé très loin dans ses expérimentations.

Victoire attend, suspendue à ses lèvres. Il pose les yeux sur elle, surpris de son silence. Son expression béate lui arrache un nouveau sourire en coin.

— Mais je ne voudrais pas en révéler plus que nécessaire. Ne t'inquiète pas, c'est pour bientôt.

Souffler le froid et le chaud, voilà sa façon de procéder. Il se délecte du pouvoir qu'il exerce sur elle. Les cellules de Victoire, à l'unisson, lui hurlent de faire marche arrière, d'ouvrir les grandes portes de chêne et d'aller tambouriner chez les voisins. Une autre force, pourtant, la maintient fermement sur place. Il est un aimant fait de chair et d'os. Aussi attirant que repoussant.

— Viens, j'ai quelque chose à te montrer.

Fidel quitte la pièce et s'engage vers l'escalier majestueux. Les marches patinées craquent sous son poids, tandis qu'il progresse vers le palier supérieur. Victoire, sans un regard pour la porte d'entrée, lui emboîte le pas.

La silhouette fantomatique de Fidel progresse dans un nouveau couloir plongé dans la pénombre. La demeure est immense. Pourtant, dans une sorte d'évidence, Victoire sent qu'elle n'aurait pas eu besoin d'être guidée pour retrouver son chemin.

Enfin, il se fige. Statique, il semble attendre de Victoire une réaction. Devant elle, une porte est entrouverte. Un panneau semble y avoir été décroché, marquant de son empreinte la peinture usée. À sa droite, une porte fermée. Malgré le manque de luminosité, un nom est visible sur la petite pancarte émaillée : Sasha.

Le souffle court, Victoire pose une main sur la poignée. Elle en a la certitude, ses pas devaient la mener ici. La porte s'ouvre dans un grincement sonore. La clarté soudaine l'éblouit, la forçant à porter sa main en visière pour se protéger. Le regard instinctivement baissé vers le sol, Victoire tarde à comprendre le drôle de spectacle qui se déroule sur le parquet ancien. Une ronde de couleurs, comme un mandala lumineux, danse dans la pièce, inondant le sol des nuances des vitraux que Victoire avait aperçus au-dehors. Le bourdonnement dans ses oreilles est difficile à ignorer, désormais. Ces couleurs hypnotisantes, elle les connaît par cœur. Cela fait des semaines qu'elles hantent ses rêves et ses cauchemars, dans une ronde infinie et angoissante. La tête dans un étau, Victoire perçoit la présence de Fidel, toute proche. Bien trop proche. Ses mains immenses se posent sur ses épaules, glissent sur son cou. Victoire est au bord du malaise. Sa vue se brouille sous l'assaut des mouches qui envahissent son champ de vision.

— Lève les yeux, Victoire. Regarde.

La voix est lointaine, étouffée. D'un mouvement du poignet, il saisit le menton de Victoire pour l'obliger à pivoter et porter son regard sur le mur qui leur fait face.

Victoire met quelques secondes à comprendre ce qu'elle a devant les yeux. Elle croit d'abord à une tapisserie étrange mettant en scène une foule qui la dévisage. En réalité, des dizaines, des centaines de photos, toutes les mêmes, la fixent d'un regard vide. Des yeux bleu abysse cernés de larges poches violettes. Un regard qui replonge instantanément Victoire dans les ténèbres.

Elle se souvient. De tout.

53

L'arrivée de Sasha dans sa vie avait eu pour mérite de faire prendre conscience à Sebastian du véritable sens du mot *responsabilités*. L'expression que le médecin avait employée pendant des mois, le fameux « passage au niveau supérieur », dissimulait en réalité un plan bien plus sordide que tout ce que le jeune adolescent aurait pu imaginer. Et comme Marius n'avait cessé de le lui répéter, le succès ou l'échec dudit plan reposait en partie sur ses épaules.

Le psychiatre s'était un soir lancé dans des explications théoriques dont la plupart des termes échappaient totalement à Sebastian. De sa formation accélérée d'assistant du Dr Frankenstein, il avait certes beaucoup appris, mais il n'en restait pas moins qu'il n'était encore qu'un enfant.

Sebastian avait cependant compris l'essentiel du projet ; Marius cherchait un cobaye. Le patient type parfait, en construction, qu'il pourrait modeler à sa guise pour construire et déconstruire au gré de ses recherches. En résumé, il cherchait un enfant. Pas trop jeune pour que son cortex préfrontal soit suffisamment mature et échappe à l'amnésie infantile. Il ne devrait pas avoir atteint ses onze ans au début de l'expérience, afin que ses mécanismes de défense soient encore suffisamment immatures et son identité en pleine formation. Tel était le patient parfait que le Dr Clavin cherchait à dénicher. Sebastian, qui avait lui-même bénéficié de l'éducation du médecin, n'y voyait pas grand-chose à redire. Au début, du moins.

L'idée était simple. Le médecin, fier de vingt années de recherches, voulait démontrer de manière formelle que le traumatisme profond était réversible. Il avait demandé à Sebastian d'avoir foi en sa méthode et de ne jamais remettre en question les moyens qu'il fallait mettre en œuvre pour parvenir à la guérison de l'enfant, aussi abrupts soient-ils.

Quelle blessure plus profonde pouvait-il infliger à une enfant déjà vulnérable que celle de l'arracher au foyer dans lequel elle avait toujours grandi ? Il allait la séparer de sa famille, l'enlever à sa patrie, la priver peu à peu de sa langue maternelle, lui retirer son identité et s'assurer que personne ne s'inquiète de sa disparition. Le projet, déjà, commençait à interroger le jeune garçon.

Mais Sebastian, comme son mentor le lui avait demandé, n'avait pas cherché à mettre en doute la méthode. Son rôle à lui, c'était d'observer et d'obéir. Il l'avait flatté, lui avait parlé de son intelligence émotionnelle, de ses capacités d'analyse hors du commun. Sebastian devait devenir l'ami de la petite fille. Sa mission était de créer chez elle un sentiment d'attachement et de sécurité illusoire, qui servirait leurs recherches. « Laisse-lui croire qu'elle te choisit… » avait-il dit. Le plan ne s'était pas vraiment déroulé comme prévu.

Le voyage du retour et les premiers jours s'étaient écoulés dans le silence le plus total. Malgré les sourires distribués par Sebastian et la découverte de la chambre que Marius avait fait préparer en leur absence, la jeune Serbe s'était plongée dans un mutisme dont rien ni personne ne semblait capable de l'extraire. Docile, elle se contentait d'être là, comme si tout son élan vital était resté derrière elle, dans ce quartier délabré de Novi Sad.

Sebastian observait, remplissant de petits cahiers de notes dont il ignorait ce que le médecin pourrait un jour tirer.

Et puis, les séances avaient commencé. Sebastian n'y était pas convié. Il avait attendu, l'oreille appuyée contre l'épaisse porte en bois du bureau. Mais le médecin s'exprimait en serbe et aucune des sonorités gutturales qui lui parvenaient ne lui donnait le moindre indice quant à la teneur des échanges.

Assis là, sur les escaliers du grand hall, son carnet à la main, il attendait la fin des séances, une tension de plus en plus prégnante au creux de l'estomac. Car même s'il avait encore du mal à le comprendre, sa santé mentale semblait étroitement liée à l'état d'esprit de Sasha. Les rares sourires qu'il avait vu poindre timidement au coin de ses lèvres lui avaient tout fait oublier de sa mission. Elle avait, dans le regard, ce petit quelque chose qui avait le don de le bouleverser. Loin de lui apporter l'apaisement que des séances de psychanalyse auraient pu lui fournir, les échanges entre le médecin et Sasha avaient amorcé un tournant radical dans le comportement de la jeune fille. Les mois passaient et, à chaque fois, elle quittait le bureau de Marius en claquant la porte, le regard embué de larmes.

Les séances s'étaient multipliées. Sasha semblait en permanence au bord de la crise de nerfs. Sebastian lui apprenait le français depuis son arrivée, mais aucun mot suffisamment fort ne semblait à la portée de la jeune fille pour qu'elle puisse exprimer ce qu'elle ressentait. Sebastian se sentait démuni. Elle dépérissait.

Les traitements évoluaient, les techniques aussi. Le psychiatre tâtonnait, tournant et retournant Sasha entre ses doigts comme une marionnette désarticulée. L'hypnose sous sédatifs, les hallucinations induites par les molécules. Pour Sebastian, tout cela avait de moins en moins de sens.

Et puis, arriva le jour de la première explosion. Un hurlement déchirant avait traversé les boiseries et fait vibrer les lustres délicats. Marius avait ouvert la porte à la volée, en pleine séance, hurlant à Sebastian de venir l'aider. Il avait accouru dans la pièce. Le spectacle l'avait profondément choqué. Sasha, en position fœtale sur le sol, était maculée de sang. Elle avait enfoncé profondément ses dents dans son bras, répandant des flots d'hémoglobine sur le tapis persan du médecin. Ils avaient dû s'y mettre à deux pour lui faire enfin lâcher prise.

Sur les ordres du psychiatre, Sebastian l'avait traînée dans sa chambre, malgré les ruades furieuses qu'elle tentait pour s'extraire à son étreinte. Le médecin l'avait rejoint, armé de sangles qu'il avait fixées aux pieds du lit. L'adolescent l'avait regardé, hébété, attacher Sasha comme on aurait mis une muselière à un chien particulièrement agressif. D'elle, il ne se souvient que de son regard fou, exorbité et suppliant.

Marius lui avait imposé de la laisser seule, aussi longtemps qu'il l'ordonnerait. La première fois, Sebastian avait obéi. Impuissant, il avait enduré les plaintes et les sanglots de la jeune fille à travers la cloison qui séparait leurs chambres. L'épreuve l'avait mise au supplice. Mais le scénario s'était répété encore et encore et Marius avait multiplié les privations, l'isolement et les punitions. Le désarroi de l'adolescent n'avait cessé de croître à mesure que Sasha sombrait dans la folie.

Il avait appris à reconnaître les signes avant-coureurs, à détecter l'étincelle qui jaillissait dans son regard avant que le point de non-retour ne soit franchi. À plusieurs reprises, elle l'avait attaqué. Les cicatrices qui lardaient le corps de Sebastian témoignaient de la violence de ses assauts. Chaque empreinte laissée par la mâchoire de Sasha lui donnait l'impression de laver un peu sa culpabilité.

Ses crocs étaient devenus son arme de prédilection. Une forme de bestialité avait accompagné son retour à son instinct primal. Sebastian avait eu la sensation qu'ainsi, à coups de dents et de grognements, elle reprenait un peu le pouvoir sur elle-même. L'automutilation était devenue l'incarnation de ce que Sasha avait de plus sauvage en elle. Son salut dans le noir.

Dans un premier temps, l'adolescent s'était convaincu qu'offrir son corps en pâture aux crises de démence de Sasha était sa manière de contribuer au grand projet de son mentor. Loin de toute intention chevaleresque, la réalité l'avait vite rattrapé. Sombre, inavouable. C'était un lien sensuel, charnel, qu'il avait ressenti tandis qu'elle s'était jetée sur lui. La sensation s'était insinuée en lui comme un venin, une drogue particulièrement addictive. Ainsi, à chaque ébauche de folie, Sebastian oscillait entre l'appréhension de la violence et l'excitation de pouvoir s'en nourrir. Jamais leur connexion n'était aussi forte que lorsqu'ils souffraient ensemble.

La jeune fille débordait de douceur derrière son regard bleu océan. Éminemment fragile, elle ne devait sa survie qu'à la relation unique qui les liait. Il l'abreuvait de l'élan vital qui avait fait de lui un homme d'espoir, comblant le vide qui grandissait en elle et qui menaçait de la submerger.

Les crises de rage s'étaient faites plus fréquentes, plus violentes encore. Les mois, les années passaient et plus Sasha vacillait, plus Sebastian l'aimait.

Marius, lui, à mesure que ses expérimentations étaient mises en échec, semblait avoir renoncé à soigner celle qu'il avait réduite à moins que l'ombre d'elle-même. Il balayait d'un revers de main les interrogations de Sebastian, arguant que l'heure était à d'autres projets, à d'autres recherches. L'adolescent n'était pas dupe, le médecin s'essoufflait. Son assurance n'avait plus l'aplomb d'autrefois. L'homme avait perdu pied, obsédé par la quête d'une vérité qui tardait à se révéler. Et il avait bien compris qu'il était en train de perdre son dernier allié.

Leur relation s'était tendue, avec, pour baromètre, l'état psychique de Sasha. Sebastian ne courbait plus l'échine comme avant devant les demandes insensées du médecin.

Marius l'accusait d'être devenu le miroir de Sasha. Pire, son ombre. L'homme avait tenté de le raisonner à coups de théories scientifiques : syndrome de Stockholm inversé, fusion des identités… Sebastian en avait le tournis. Partagé entre l'admiration et le ressentiment envers l'homme qui lui avait tant donné. Mais la soumission de Sebastian s'était teintée de violence refoulée. Jusqu'à Sasha.

De psychiatre émérite, Marius était devenu paria. Meurtri dans son ego, il s'était isolé du monde. Le manoir n'accueillait plus personne. Il était devenu le théâtre intime d'une pièce dantesque, dont la représentation semblait s'étirer à l'infini.

Sasha symbolisait l'incarnation de sa faiblesse. Un être brisé et incontrôlable, allégorie de la descente aux enfers qu'il refusait d'admettre pour lui-même. C'était son propre déclin psychique qui brillait dans les yeux fous de Sasha.

Sasha, ingérable, était toujours recluse dans le manoir, avec comme seules bouffées d'oxygène les sorties quotidiennes en forêt. Sous les arbres, elle racontait à Sebastian les heures passées sur le toit de son immeuble, à rêver du monde et de ses trésors. Elle lui avait parlé d'Ivan, ce petit frère qui lui manquait tant. Il buvait ses paroles, hypnotisé par ce corps frêle à l'énergie bouillonnante.

Alors, un matin de printemps, alors que le soleil n'était pas encore levé, Sebastian était allé tirer Sasha de son sommeil. Il avait chargé une valise dans la voiture de Marius, s'était installé derrière le volant et avait ouvert une carte de l'Europe sur les genoux de sa passagère. Direction Novi Sad. Sebastian avait bien réfléchi. Sasha irait mieux si elle pouvait revoir l'endroit où elle avait grandi. Elle voudrait probablement y rester. Il s'installerait avec elle. Ils seraient enfin heureux. Il n'avait pas de meilleur plan, de toute façon.

Sasha n'avait pas souri. Elle avait levé vers lui de grands yeux inquiets et, à l'image du voyage qu'ils avaient fait ensemble quelques années plus tôt, n'avait pas ouvert la bouche du trajet. Pourtant, ni son attitude ni le caractère hautement illégal de leur voyage n'auraient pu altérer l'intime conviction de Sebastian d'avoir pris la bonne décision.

* * *

Il était tard lorsqu'il avait extrait la clef du contact. Sasha avait fini par ouvrir la bouche pour guider Sebastian à travers les rues mal éclairées. Tous deux avaient été façonnés dans la misère, pourtant il lui semblait infiniment plus enviable d'avoir grandi dans sa favela, entre les vagues et le ciel, que dans cet océan de béton sans âme.

Malgré les années, la jeune femme ne semblait rien avoir oublié de l'articulation des allées entre les bâtiments gris et tristes. Elle lui avait indiqué le chemin, déterminée, sans une once d'hésitation dans la voix. Sebastian lui avait proposé de se reposer, de dormir quelques heures avant de commencer leurs recherches. Il craignait que la fatigue et le stress ne déclenchent une nouvelle crise. Qu'adviendrait-il d'eux si elle explosait ici ? Elle était sortie de la voiture avant même qu'il ait achevé sa phrase.

Il l'avait suivie dans les ruelles obscures, lui, immense, projetant son ombre sur les murs décrépits. Elle, trottant devant lui sans un regard en arrière, frappait aux portes et interpellait des jeunes qui traînaient çà et là. Il était toujours étonné de l'entendre s'exprimer dans sa langue maternelle. Sa voix devenait plus rauque, plus sensuelle. Il s'était surpris à la trouver désirable, alors qu'il lui emboîtait le pas sans comprendre leur destination. Il ne l'avait pas questionnée.

Enfin, après avoir frappé à une énième porte, une femme avait fini par répondre aux questions de Sasha. Ils avaient fait demi-tour, avec enfin, une adresse en poche.

* * *

Neuf heures de route supplémentaires avaient été nécessaires pour rallier la petite ville côtière de Kotor, dans l'état voisin du Monténégro. C'était là que la mère de Sasha s'était installée après que Marius lui avait laissé une petite fortune, quelques années auparavant. Elle s'en était visiblement suffisamment vantée auprès du voisinage, pour qu'une envieuse au moins se souvienne de l'anecdote.

Aucun autre endroit au monde n'aurait pu être plus différent du quartier malfamé qu'ils venaient de quitter. Niché entre les hautes montagnes de la côte Adriatique et les eaux turquoise de la baie, le petit bourg aux accents de vacances apparaissait comme un bijou rare dans un écrin de verdure sauvage.

Mais Sasha ne s'était pas laissée happer par les panoramas à couper le souffle. Le long des rues pavées, elle était entrée dans les bars et les commerces pour questionner, encore et encore. Sa fébrilité n'avait d'égale que sa volonté farouche.

Les réponses avaient été unanimes. Une femme répondait à la description que Sasha avait faite de sa mère.

Sur le chemin sinueux et étroit qu'un pêcheur leur avait indiqué, Sebastian avait senti Sasha se tendre à ses côtés. « Qu'ont-ils dit ? » avait-il demandé. La jeune femme s'était murée dans le silence.

Leur périple devait se finir à pied, par un chemin escarpé dont les cailloux qui le tapissaient menaçaient de dévaler la pente sous chacun de leurs pas. La masure qui s'élevait là, à l'abri des regards, n'avait rien de la retraite confortable que Sebastian s'était imaginé pour la femme qui avait vendu sa fille à un inconnu. La construction rudimentaire, dont les fissures lézardaient profondément les murs, donnait le sentiment de pouvoir s'effondrer à la moindre bourrasque. Ses volets clos à la peinture défraîchie semblaient abandonnés de longue date. L'endroit était jonché de déchets. La nature sauvage qui entourait la petite maison ne suffisait pas à camoufler l'odeur de crasse qui émanait de ses murs.

Sasha avait tambouriné à la porte et Sebastian avait craint que tout l'édifice ne s'effondre sous ses coups. En l'absence de réponse, la mâchoire crispée, la jeune femme avait pénétré à l'intérieur.

Assise sur une chaise, la tête posée sur une table, une femme les avait regardés entrer d'un œil torve, de la salive au coin des lèvres. Des yeux pareils, Sebastian n'en avait jamais vu. Sasha s'était figée, fixant avec effroi celle qui avait été sa mère, des années auparavant. Sebastian n'avait rien compris des quelques minutes d'échanges qui avaient précédé le drame. La femme avait ri aux questions de Sasha, son regard fou braqué sur elle tandis que la tension montait dans la pièce. Enfin, elle avait pointé son doigt vers une petite boîte dans le coin de la pièce et, à nouveau, avait éclaté de rire. Avant qu'il ait eu le temps de réagir, Sasha avait bondi. Elle avait empoigné la chevelure grasse et emmêlée de sa mère et, avec force, avait abattu le haut de son crâne contre le bord de la table. Le meuble s'était effondré sous le choc, emportant avec lui les deux femmes, mêlées par la rage et le sang. Sebastian ne se souvenait plus de ce qui l'avait poussé à agir. Peut-être simplement son propre instinct de survie. Toujours est-il que malgré la crise qu'elle était en train de traverser, il avait soulevé Sasha comme si elle n'avait été qu'une poupée de chiffon, avait retourné la femme au regard fou sur le dos et avait apposé ses mains immenses sur sa gorge. Elle lui avait adressé un drôle de sourire, à lui, l'homme assis à califourchon sur sa poitrine, tandis qu'un dernier râle s'échappait de sa gorge marbrée.

Sasha s'était relevée, avait attrapé la petite boîte posée dans le coin de la pièce et, avec un regard qu'il ne lui connaissait pas, était sortie dans les premières lueurs du crépuscule.

Sebastian n'avait pas vraiment réfléchi. Il avait allumé un

grand feu à l'extérieur de la maison pour réduire en cendres le cadavre encore chaud.

Sasha, en observant les volutes noires s'élever dans le ciel, lui avait tout expliqué. Sa mère avait déménagé avec Ivan après son départ, abandonnant sur place le reste de la fratrie. Sa mère, qui n'avait jamais réussi à renoncer au crack et dont les habitants redoutaient les visites sur le port. L'argent qui avait brisé la vie de Sasha était parti en fumée à force d'excès.

Et enfin, son petit frère adoré qui, faute de surveillance, avait été retrouvé sans vie au pied d'une falaise. Il venait d'avoir deux ans.

Ils avaient attendu que le brasier cesse de fumer et que les cendres se mêlent à la terre. Puis ils étaient partis, sans un regard derrière eux.

Sur le chemin du retour, le long de la côte, alors que l'aube effaçait peu à peu les dernières ombres, elle lui avait demandé de s'arrêter. Elle semblait songeuse et avait sur le visage cette expression qui ne la quittait plus. Cette nuit, une gravité nouvelle s'était inscrite sur ses traits fins, devant les cendres encore incandescentes. Elle avait changé.

La voiture stationnée face à la mer, elle s'était appuyée contre le capot, le regard levé vers l'horizon. Ses cheveux noirs ondulaient dans le vent, fouettant ses joues aussi blêmes que la lune encore suspendue dans le ciel.

Elle avait plongé ses yeux clairs dans les pupilles noires de Sebastian.

— Cette nuit, tu m'as prouvé une fois de plus ton amour et ta dévotion. Tu es là. Tu ne doutes pas, tu ne faiblis pas. Ta fidélité est sans limite.

Elle lui avait pris la main. Il aurait pu tuer encore mille fois pour que ce moment s'étire à l'infini. Il avait levé un index, effleuré sa joue couleur de lait.

— Tu mérites qu'on te libère du prénom d'esclave qu'on t'a imposé. Il appartient à un autre. C'est un mot creux, une marque de son pouvoir sur toi. Je t'ai trouvé un prénom à la hauteur de l'homme que tu es devenu. À partir de maintenant, je t'appellerai Fidel.

Sebastian avait observé l'horizon, peu importait ses exigences, pourvu qu'il puisse rester à ses côtés. Dans sa paume, il avait resserré son étreinte.

— Et moi…

Elle s'était écartée de quelques pas, laissant son bras ballant, abandonné, dans l'espoir qu'elle lui revienne.

Sa voix s'était teintée d'une détermination inébranlable. Elle s'adressait à la mer, au ciel, à l'univers.

— Je suis celle qui gagne ses combats, je suis celle qu'on ne soumettra plus. Désormais, le monde me connaîtra sous le nom de Victoire.

54

Ses cheveux collent au tissu humide. L'odeur âcre de la moisissure emplit ses poumons. Les souvenirs affluent, comme un film projeté en accéléré. Comment avait-elle pu oublier ?

Entre ses paupières entrouvertes, une ombre gigantesque entre et sort de son champ de vision. Elle la reconnaîtrait entre mille. Elle connaît ce souffle saccadé, impatient. Ces pas qui effleurent le sol sans un bruit. Le spectre de la mort.

Sa tête est lourde. Elle a dû s'évanouir, encore. Son cerveau peine à assimiler le flot d'images. Tsunami d'horreur, engloutissant tout sur son passage.

Tout est trop familier. Elle a compris où il l'a emmenée avant même d'ouvrir les yeux. Elle le ressent dans sa chair. Une seule question la taraude : pourquoi ?

Victoire ouvre les yeux. Le regard fou se pose sur elle. Immobile, les bras ballants, il la dévisage en silence. Elle ne doit pas baisser les yeux. Elle ne peut pas lui céder l'ascendant. Pas maintenant.

Enfin, il brise le silence.

— Tu es de retour, Victoire ?

Sa voix rauque résonne dans l'espace bas de plafond. Il paraît encore plus immense, plus menaçant.

— Je crois, répond-elle sans détourner le regard.

Fidel se remet en mouvement, arpentant la pièce à pas

lents. Sa nervosité électrise l'air. Les milliards de molécules en suspension vibrent sous l'effet de sa tension, comme une tempête de sable coincée dans un espace trop étroit.

Un miaulement inattendu fait sursauter Victoire. À ses pieds, au bas du lit, une petite tête la fixe. Un chat, à qui il manque une oreille.

— Cerbère, murmure-t-elle avec soulagement.

Dans un feulement, le chat recule pour rester hors de portée. Victoire n'y fait déjà plus attention. Le félin s'est installé sur un monticule de tissus qu'elle avait d'abord pris pour un tas de couvertures. Une main blanche en dépasse.

Un corps gît au pied du lit. Son contour se dessine, à mesure que les yeux de Victoire s'habituent à l'obscurité. C'est une femme. Sa chevelure noire, crasseuse, s'étale sur le béton. Cerbère se blottit contre le corps inerte, frotte vigoureusement sa petite tête contre la joue posée sur le sol.

Un gémissement s'échappe du corps inanimé. Victoire sursaute à nouveau.

— Justine. Ça faisait longtemps.

Fidel sourit de toutes ses dents, les yeux rivés sur la femme.

Péniblement, Justine se redresse. Ses gestes sont lents, douloureux. Chaque respiration semble la mettre au supplice. Adossée contre le mur, son regard vide semble porter au-delà de Fidel, au-delà même des murs de sa prison. Victoire contemple le profil cadavérique, les traits creusés, la peau tendue sur ses os saillants. Du sang séché macule son visage pâle.

Justine tourne la tête. Ses yeux, profondément enfoncés dans leurs orbites, se posent sur Victoire. Deux yeux bleus, éteints, fatigués. Ses paupières se ferment. Une larme roule sur sa joue, emportant la crasse et le sang dans un ruisseau boueux.

Victoire, elle, n'arrive pas à détacher son regard de la moitié de vie qui se tient devant elle.

Le regard de Fidel va et vient entre les deux femmes, une expression de satisfaction sincère sur le visage.

— Alors, qu'est-ce que tu en penses ?

Son regard s'attarde sur Justine. Un regard avide, gourmand, dérangeant. Victoire ne répond pas. Son esprit dérive, englué dans des souvenirs qu'elle aurait préféré enterrés pour de bon. Des images remontent à la surface, abruptes, acides.

— Je me suis dit que ce serait un bon moyen de remettre les compteurs à zéro. On s'en débarrasse et on s'en va.

La lumière crue de la porte ouverte découpe son ombre contre le mur. Un théâtre en noir et blanc dont il possède tous les rôles : le bourreau, le sauveur, le roi, le fou.

— On quitte cette vie. Je te l'ai proposé, il y a longtemps. Tu t'en souviens ?

Ses yeux sont exaltés, deux soucoupes qui roulent dans leurs orbites. Il sue la tension, la rage contenue. Son regard est braqué sur elle. Les mots de Victoire restent coincés dans sa gorge. Le silence s'éternise. Une seconde de trop.

Il émet un râle rauque, terrifiant, un grondement venu des tripes. Et puis, il bondit. Justine pousse un cri étranglé, à peine émis qu'il est déjà couvert par le vacarme de la chaîne traînant derrière elle. Il l'a saisie à la gorge, l'a soulevée et jetée comme une poupée de chiffon au centre de la pièce. Le métal hurle en raclant le sol.

Victoire plaque son dos contre le mur, sa cage thoracique prête à éclater.

— Je ne suis plus celle que tu as connue…

Victoire pèse ses mots. Elle espère qu'il n'a pas entendu l'urgence, qu'il n'a pas perçu la supplication dans sa voix. Il est capable de les tuer toutes les deux, sans aucun doute.

Un instant, il garde le silence, les yeux rivés sur le corps meurtri à ses pieds. Les secondes s'égrènent, tranchantes, menaçantes.

— Plus celle que j'ai connue ?

Son murmure est un grognement, un souffle brûlant tiré du plus profond de ses entrailles.

— Alors qui es-tu, Sasha ? La gamine du toit ? Celle que j'ai arrachée au bord du vide, que Marius aurait brisée ? Celle qui m'a mordu tant de fois que j'ai fini par oublier l'emplacement de mes cicatrices ?

Il secoue la tête, implacable.

— Non, Victoire. Sasha est morte il y a longtemps. Elle est morte avec Sebastian. Deux mômes torturés, condamnés à rester des victimes pour le restant de leur misérable vie.

— J'ai changé.

— Changé ? Alors qui es-tu ? répète-t-il en vociférant. J'ai cru revoir Sasha, la première fois que je suis venu te voir à l'hôpital. Tu avais retrouvé cette candeur, cette vulnérabilité… Celle qui m'avait rendu esclave de toi, à l'époque.

Il marque une pause. Une veine tressaute sous sa mâchoire crispée.

— Et puis j'ai vu dans ton regard… cette lueur. Victoire était encore là.

Le cœur battant à tout rompre, Victoire mesure ses chances de survie.

— Pourquoi avoir essayé de me tuer ?

Fidel ricane, lève la tête vers le plafond, les doigts croisés derrière la tête dans un geste faussement désinvolte.

— Parce que tu étais devenue ingérable. Tu nous faisais courir à notre perte. Le vieux menaçait de te dénoncer. Chaque fois, tu jurais que c'était la dernière. J'ai tout fait pour te couvrir, pour limiter la casse. Je t'ai sauvée bien plus de fois que tu ne le sauras jamais.

Les images se bousculent dans la tête de Victoire. Ses attaques de panique l'avaient poussée à l'automutilation, ses crises de rage, au meurtre.

Elle était devenue la Bête, le jour où elle avait tenu entre ses mains la boîte qui contenait les cendres de son petit frère.

Un fléau s'était déversé en elle, rampant dans ses veines, distillant son poison, à la seconde où elle avait soulevé le couvercle.

Sasha, elle, ne sortirait plus jamais de la boîte, prisonnière de l'urne noire, ne survivant que grâce à l'infime espoir de prendre Ivan dans ses bras encore une fois. Malheureusement pour Anna, Charlotte et les autres, ce n'était pas un phœnix qui était né du tas de cendres du petit garçon. L'oiseau était un rapace. Affamé. Sans pitié. Un oiseau nommé Victoire.

L'instinct de chasse s'était greffé en elle, comme une seconde peau. Ce besoin viscéral de tuer sa mère, encore et encore. Elle s'était droguée à la reconstitution, shootée à l'endorphine pure pendant que le dernier souffle de ses victimes se perdait sur son visage déformé par la rage.

Et puis, il y avait Fidel, son ami, son soutien de toujours. Lui, à qui elle aurait pu tout demander. Elle l'avait fait, d'ailleurs. Il avait accepté l'inimaginable en servant d'appât à leurs proies, en jouant de son accent et de ses battements de cils. Jamais elle n'avait eu à se soucier de la disparition des corps, jamais elle ne s'était préoccupée de la quantité d'indices laissés derrière elle. Fidel avait été le témoin, l'âme sœur à l'amour inconditionnel qui avait marché dans son ombre année après année. Une ombre qui avait plongé leur duo dans les ténèbres, plus loin que tout ce qu'ils auraient pu un jour imaginer. Elle l'avait cru fidèle, indispensable, indissociable. Son bras droit dans le noir. Mais Judas était bien à la droite du Christ, lui aussi.

Victoire lève la tête. Fidel l'observe, se balançant d'un pied sur l'autre. Elle ne lui avait connu cette expression de perte de contrôle que deux fois. La dernière, c'était dans cette forêt, juste avant qu'il ne tente de l'abattre.

La première, elle s'en souvient comme si c'était hier.

— Tu as essayé de me tuer parce que je t'ai repoussé.

Les balancements cessent soudain. De rage, Fidel assène

un coup de pied violent dans le corps de Justine qui gît sur le sol. La masse informe se soulève sous l'impact. Un craquement sinistre résonne dans la pièce, suivi d'une longue plainte déchirante.

— Tu m'as traité comme une merde, Victoire. Je t'ai portée à bout de bras, j'ai été ton confident, ton frère et ton amant. Tout ce que je voulais, c'était partir avec toi. Vivre. Te guérir.

Il secoue la tête, le visage entre les mains.

— Je t'offrais la rédemption. Je nous faisais ce cadeau que tu refusais d'accepter. Ce jour-là, tu as signé que je ne serais jamais ton égal.

Victoire déglutit, les yeux rivés sur le corps de Justine, secoué de spasmes entre deux sanglots.

— Si tu ne veux plus me tuer, qu'attends-tu de moi, maintenant ?

Elle connaît la réponse. Elle l'a compris à l'instant où elle a plongé son regard dans les yeux bleus de Justine.

— Ce que tu fais de mieux.

Il s'approche d'un pas.

— Ensuite, nous partirons ensemble. C'est à ton tour de me prouver ta fidélité, Victoire.

Elle se redresse lentement sur le lit, faisant grincer les ressorts. Ses muscles endoloris lui arrachent une grimace.

— Je crains de manquer de force, murmure-t-elle.

Son regard croise celui de Fidel. Derrière son assurance froide, elle ressent sa fébrilité. Elle peut bien essayer.

— M'aideras-tu, comme avant ?

* * *

Fidel l'observe s'avancer, prudemment, comme on aborde un animal farouche. La terreur qu'il lit en elle ravive chez lui cette excitation qu'il peine à contenir. Un frisson coule le long de son échine.

Séparés par le corps gisant sur le sol, tous deux s'observent. Il traque dans le regard de Victoire cette lueur de complicité qui lui manque tant.

Elle s'accroupit. Du bout des doigts, elle dégage les mèches ensanglantées qui collent au visage de Justine.

Elle reprend sa place, comme une évidence. Cette cave, c'était son antre, son territoire. La voir ainsi se réapproprier cette pièce qui était la sienne lui donne soudain l'impression de violer un espace sacré. Elle est chez elle.

Fidel se laisse tomber à genoux, de l'autre côté de Justine.

— Je ne sais pas par où commencer, confesse-t-il en caressant la main délicate posée au sol.

La seule fois où il avait ôté la vie, c'était pour protéger Victoire. Un élan naturel, instinctif. Tuer de sang-froid, c'était une autre affaire.

Fidel aimerait croire qu'il peut garder le contrôle de la situation. La vérité, c'est qu'il n'y arrivera pas sans elle.

Un feulement soudain brise le silence. Un éclair noir bondit entre eux. Cerbère s'est jeté sur la poitrine de Justine, crachant de rage, la gueule grande ouverte, la queue hérissée. Il crache, griffe, hurle à la mort.

— Putain de chat !

Fidel recule, surpris, tentant de le repousser d'un revers de main. Erreur. Une douleur fulgurante explose dans sa paume. L'animal s'accroche à lui, les crocs profondément enfoncés dans sa chair.

Il n'a pas eu le temps de réagir. Victoire a jailli derrière lui dans un raclement de métal. Il tente de porter les mains à sa gorge pour dégager la chaîne qui s'est enroulée autour de son cou. Mais ses bras, pourtant, refusent de lui obéir. Quelque chose les retient. Une force qui le tire vers le sol. Il étouffe. Suffoquant, il baisse les yeux. Justine est à plat ventre, elle s'est jetée sur ses poignets, les doigts crispés, le visage tendu par l'effort.

Dans sa nuque, il sent Victoire qui halète, son souffle brûlant contre sa nuque, son odeur de rose tout contre lui. Et puis ce con de chat, qui ne lâche pas sa prise.

Des points lumineux viennent danser devant les yeux de Fidel, dans une ronde infernale. L'étreinte se relâche soudain, en même temps que le bruit de la chaîne qui retombe sur le sol. Lointain, étouffé. Fidel va perdre connaissance, il le sent. Il a manqué d'air trop longtemps. Deux images lui parviennent, vacillantes, entre les mouches qui dansent devant ses yeux. Les talons de Victoire qui franchissent la porte en courant.

Et le visage de Justine, étendue sur le sol. Un drôle de sourire au coin des lèvres. Cerbère est couché sur sa poitrine, il ronronne.

55

Combien de temps est-il resté inconscient ? Une minute ? Dix ? Sa gorge est prise dans un étau, comme si la chaîne, qui gît maintenant sur le sol, l'étranglait encore. Le goût du sang, ferreux, glisse sur ses papilles. Il essuie d'un revers de main le petit ruisseau écarlate qui suinte de son arcade et observe sa paume d'un air perplexe. Il a dû se blesser dans sa chute. Des gouttes couleur rubis martèlent le sol en un *ploc-ploc* incessant, se mêlant aux poussières rosées qui maculent déjà le sol. Une rage telle qu'il n'en a encore jamais ressentie s'insinue en lui. Pas celle qu'il connaît déjà. Une autre. Plus ancienne. Une lave noire, épaisse, qui remonte de ses entrailles pour embraser chaque centimètre carré de sa peau.

Fidel relève la tête, écumant de fureur. Justine est assise en face de lui, le chat noir sur ses genoux. Elle le fixe de ses grands yeux paisibles, la peur semble l'avoir quittée. Peut-être a-t-elle enfin accepté l'imminence de sa mort.

Une fraction de seconde, il hésite à abattre sa colère sur elle, à déchirer sa chair de ses dents et à la laisser se vider de son sang sur le sol. L'idée est séduisante. Mais son choix est fait. Chaque seconde compte. Qu'elle crève de faim ici, attachée à sa chaîne. Elle finira peut-être par bouffer ce connard de chat.

Fidel bondit et, sans un dernier regard pour sa captive, se rue sur la porte qu'il claque avec violence. L'écho métallique résonne encore dans ses oreilles, lorsqu'il franchit la porte de la dépendance.

Il va la retrouver. Il va la retrouver et il va la tuer. Une fois pour toutes. Elle paiera pour ses trahisons, pour son égoïsme et pour sa folie. Elle avait le choix. Elle a choisi la mort.

Dehors, l'air est frais. Le quartier dort, inconscient, tranquille. Elle a dû partir à pied. Il en est certain. Jamais elle n'osera demander de l'aide, maintenant qu'elle a compris ce dans quoi elle était impliquée. Pas avec tout ce sang sur ses mains.

Il doit faire vite. Il ouvre la porte du garage à la volée. Ses mains tremblent quand il enfonce la clef dans le contact. Son pied s'écrase sur l'accélérateur. Une goutte de sang roule sur sa paupière, brûlante.

Un éclat argenté attire son regard, sur le fauteuil passager. La gourmette traîne négligemment sur le cuir froid. *Victoire.*

Cette salope doit mourir.

* * *

— Putain, putain !

— Arrête de gueuler, Alex ! On va la retrouver !

Alexandre lance des coups d'œil anxieux à son téléphone. Les notifications continuent de s'afficher en cascade. Le vibreur grésille à nouveau. Il décroche aussitôt, sous le regard tendu de sa collègue.

— Attends, Tom, je te passe en haut-parleur !

La voix de l'informaticien claque, rapide, plus encore qu'à l'accoutumée.

— Les relevés de plaques ne nous donnent pas de destination précise, mais la dernière coordonnée géolocalisée est proche d'un lieu que Victoire connaît peut-être.

— On va où, Tom ? rugit Marianne à destination du téléphone.

— Je pense qu'elle et la personne avec qui elle se trouve pourraient s'être dirigées vers le dernier logement connu du Dr Clavin. Son nom figure sur les documents liés à la voiture qui a emmené Victoire. Son adresse est à quelques rues de la dernière trace GPS enregistrée. Ça vaut le coup d'y jeter un œil.

Tom marque une pause. Son hésitation est palpable, même à l'autre bout du fil.

— Donne-nous l'adresse, Tom, insiste Alexandre, la voix rauque.

L'informaticien reprend, choisissant ses mots.

— Vous devriez peut-être attendre une équipe… Je ne suis pas sûr qu'on soit dans les clous, niveau procédure.

— Mais Tom, on s'en branle de la procédure ! explose Alexandre, hystérique. Il se peut que Victoire soit entre les mains du type qui a essayé de la buter ! Tu penses vraiment qu'on peut se permettre le luxe d'attendre pour une arrivée groupée ?

— Non, je savais que tu répondrais ça. Faites gaffe, c'est tout. On envoie du monde sur place.

Alexandre raccroche. Son cœur cogne si fort qu'il en a la nausée.

Marianne garde les yeux sur la route, les lèvres pincées.

— Calme-toi, respire. On va le choper. Elle est encore en vie.

Alexandre le sait, sa collègue n'en mène pas large elle non plus. Il sent dans sa tentative de réassurance le besoin de se convaincre elle-même. Ses doigts pâles aux jointures saillantes témoignent de leur crispation sur le volant.

Son téléphone vibre à nouveau. Une adresse s'affiche sur l'écran.

* * *

— Arrête-toi là ! ordonne Alexandre.

Marianne coupe le moteur. Ils tendent le cou pour observer la large bâtisse un peu plus loin sur leur gauche. Le silence dans l'habitacle lui donne le tournis.

— Tu vois la voiture ? murmure Marianne.

Alexandre secoue la tête.

— Il doit y avoir une cour à l'arrière, répond-il à voix basse, ses yeux scrutant les alentours.

Marianne se tourne vers lui, hésitante.

— Tu es sûr de ne pas vouloir attendre l'équipe d'intervention ?

Son ton, habituellement si ferme, vibre d'une franche incertitude. Alexandre serre les dents, luttant pour retrouver contenance.

— On y va. Pas besoin de jouer aux cow-boys. On va juste jeter un œil. On avisera ensuite.

Il est loin d'être convaincant. Mais la loyauté de Marianne est sans égale.

En silence, tous deux s'extraient du véhicule. Alexandre en tête, ils progressent dans la rue. Leurs mouvements sont précis, calculés.

La demeure cossue se révèle à eux, majestueuse et comme figée dans le temps. Malgré son cœur qui bat la chamade, Alexandre tente de contrôler l'afflux d'adrénaline. Ses respirations, lentes et profondes, accompagnent ses pas feutrés. Marianne, avec fluidité, ajuste ses pas derrière les siens. Elle est son ombre, sa sauvegarde.

Le métal froid pèse lourd entre les mains d'Alexandre. Le canon de l'arme pointe vers le sol, ses doigts tiennent la crosse avec fermeté.

D'un mouvement de tête, il désigne les fenêtres du rez-de-chaussée, puis l'allée de gravillons qui disparaît derrière la maison. Marianne hoche la tête et bifurque sur la gauche, longeant le mur de pierres blanches.

Les épaules basses, Alexandre entreprend de jeter un œil aux hautes fenêtres. Une mousse verte recouvre les volets de bois, probablement clos depuis bien longtemps. Son regard balaie le jardin vide, s'attardant sur le saule, dont les branches se balancent paresseusement.

Un crissement sonore et un hurlement font jaillir son cœur hors de sa poitrine. C'est le cri de Marianne, qui a déchiré le silence. L'arme au poing, Alexandre jaillit à l'angle du mur, à l'endroit même où il a vu disparaître sa collègue, quelques secondes plus tôt. La suite se déroule en un éclair. Marianne est debout au milieu du chemin, les deux bras tendus devant elle, dans une position instinctive de défense. La Polo noire lui fait face. Le visage de l'homme derrière le volant est inhumain. Déformé. Fou.

La scène se déploie dans l'esprit d'Alexandre, avant même que l'homme n'appuie sur l'accélérateur. La voiture bondit en rugissant, heurtant de plein fouet Marianne, la projetant dans les airs comme un pantin désarticulé. Le conducteur hésite, une fraction de seconde. Son regard croise celui d'Alexandre. Trop tard. Le policier s'avance, bras tendu, le visage déformé par la haine. Il ne tremble pas.

Le coup part, vrillant ses tympans.

56

— Donc, on avait Dracula sous les yeux depuis des semaines ? C'est Victoire qui a tué toutes ces femmes ?

Marianne lève les bras et entreprend de se hisser à la poignée de son lit, sous le regard inquiet du policier. Ses traits, déjà tirés, se déforment davantage sous l'effort.

Alexandre se précipite, affolé.

— Fais gaffe ! J'ai promis aux infirmières que tu te tiendrais tranquille. Elles vont me foutre dehors si elles te voient t'agiter comme ça.

Marianne balaie la remarque d'un revers de main. Sous les néons, sa peau a pris des reflets blafards, presque fantomatiques.

Cela faisait des jours qu'elle harcelait son collègue pour qu'il lui livre les nouveaux détails de l'enquête. Depuis son réveil, elle n'avait eu de cesse d'essayer de convaincre le personnel soignant qu'elle était suffisamment en forme pour reprendre du service. « Considérez ça comme du télétravail ! » avait-elle lancé, excédée. Devant le refus du médecin, elle avait fini par le menacer de quitter le service en rampant, si cela était nécessaire. Face à une patiente aussi peu coopérative, l'équipe n'avait eu d'autre choix que de céder. Pour la paix sociale.

Alexandre rapproche sa chaise dans un raclement sonore et pose les coudes sur le matelas, le menton posé sur ses mains jointes.

— Elle n'a pas agi seule. Notre intuition était bonne. Deux agresseurs, deux modes opératoires. Il semblerait que ce type ait été son assistant, en quelque sorte.

— Et que sait-on de lui ? demande Marianne d'un air avide.

Le regard qu'Alexandre pose sur elle est las, fatigué. Il aimerait qu'elle se repose, qu'elle prenne le temps de guérir avant de repartir au combat. Rien n'y fait. L'adrénaline ne semble jamais l'avoir quittée, malgré les entailles profondes sur son visage et sa jambe plâtrée. La culpabilité d'Alexandre, elle, le plaque au sol comme un aimant.

— On cherche, répond Alexandre, évitant le regard de Marianne. On a découvert dans la maison tout un tas de faux documents d'identité, des papiers d'adoption. Il semblerait que ce psychiatre l'ait ramené du Brésil quand il était gosse.

— Un enlèvement ?

— Probablement. Clavin était quelqu'un de méticuleux. Il a laissé des tonnes d'archives derrière lui. On est en train d'en analyser une partie. Beaucoup concernent des patients qui ne sont pas directement en lien avec notre affaire. La demande de levée du secret médical est en cours.

Marianne boit ses paroles. Alexandre peut presque voir les rouages tourner derrière ses yeux cernés. Elle pense déjà à l'après.

— Et Victoire ?

— Elle s'appelait Sasha. Il l'aurait ramenée de Serbie, dans les années 1990. Dans des conditions épouvantables, si on en croit certaines notes à son sujet.

— Maltraitée ?

— De la pire des manières. Cet homme était purement et simplement un savant fou. Pour la faire courte, il a détourné de grands principes pour créer du traumatisme… jusqu'au point de rupture.

— De quel type ?

Alexandre pose les yeux sur sa collègue. Si seulement elle acceptait de se reposer un peu. Mais il le sait, elle n'aura de cesse de le harceler s'il ne lui donne pas quelque chose à se mettre sous la dent.

— Tu as déjà entendu parler de la théorie de désensibilisation ?

— C'est ce truc que tu fais chez le psy quand tu as une phobie, non ?

— Oui, entre autres. Dans un cadre thérapeutique sain, les séances se font graduellement. Le but final étant de réduire la souffrance du patient.

Marianne fronce les sourcils.

— Je ne comprends pas, ce psychiatre, là, ce n'était pas le traumatisme, son cheval de bataille ?

— Si, et il a strictement retranscrit les séances dans lesquelles il a utilisé la théorie de désensibilisation sur Sasha. Pas dans un cadre sécurisant et sain, comme on l'attendrait d'un professionnel de la psychiatrie. Il a cherché à faire tomber ses défenses en la surexposant à des images liées au traumatisme.

— Comment ?

— Sa chambre était tapissée de photos représentant sa mère, par exemple. On a aussi retrouvé des enregistrements dans lesquels le psychiatre lui parle dans sa langue maternelle, où il lui explique qu'elle a abandonné son frère. Elle n'avait pas 10 ans, quand les tortures psychiques ont commencé. Sans parler de ses méthodes d'isolement sensoriel et des privations comme punitions.

Alexandre observe sa collègue. Ses yeux se sont voilés.

— Pas étonnant qu'elle ait vrillé…

— L'expert psychiatre qui étudie l'affaire nous a expliqué, dans les grandes lignes, que ces sévices avaient certainement provoqué une abolition de la culpabilité et une diminution claire de l'empathie…

— Il a supprimé ses émotions, poursuit Marianne.

Alexandre hoche la tête.

— Et l'a déconnectée de son identité originelle.

Alexandre se tait. La lecture de la retranscription de certaines séances lui avait donné la nausée. Les photos de l'enfant attachée sur son lit le hantaient. Pourtant, jamais le médecin n'avait douté du bien-fondé de sa démarche. La tragédie du huis clos avait forgé une famille monstrueuse, avalant tout sur son passage.

— Je pense qu'il n'avait pas l'intention de pousser l'expérience aussi loin, au début. On a découvert, derrière une plinthe, tout un dossier comprenant les identités de dizaines de femmes. Certaines concernent des anciennes victimes, d'autres des femmes sur lesquelles ils avaient commencé à recueillir des informations. Toutes possèdent les mêmes caractéristiques physiques.

Une main fraîche se pose sur son bras. Marianne le fixe, de ce regard qu'il lui connaît si bien.

— Ce n'est pas de ta faute, Alex. Je vais bien.

Son ton se veut léger. Son sourire, rassurant. Non, elle ne va pas bien. Un genou en miettes, une commotion cérébrale et trois côtes cassées. Et si, tout est entièrement de sa faute.

Ils avaient été entendus à propos des circonstances de ses blessures et de la mort de l'un des suspects principaux. Marianne avait tenu le même discours, inlassablement. Danger imminent, légitime défense, nécessité de porter secours à Victoire et à Justine Landroux. Jamais elle n'avait évoqué l'empressement d'Alexandre à griller les étapes, malgré le danger réel que représentait l'intervention et dont tous deux étaient conscients.

Il baisse la tête, enfouit son visage dans ses mains. Le stress et l'angoisse de leur traque acharnée l'avaient maintenu dans un équilibre précaire pendant des semaines. Sa décision d'intervenir seul n'avait été guidée que par son manque de discernement et par l'excès de confiance dont il faisait trop souvent preuve. Et puis, que dire de son erreur de jugement au sujet de la surveillance de Victoire ? Sa collègue, bien plus lucide, avait pourtant suggéré qu'elle soit renforcée. Lui, enseveli sous une pression qu'il ne gérait plus, avait craint d'exciter encore un peu plus la meute affamée de journalistes. Il avait donné la priorité à leur image, au détriment de la sécurité de leur témoin. L'idée lui était aujourd'hui intolérable. Marianne l'avait rappelé à l'ordre tant de fois, durant leurs derniers mois de collaboration. Pourtant, elle l'avait suivi, poussée par la confiance inébranlable qu'elle avait placée en lui et avait, cette fois encore, fait preuve d'une fidélité sans faille. Il voudrait rugir de colère. La peur viscérale qu'il avait ressentie en voyant sa collègue étendue sur le sol ne le quitte plus depuis qu'il a dégainé son arme et tiré trois balles dans la tête de Fidel Correra. Le chemin vers sa propre guérison serait long, à n'en pas douter.

— Comment va Justine ?

— Elle récupère doucement. On ne se remet pas de semaines de privations et d'enfermement en un claquement de doigts. L'analyse toxicologique a révélé l'ingestion massive et prolongée d'un sédatif prescrit en psychiatrie, l'alimémazine. Administré à haute dose, c'est la camisole chimique parfaite. Mais elle va s'en remettre. Le préfet ne tarit pas d'éloges sur toi.

Leurs regards se tournent vers l'énorme bouquet de fleurs qui trône dans le coin de la pièce. Le préfet était venu l'apporter en personne, quelques jours auparavant. Malgré ses obligations et la pression qu'il avait l'habitude de supporter, ses mots de remerciement avaient été teintés d'un trémolo qui contrastait avec sa stature charismatique.

— Elle est encore ici, Justine ? interroge Marianne.

— Non. Son père a exigé son transfert dans un établissement privé. Elle est gardée sous surveillance policière permanente. Tant qu'on n'aura pas remis la main sur Victoire, elle devra probablement accepter d'être accompagnée dans tous ses déplacements.

Les yeux de Marianne se portent sur la fenêtre. La luminosité décline lentement, tandis que les premières lueurs du crépuscule teintent le ciel de leurs nuances dorées.

— On a une piste, à propos de Victoire ?

— Quelques-unes. Une employée de la gare de Nice pense l'avoir reconnue, à la suite de l'appel à témoins. L'exploitation des images de vidéosurveillance confirme qu'il pourrait s'agir de Victoire. La salariée affirme qu'elle cherchait à se rendre en Italie. Au vu de sa dangerosité criminelle et de ses capacités de mobilité, une demande de mandat d'arrêt international est lancée. Interpol est sur le coup.

— Tu passeras le bonjour à Tom ? Il m'a envoyé une carte.

Alexandre hoche la tête. Le silence retombe. Son esprit bouillonne de nouvelles informations, de données qui nécessitent d'être traitées et qu'il voudrait pouvoir partager avec sa collègue. Comme cette lettre, à l'attention de Sebastian, encore fermée, écrite de la main du psychiatre. Un adieu intense, rédigé d'une main ferme, délivrant la pensée délirante du médecin. Le puzzle à reconstituer était immense.

Plus tard. Cela pouvait attendre.

— Et maintenant, Alex, qu'est-ce qu'on fait ?

Il lève les yeux vers elle. Ils ne sont plus ceux qu'ils étaient, il y a quelques semaines encore. Il lui a donné un peu de son feu, elle lui a transmis une partie de sa glace. C'est à lui, désormais, qu'incombe la tâche de modérer les ardeurs de sa collègue.

— On attend, Marianne. On guérit. Et on y retourne.

« Sasha, il est des relations qui se con… »

57

Ses cheveux couleur miel scintillent sous le soleil de la côte Adriatique. Victoire froisse le papier. Elle pensait que ce moment serait le bon. Un dernier au revoir au passé. Mais les mots du psychiatre ne l'intéressent plus, désormais. Elle ne traînerait pas ses dernières phrases comme un boulet. La boule de papier disparaît dans une poubelle de rue, avalée sans plus de cérémonie.

Derrière ses lunettes opaques, la jeune femme déambule dans les ruelles. Le bruit de ses pas se perd dans les éclats de voix qui fusent des terrasses alentour. Les allées pavées serpentent entre les maisons aux façades colorées, ruisselantes de géraniums rouges et de bougainvilliers.

Victoire jette un œil à sa montre. Elle a rendez-vous dans vingt minutes.

Ses pérégrinations de ces dernières semaines l'avaient menée ici, dans ce petit coin de paradis qu'il lui faudrait bientôt quitter. Son instinct l'avait sauvée. Son esprit pratique aussi. Retrouver l'endroit où reposaient les cendres d'Ivan, au cœur de la forêt de Chaux, s'était révélé d'une facilité déconcertante. Elle avait déterré le coffret à mains nues, dans la terre boueuse et les racines. Jamais elle ne serait partie sans lui.

Laura, la gentille serveuse, avait ouvert de grands yeux en la voyant débarquer dans son bar, épuisée et couverte de crasse. Elle avait serré Victoire dans ses bras, tandis qu'elle pleurait tout son saoul, ses épaules secouées de sanglots. Elle lui avait offert un repas chaud, une douche et des vêtements propres. Victoire avait disparu comme un courant d'air, laissant derrière elle quelques traces boueuses dans la salle de bains de Laura et une montagne de questions sans réponses. La serveuse n'avait pas insisté. Sans doute l'avait-elle regretté, après coup, en apprenant quel genre de monstre Victoire était réellement. Le tueur de la forêt de Chaux avait enfin un visage.

Un contact après l'autre, de petit boulot en petit boulot, Victoire s'était adaptée. Le plan avait dû mûrir vite. Elle avait dû fuir plus vite encore. Jusqu'ici, dans ce petit village de bord de mer.

Ses pas la ramènent vers la petite chapelle. Nichée entre deux ruelles étroites, invisible pour ceux qui en ignorent l'existence. Mais Victoire a un don pour repérer les trésors cachés dans l'ombre. Elle avait été happée par l'énergie puissante et silencieuse qui émanait de l'endroit. Elle vient ici chaque jour, depuis son arrivée.

La première fois qu'elle avait pénétré dans le sanctuaire, elle en avait eu le tournis. Ce silence, cette fraîcheur. C'était comme si elle s'était soudain immergée dans un bain d'eau glacée, les bruits du monde étouffés derrière les murs de pierres jaunis par le temps.

Et puis, elle lui était apparue. La fresque. Immense. Recouvrant les murs, le plafond. La vision avait achevé de geler ses entrailles. Un paysage luxuriant, des jardins verdoyants dont les arbres regorgent de fruits brillants et gorgés de soleil. Et Ève, nue, le bras tendu vers la pomme défendue sous le regard avide du serpent. Mais ce n'était pas la représentation biblique qui avait fasciné Victoire au point de la faire revenir ici chaque jour. Face à Ève, sur le mur d'en face, une autre femme observe la scène. À genoux, son regard porte loin, plus loin que la femme originelle. Indifférente au péché et à ses conséquences, son visage pâle est encadré de boucles brunes qui coulent en cascade autour de ses traits juvéniles. Devant elle, sur un rocher, un coffret doré est entrouvert, laissant entrevoir les ténèbres. Elle y a glissé la main. Des ongles noirs et décharnés sortent de la boîte, tirant la jeune femme à l'intérieur. La boîte de Pandore a été ouverte, déversant le fléau sur l'humanité tout entière.

Victoire ne reviendra pas. Cette fois encore, le temps lui est compté. De retour dans la ruelle, le soleil vient caresser ses bras dénudés. La mer apparaît entre deux maisons, sa destination. Sur le port, les bancs s'alignent derrière le parapet bas de pierres polies par les années. L'un d'eux est déjà occupé. Victoire s'en approche et, le regard rivé sur la mer, s'assied sans un mot. L'homme pose son regard sur elle. Ses yeux s'élargissent, surpris.

— On a rendez-vous, jeune fille ?

Victoire continue de fixer un point à l'horizon. Une mouette flotte dans le vent, au loin.

— Mon ami Ernesto vous a contacté hier. Vous vouliez qu'on se rencontre avant d'établir les documents.

— J'aime bien savoir à qui j'ai affaire, répond l'homme en dévisageant Victoire avec insistance. À vrai dire, je n'ai pas vraiment l'habitude de traiter avec des gens comme vous. En règle générale, mes clients sont un peu moins agréables à regarder.

Victoire ignore la remarque. Lourde, provocante. Elle a besoin des services de l'homme. Il avait sa petite réputation, du temps où il exerçait ses talents dans les quartiers nord de Marseille. Ce qui implique qu'elle doit résister à la tentation de le menacer de lui arracher les yeux.

— Vous avez de quoi payer ? C'est dangereux et je ne bosse pas gratos.

— Je vous paierai lorsque vous m'aurez remis les papiers. C'était le deal.

De ses petits yeux perçants, il la fixe en gardant le silence, avant de lâcher un grognement. Probablement une manière très personnelle de valider les termes de la transaction. De sa poche, il extrait un morceau de papier et un stylo.

— Bon, on va parler des détails pratico-pratiques. J'établis un passeport italien, il sera daté d'il y a deux ans. Validé à Rome. Vous avez choisi un nom ?

Victoire secoue la tête, tout cela lui importe peu. Elle veut simplement disparaître.

— Bon… je vais improviser, soupire l'homme devant le silence de Victoire. Un truc du style Bella, ça vous irait pas mal.

Victoire se fiche des détails. L'important n'est pas là. Elle doit trouver un moyen. Un moyen… Dans les remous de l'eau, en contrebas, un visage ridé lui apparaît. Il a la douceur de l'écume et la dureté des rochers. Baba Kruharka.

Elle connaît sa destination. Elle connaît son nom.

— Jelena, murmure-t-elle. Je m'appelle Jelena.

« Sebastian. Il est temps pour moi de tirer ma révérence. Absurde, abjecte, comme l'ont été les dernières années de mon existence.

J'ai longtemps cherché un sens au chaos que j'avais engendré. Mais je crois avoir compris, enfin, à l'aube de ma prochaine vie, qu'aucune explication ne viendrait apaiser mon âme fatiguée. Dans ma volonté de sauver l'humanité de son fléau, j'ai engendré le monstre que je souhaitais vaincre. Cruelle ironie. Certains crieront à mon incompétence. Ceux-là n'auront rien compris. Toi, tu sais. Parce que j'ai reconnu dans les yeux de ce gamin des favelas, la même soif de comprendre qui brûlait en moi.

Notre objectif était louable, notre collaboration, légitime. Plus qu'un partenaire, tu es le cadeau que je n'aurais jamais osé espérer. Je sais que tu sauras tirer toute la force de ton apprentissage, après moi. Mon héritage, mes connaissances, ma philosophie vivront désormais à travers toi.

Laisse-moi seulement te faire une dernière recommandation. Une demande urgente, plutôt.

Recommence. Loin. Ailleurs. Laisse-la derrière toi, dans la fange dans laquelle elle s'est elle-même enlisée. Aucune culpabilité ne la sauvera. Aucune prière. Aucune supplication. Tout l'amour que tu pourrais lui porter ne saurait vaincre le mal qui vit en elle. J'aurais dû le lire dans son regard, lorsque j'ai tenté de la sauver de sa condition. Telle a certainement été ma plus grande erreur.

Ton génie doit lui survivre.

Avance en paix, nous nous retrouverons dans une autre vie. Mon fils.

Marius »

Remerciements

Merci à vous qui, chacun à votre façon, avez contribué à faire de ce petit projet une grande aventure.

À Florian, pour tes relectures nocturnes et pour ton soutien indéfectible, même dans la tempête.

À mes parents, pour votre présence indispensable, pour vos mots et pour tout ce que vous m'avez transmis.

À vous, Francine et Fabrice, pour votre bienveillance et votre aide précieuse au quotidien.

À Marilyne, Olivia, Valentine et Chloé, mes lectrices de la première heure, pour vos retours toujours justes et enthousiastes.

À mes collègues, pour votre écoute, votre humour et votre incroyable capacité à tolérer mes obsessions d'auteure débutante, sans jamais réfréner mes ardeurs.

À Franck Thilliez, pour m'avoir fait l'honneur de donner une chance à Victoire et à son histoire.

Aux éditions Prisma, pour cette opportunité incroyable et pour l'accompagnement éditorial précieux de ces dernières semaines.

À Alice et Noé, pour tout ce que votre amour m'apprend chaque jour.

Et enfin, à Roxane, dont le souvenir éclaire celle que je suis devenue.

Margot Estner

Margot Estner est née en 1990, à Strasbourg. Infirmière de formation, son expérience professionnelle, du milieu carcéral à la chirurgie, en passant par la psychiatrie, nourrit au quotidien sa soif de compréhension de l'autre. *La Théorie du Mal* est son premier roman.

Nos autres Lauréats à découvrir

« UN PREMIER ROMAN PERCUTANT »
Alexis Laipsker
THRILLER
Le Passeur des enfers
Richard Gougis
GRAND GAGNANT 2025
PRIX SUSPENSE Histoire
Président : Alexis Laipsker
LAURÉATS

«UN HUIS CLOS ÉMOUVANT»
Ça m'intéresse Histoire
THRILLER
Gardée à vue
Emmanuelle Petit
PRIX DU JURY 2025
PRIX SUSPENSE Histoire
Président : Alexis Laipsker
LAURÉATS

« UN JEU DE FAUSSES PISTES PALPITANT »
Ça m'intéresse Histoire
POLAR
Crime
à l'encre blanche
Laurent Reynart
COUP DE CŒUR 2025
PRIX SUSPENSE Histoire
Président : Alexis Laipsker
LAUREATS

Couverture : © Magdalena Russocka / Trevillion Images
Ligne et conception graphique de la couverture : OFF graphisme Paris
Studio Fabrication : Flora Bellanger
Responsable Développement : Vesna Veljkovic
Chef de projet : Chloé de Jerphanion
Correcteurs : Sophie Gombeau, Pascal Bonnet
Composition : IGS-CP à L'Isle-d'Espagnac (16)

Impression en France par l'imprimerie :

CPi
BRODARD & TAUPIN

Dépôt légal : octobre 2025 – N° d'impression : 3061309

Depuis 2009, Prisma Media met en place une politique d'achat écoresponsable. Ainsi, une majorité du papier de nos magazines est certifié (gestion durable des forêts). La fabrication des livres des Éditions Prisma s'inscrit également dans cette démarche.

Cet ouvrage a été imprimé en France sur un papier composé de fibres naturelles, recyclables, et fabriqué à partir de bois provenant de forêts plantées et cultivées pour la fabrication de pâte à papier.

PEFC
10-31-3068
Certifié PEFC
Ce produit est issu de forêts gérées durablement et de sources contrôlées
www.pefc-france.org